À PROPOS DE L'AUTRICE

Nora Roberts est l'une des autrices les plus lues dans le monde, avec plus de 400 millions de livres vendus dans 34 pays. Elle a su comme nulle autre apporter au roman féminin une dimension nouvelle ; elle fascine par ses multiples facettes et s'appuie sur une extraordinaire vivacité d'écriture pour captiver ses lecteurs.

Nora Roberts

Les amants de l'aube

Nora Roberts

Les amants de l'aube

Traduction française de
FABRICE CANEPA

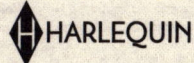

Titre original :
DANCE TO THE PIPER

Ce roman a déjà été publié en 2020

© 1988, Nora Roberts.
© 2020, 2022, HarperCollins France pour la traduction française.

Ce livre est publié avec l'autorisation de HARLEQUIN BOOKS S.A.

Le visuel de couverture est reproduit avec l'autorisation de :
© PATRYCJA SZUBSKA - CRUZ/ARCANGEL

Réalisation couverture : E. COURTECUISSE (HarperCollins France)

Tous droits réservés.

HARPERCOLLINS FRANCE
83-85, boulevard Vincent-Auriol, 75646 PARIS CEDEX 13
Service Lectrices — Tél. : 01 45 82 47 47 - www.harlequin.fr
ISBN 978-2-2804-7804-5

Composé et édité par HarperCollins France.
Imprimé en septembre 2022 par CPI Black Print (Barcelone)
en utilisant 100% d'électricité renouvelable.
Dépôt légal : octobre 2022.

Prologue

L'après-midi, entre le déjeuner et l'heure de l'apéritif, le pub était désert et présentait une apparence très peu engageante. Il était difficile alors d'identifier la couleur d'origine de l'épaisse moquette qui recouvrait le sol. Constellée de taches et de brûlures de cigarettes, elle ressemblait un peu à la carte géographique de quelque contrée inconnue.

Dans l'air flottait l'odeur incertaine qui caractérisait ce genre d'endroit, un mélange de fumée, de café froid et de relents d'alcool. Les rayons du soleil qui filtraient à travers les carreaux sales soulignaient l'omniprésence de la poussière qui recouvrait le moindre tableau, le moindre colifichet suspendu aux murs ou au plafond.

Pour la plupart des gens, il n'y avait rien de plus déprimant qu'un bar désert mais, pour les O'Hurley, il s'agissait d'un endroit familier et rassurant. Ils se sentaient chez eux partout où se trouvait une scène susceptible de les accueillir.

Celle du pub était minuscule mais elle conviendrait bien à leur prestation de ce soir.

— Très bien, Abby, encouragea Frank O'Hurley. Surtout, n'oublie pas de garder le sourire !

Une fois de plus, il fit répéter aux triplées âgées de

cinq ans le numéro de danse qu'elles devraient présenter le soir même. A n'en pas douter, elles sauraient gagner la sympathie du public qui se montrerait peut-être plus généreux, leur permettant ainsi de régler la modeste chambre d'hôtel qu'ils avaient réservée en ville.

— Franchement, Frank, la prochaine fois que tu décides de rajouter quelque chose au spectacle, j'aimerais que tu t'y prennes un peu plus à l'avance, se plaignit Molly, son épouse, qui préparait les robes que porteraient leurs trois filles. Je ne suis pas couturière, moi…

— Je suis désolé, ma chérie, mais il s'agit d'une inspiration de dernière minute. D'ailleurs, je suis certain que tu t'en tires à merveille. Tu es la femme la plus talentueuse qui soit, et chaque jour je me félicite de t'avoir rencontrée.

— Tu fais bien, répondit Molly, touchée par cette déclaration théâtrale.

— Allons-y, mes chéries, reprit Frank en se tournant de nouveau vers les trois fillettes. On recommence, d'accord ?

Il décocha un sourire encourageant aux triplées qui reprenaient patiemment leur numéro. Des trois, Chantel était la moins motivée. En fait, elle était sûrement plus intéressée par la belle robe qu'elle porterait ce soir-là que par la qualité de sa prestation. Abby, quant à elle, avait juste à cœur de faire plaisir à son père.

Mais Maddy était différente. Elle adorait danser et était douée d'un réel talent. Depuis qu'il avait commencé à la faire travailler, Frank avait remarqué en elle cette intelligence du corps, ce talent inné qui faisait les grands interprètes.

Une fois de plus, elle confirma cette impression en

restituant parfaitement les mouvements qu'il venait de leur montrer.

— Très bien ! s'exclama Frank avant de se tourner vers son fils Tracy qui était assis au piano. Pourrais-tu improviser une courte introduction ? Deux ou trois mesures, pas plus, histoire de laisser à tes sœurs le temps d'entrer en scène…

Trace s'exécuta instantanément, inventant sans effort une phrase musicale rythmée qui reprenait les accords du pas de danse. Une fois de plus, Frank regretta amèrement de n'avoir pas les moyens de lui payer des cours de musique. Tout ce qu'il savait, il l'avait appris en écoutant jouer son père et en s'entraînant sur les pianos des bars où ils se produisaient.

Avec quelques années de pratique, il aurait certainement pu devenir un concertiste renommé et échapper à la vie modeste que menaient ses parents. Et Frank enrageait de ne pouvoir lui offrir cette chance.

— Ça te va, papa ? demanda Trace.

— C'est parfait. Formidable ! Bon, les filles, on reprend encore une fois, d'accord ?

Pendant les quinze minutes qui suivirent, ils travaillèrent sans relâche, perfectionnant le numéro des fillettes. Le résultat final, pour imparfait qu'il soit, ne manquait pas d'un certain charme et Frank savait qu'il toucherait les spectateurs.

L'essentiel, pour lui, c'était de convaincre le patron et d'obtenir un contrat pour la période estivale, lorsque les touristes affluaient dans la petite ville côtière. S'il y parvenait, ils pourraient interrompre durant quelques mois leur vie d'errance et jouir de l'existence sans avoir à se soucier continuellement des lendemains incertains.

Lorsqu'il réalisa que Chantel perdait sa concentration,

Frank comprit que ses deux sœurs ne tarderaient pas à l'imiter et il mit aussitôt fin à la répétition.

— Vous êtes formidables, s'exclama-t-il avec enthousiasme avant de les embrasser l'une après l'autre. Vous allez faire un vrai triomphe !

— Est-ce que ça veut dire qu'on aura nos noms sur l'affiche, nous aussi ? demanda Chantel.

Frank éclata d'un rire réjoui.

— Tu entends ça, Molly ? Notre petite princesse veut déjà devenir une star !

— Cela ne m'étonne pas, répondit son épouse en souriant.

— Ecoute, Chantel, reprit Frank d'un ton sérieux. Tu auras ton nom sur l'affiche le jour où tu sauras faire ça.

Il se lança dans une démonstration de claquettes trompeusement simple en tendant la main en direction de sa femme. Celle-ci le rejoignit et ils se mirent à évoluer dans un ensemble parfait qui témoignait mieux que des mots de l'accord profond qui existait entre eux.

Abby s'assit sur le tabouret du piano à côté de Trace tandis que celui-ci improvisait une petite musique amusante pour accompagner leurs parents.

— Chantel va passer tout son temps à s'entraîner jusqu'à ce qu'elle y arrive, souffla-t-il à sa sœur.

— Tant mieux ! Comme ça, on aura nos noms sur l'affiche.

— Je pourrais peut-être te montrer comment faire…

— Tu nous le montreras à toutes ? demanda la fillette.

Trace éclata de rire. Il savait combien ses sœurs étaient unies, et cette question ne le surprenait pas. Toutes auraient probablement réagi exactement de la même façon.

— Peut-être, répondit-il.

Satisfaite, Abby posa la tête contre son épaule et observa ses parents. Ils riaient, emportés par la musique et par la joie qu'ils éprouvaient à danser ensemble. Aux yeux de la fillette, cette scène était la plus naturelle et la plus rassurante au monde. Même quand sa mère était fâchée, Frank parvenait toujours à la dérider et à la faire rire.

Chantel, quant à elle, observait attentivement les pas des danseurs, essayant vainement de les reproduire. Abby songea qu'elle ne tarderait pas à se mettre en colère. Mais cela ne ferait que décupler sa motivation.

— Je veux essayer aussi, dit brusquement Maddy qui était restée un peu en retrait.

— Vraiment, ma chérie ? fit Frank en mettant fin à sa petite démonstration.

— Oui. Je suis sûre que je peux y arriver.

Elle commença à taper des pieds en rythme, alternant les coups de talon et les glissés, reproduisant fidèlement le numéro de ses parents. Sidéré, Frank se tourna vers Molly.

— Regarde-moi ça ! s'exclama-t-il, admiratif.

Molly fixa sa fille dont les gestes se faisaient de plus en plus précis. Elle se sentit envahie par un sentiment ambigu. Elle était fière du talent de son enfant et triste en pressentant déjà le jour où elle volerait de ses propres ailes.

— On dirait que nous allons devoir lui acheter une paire de claquettes, déclara-t-elle.

Frank hocha la tête avec enthousiasme et s'approcha de Maddy.

— Essaie cet enchaînement-là, maintenant, lui

demanda-t-il en exécutant une série de mouvements un peu plus élaborés.

Il prit la main de sa fille et répéta la figure, prenant soin de réduire la taille de ses pas pour s'adapter aux siens. Maddy copia avec précision chaque geste. Frank essaya successivement plusieurs numéros de plus en plus difficiles. Maddy ne se laissa pas démonter, paraissant se jouer des difficultés comme si elle avait pratiqué les claquettes durant toute sa vie.

— Ma chérie, tu es géniale ! s'exclama son père rayonnant de fierté et de joie. Ça me donne une nouvelle idée de spectacle. Molly, tu as vu ça ?

Son épouse hocha la tête, amusée par l'enthousiasme dont il faisait preuve.

— Je crois que nous avons donné naissance à une danseuse ! déclara Frank. Trace, joue-moi un boogie.

Son fils s'exécuta, et Frank et Maddy se lancèrent dans une démonstration improvisée sous les applaudissements des deux autres fillettes.

Maddy se sentait plus heureuse qu'elle ne l'avait jamais été. Elle avait l'impression de découvrir quelque chose qui avait toujours été là, tout au fond d'elle, sans qu'elle le sache. Et tandis qu'elle sautait et virevoltait en tenant son père par la main, elle ne faisait plus qu'un avec la musique.

1

— Cinq, six, sept… !

Vingt-quatre pieds battaient le plancher de bois à l'unisson, tandis que douze corps virevoltaient en un parfait accord. Les miroirs qui couraient le long des murs renvoyaient aux danseurs l'image d'une chorégraphie parfaitement maîtrisée. Le rythme du piano s'accéléra tandis que la fin du tableau approchait, et leurs gestes se firent plus rapides.

Combien de danseurs s'étaient succédé dans cette salle ? Combien avaient souffert et transpiré, répétant les mêmes gestes encore et encore, jusqu'à ce qu'ils soient comme une seconde nature, jusqu'à ce qu'ils puissent les enchaîner sans la moindre hésitation, sans même avoir à réfléchir ?

Cette salle de répétition avait dû voir défiler des milliers d'entre eux, des plus grandes stars aux simples anonymes. Des interprètes illustres avaient brûlé ces planches, et les portraits de certains d'entre eux étaient affichés dans le hall.

Ce lieu était l'un de ceux qui avaient fait l'histoire de Broadway. Les plus grandes comédies musicales y avaient été montées loin des yeux des spectateurs qui les découvriraient bien plus tard sans imaginer le travail et les efforts déployés pour réaliser le spectacle qui illuminerait un soir de leur vie.

Loin des paillettes et des mondanités, des costumes colorés et des applaudissements, les danseurs y répétaient durant des heures leurs mouvements, jusqu'à ce que leurs muscles soient tétanisés par l'effort, jusqu'à ce que leur respiration se fasse haletante. C'était le prix à payer pour faire naître cette magie qu'était la danse.

L'assistant frappait des mains en rythme, leur rappelant chaque figure. A ses côtés, le chorégraphe surveillait attentivement ce ballet complexe et aucun détail n'échappait à son regard acéré.

— Stop ! s'exclama-t-il soudain.

La mélodie mourut en une dernière cascade de notes cristallines tandis que les danseurs s'immobilisaient.

— Ça manque d'énergie, déclara le chorégraphe en fronçant les sourcils. Ce n'est pas assez enlevé…

Les danseurs se regardèrent avec une pointe de désespoir mêlé de résignation. Ils travaillaient depuis des heures sur ce qui devait constituer l'un des tableaux centraux de la comédie musicale. La fatigue commençait à les gagner, et le chorégraphe dut s'en rendre compte puisqu'il leur fit signe de prendre cinq minutes de pause.

Soulagés, ils s'effondrèrent à même le sol, profitant de ce répit bienvenu pour masser leurs muscles endoloris. Certains effectuaient des exercices pour se décontracter, d'autres sortirent de leurs sacs des barres de céréales et des bouteilles d'eau.

— Tu en veux un morceau ?

Maddy O'Hurley contempla la tablette de chocolat que lui tendait l'une des autres danseuses et secoua la tête.

— Non, merci. Le sucre a tendance à me faire tourner la tête.

— Moi, j'ai vraiment besoin d'un coup de fouet, et pour ça rien ne vaut un peu de glucose… Ce type va finir par nous tuer !

Maddy sourit en jetant un coup d'œil au chorégraphe qui s'entretenait à voix basse avec le pianiste.

— Je reconnais qu'il n'est pas commode, acquiesça-t-elle. Mais, au moins, il a l'air de savoir ce qu'il veut !

— Peut-être. Mais cela ne m'empêche pas d'avoir des envies de meurtre.

— Que dirais-tu de l'étrangler avec une corde de piano ? suggéra Maddy en riant.

— Il serait capable de se plaindre de la note que j'ai choisie, répondit l'autre danseuse en secouant la tête, fataliste.

Maddy sentait son énergie lui revenir peu à peu et elle se massa le cou pour chasser la raideur qui commençait à s'y faire sentir.

— Je t'ai remarquée aux auditions, remarqua-t-elle. Tu es vraiment très douée.

— Merci… Mais je ne me suis pas présentée : je m'appelle Wanda Starre, avec deux « r ».

— Enchantée. Je suis Maddy O'Hurley.

— Oh, je sais.

Maddy s'était déjà taillé une solide réputation dans le petit milieu de la comédie musicale. La plupart des danseurs la connaissaient de vue, sachant qu'elle était l'une de celles qui avaient réussi dans cette profession où la compétition pouvait être redoutable.

— Tu sais, c'est mon premier contrat blanc, déclara Wanda.

— Vraiment ? s'étonna Maddy.

Les contrats roses étaient ceux que signaient les danseurs occupant les seconds rôles alors que les blancs étaient réservés aux interprètes principaux. Passer de l'un à l'autre pouvait prendre des années et constituait généralement l'un des tournants majeurs d'une carrière.

Maddy contempla attentivement Wanda. La jeune femme avait la peau plus noire que l'ébène. Ses traits étaient fins et la grâce que dégageait sa silhouette mince et nerveuse était encore soulignée par sa haute taille.

— Je suis étonnée, reprit la jeune femme. Tu danses merveilleusement bien…

— C'est gentil. J'espère juste que je ne serai pas trahie par mes nerfs. Honnêtement, je suis terrifiée à l'idée de participer à ce spectacle.

— Moi aussi, confia Maddy.

— Allons, tu me fais marcher ! Ce n'est pas la première fois que tu joues dans une pièce de ce genre.

— Mais c'est la première fois que je travaille pour Macke, répondit la jeune femme en suivant des yeux le chorégraphe qui s'éloignait du pianiste pour reprendre sa place au fond de la salle. Je crois qu'il va être temps de s'y remettre, ajouta-t-elle.

Tous les danseurs se levèrent et écoutèrent les nouvelles instructions de Macke. Au cours des deux heures qui suivirent, ils répétèrent patiemment, perfectionnant chaque mouvement, suivant attentivement les recommandations de plus en plus précises du chorégraphe.

Enfin, tous les danseurs furent congédiés à l'exception de Maddy qui bénéficia de dix minutes de relâche avant de travailler le solo qu'elle devait interpréter. En tant que danseuse principale, elle devait travailler beaucoup plus que les autres et mémoriser deux fois plus d'enchaînements.

Il lui faudrait également répéter avec son partenaire masculin et les autres rôles principaux de la pièce. Cela représentait un entraînement digne de celui des athlètes professionnels puisqu'elle devait s'exercer quasiment tous les jours.

Sur les deux heures dix que durerait le spectacle, elle serait présente durant plus d'une heure et demie. D'ici là, elle devrait assimiler chaque geste de façon si parfaite qu'il lui semblerait en fin de compte littéralement dicté par la musique.

— Essaye de reprendre la première phrase avec les bras un tout petit peu plus levés, conseilla Macke lorsqu'elle eut terminé son solo pour la première fois. Et tâche de ne pas laisser ton énergie décroître sur la seconde partie. Il faut que le public se sente emporté par le rythme de plus en plus saccadé. D'accord ?

Maddy hocha la tête et le pianiste attaqua de nouveau la mélodie. La jeune femme recommença son solo, s'investissant corps et âme dans l'enchaînement excessivement complexe qu'elle devait réaliser.

— C'est mieux, déclara Macke lorsqu'elle eut terminé.

Venant de lui, cette simple remarque prenait la dimension de louanges enthousiastes.

— Cette fois, tâche de montrer un peu plus de décontraction. Il faut que tout cela semble parfaitement naturel. Le public ne devrait même pas se rendre compte des efforts que tu fais.

Le chorégraphe s'approcha de Maddy et entreprit de lui masser délicatement les épaules. Sous ses doigts, la jeune femme sentit ses muscles contractés se détendre légèrement. Macke avait peut-être la réputation d'être une peau de vache, songea-t-elle, mais il connaissait parfaitement ses danseurs.

— N'oublie pas non plus que tu es une stripteaseuse dans cette pièce, pas une ballerine. Ça doit se sentir dans chacun de tes gestes… Moins de grâce, plus de provocation !

— D'accord, acquiesça Maddy.

Macke retira ses mains de ses épaules, et elle reprit sa place. Le pianiste, aussi infatigable que précis, reprit le morceau depuis le début.

Cette fois, la jeune femme essaya d'oublier la technique et de s'identifier totalement à son personnage. Mary Howard était une jeune stripteaseuse dévergondée et aguicheuse qui jouait de ses charmes pour obtenir ce qu'elle voulait. Maddy devait découvrir comment bougeait une telle femme, quels étaient son port de tête, sa démarche et ses gestes.

Lentement, les mouvements de Maddy s'accordaient avec l'image mentale qui se formait dans son esprit. Elle se fit plus suggestive, plus aguicheuse, ébauchant chaque pas sans vraiment l'achever, le laissant en suspens comme une invite muette, une provocation.

Son visage diaphane aux traits d'elfe laissa transparaître une volupté que trahissaient l'éclat de ses yeux et la moue sensuelle qui jouait sur ses lèvres. Elle s'abandonna pleinement à cet être qu'elle était censée incarner, le laissant prendre possession d'elle. Aux yeux de Macke et de son assistant, elle paraissait transfigurée.

La grâce naturelle et innocente que dégageait Maddy avait laissé place à une séduction presque sexuelle. Son corps se tordait au rythme de la musique, suggérant les transes extatiques d'une étreinte amoureuse. L'air

paraissait s'être chargé d'électricité tandis qu'elle
enchaînait avec une facilité déconcertante les phrases
de son solo.

Maddy exultait. Elle sentait instinctivement qu'elle
atteignait une sorte d'état de grâce, ne faisant plus qu'un
avec la musique. D'une certaine façon, sa vie entière
l'avait préparée à de tels instants. Pendant des années,
elle avait suivi ses parents sur les routes, multipliant
les spectacles devant les publics les plus divers.

A cinq ans, elle avait déjà appris à anticiper les réactions des spectateurs, à reconnaître leur état d'esprit,
à percevoir leurs changements d'humeur. Elle avait
compris comment adapter son jeu à son auditoire et
influer de façon subtile sur ses dispositions. C'était
ce qui faisait parfois la différence entre un spectacle
réussi et un échec cuisant.

Puis, riche de cette expérience pratique, elle avait
commencé à suivre des cours de danse. Là, durant des
heures, elle avait perfectionné sa technique, appris les
secrets du métier, mémorisé des centaines d'enchaînements. Elle avait oublié les noms et les visages de
certains de ses professeurs mais leurs leçons s'étaient
inscrites au plus profond d'elle-même.

Lorsque l'argent manquait, elle devait renoncer
momentanément aux cours mais son père prenait
alors le relais, la faisant répéter dans les arrière-salles
des bars où ils se produisaient ou même dans leurs
chambres d'hôtel. La danse était devenue le seul univers
de Maddy, une véritable religion qui occupait chaque
instant de son existence.

Comment, dès lors, aurait-elle pu opter pour une
autre carrière ? Après s'être installée à New York, elle
avait commencé à courir les auditions. Malgré son

expérience, elle avait commencé par essuyer quelques refus et avait dû se remettre en question.

Au lieu de baisser les bras, elle avait persévéré, s'inscrivant à plusieurs cours où elle avait élargi ses horizons. Au bagage technique qu'elle possédait déjà, elle avait allié une connaissance approfondie des principaux courants de la danse : classique, modern jazz et contemporaine.

Cela lui avait permis d'accroître sa sensibilité, de mieux appréhender les secrets de la chorégraphie, d'ajouter à ses instincts une compréhension plus théorique de son art. Pendant six années, elle s'y était consacrée pleinement, affrontant avec courage la solitude et les continuelles remises en question.

Elle avait multiplié les auditions, acceptant les rôles les plus modestes afin de se perfectionner et d'accumuler de l'expérience. Pour payer ses leçons, elle avait accepté successivement divers petits boulots : serveuse, hôtesse d'accueil, baby-sitter...

Puis les chorégraphes avaient fini par la remarquer, lui confiant des responsabilités de plus en plus importantes. Elle avait alors pu vivre des cachets qu'elle touchait sans pour autant renoncer à sa formation.

Finalement, elle avait décroché le premier rôle dans *Suzanna's Park*, une comédie musicale. Le succès de cette pièce avait été immédiat et les prolongations s'étaient succédé. Maddy aurait sans doute pu conserver le rôle-titre pendant plusieurs années mais elle avait décidé de ne pas renouveler son contrat.

Ce choix avait constitué une réelle prise de risque mais elle avait alors l'impression de ne plus rien avoir à apprendre en conservant indéfiniment sa place. Elle avait donc décidé d'aller de l'avant malgré les conseils de son agent.

Finalement, elle n'avait eu qu'à se féliciter de ce choix. Macke, l'un des chorégraphes les plus respectés de la scène new-yorkaise, l'avait en effet remarquée et lui avait confié le personnage de Mary dans sa nouvelle pièce.

C'était certainement le rôle le plus difficile qu'elle ait jamais eu à interpréter mais elle savait que, si elle y parvenait, il suffirait à asseoir définitivement sa réputation à Broadway.

Une fois de plus, elle reprit son solo, s'investissant pleinement dans chaque mouvement, s'efforçant de satisfaire chacune des exigences de Macke qui ne la quittait pas des yeux. Le visage du chorégraphe ne trahissait aucune de ses émotions, révélant simplement l'intense concentration avec laquelle il analysait le moindre de ses gestes.

Lorsqu'elle s'arrêta enfin, l'ombre d'un sourire se dessina sur ses lèvres et il lui jeta sa serviette.

— Pas mal, déclara-t-il.

Encore essoufflée par sa prestation, Maddy éclata d'un rire un peu rauque.

— Pas mal ? répéta-t-elle. C'est tout ?

— Tu es douée, répondit Macke d'un ton malicieux. Mais je connais les danseurs : si on leur fait trop de compliments, ils prennent tout de suite la grosse tête.

Maddy hocha la tête et essuya les gouttelettes de transpiration qui constellaient son visage.

— Je peux te demander quelque chose ? fit-elle enfin.

— Je t'écoute, répondit Macke en sortant une cigarette qu'il alluma.

C'était en contradiction complète avec le règlement mais personne n'aurait eu le courage de le lui faire remarquer. Macke était une véritable légende vivante et, s'il avait décidé de transformer sa salle de répétition en fumoir, personne n'y trouverait à redire.

— Combien de pièces as-tu montées ? demanda la jeune femme.

— Beaucoup trop pour me rappeler le nombre exact, répondit le chorégraphe en haussant les épaules.

Maddy sourit, songeant qu'il connaissait probablement la réponse exacte. Mais, à sa façon un peu bourrue, Macke restait un homme assez modeste malgré l'adulation dont il faisait l'objet.

— Est-ce que celle-ci te paraît prometteuse ?

— Pourquoi ? Tu es nerveuse ?

— C'est un euphémisme…

— Tant mieux. Les interprètes doivent toujours rester dans le doute. Cela les empêche de se laisser aller à la facilité. Ils continuent à chercher, à expérimenter, à se remettre en question…

— Peut-être… Mais, dans mon cas, le doute est synonyme d'insomnie, et ce n'est pas souhaitable à la veille d'un spectacle aussi important.

— Dans ce cas, dis-toi bien ceci : la pièce est tirée d'un livre à succès, le livret est solide, la musique a été écrite par un bon compositeur et le chorégraphe est excellent. Que te faut-il de plus ?

— Une ovation debout à la fin de la première représentation. Je suppose que cela finirait de me rassurer…

— Malheureusement, quel que soit l'accueil du public, il sera trop tard pour faire marche arrière. La seule chose que nous pouvons faire, c'est donner ce que nous avons de meilleur et ne pas ménager nos efforts. Mais une chose devrait te rassurer : le producteur qui nous soutient n'a pas l'habitude de s'intéresser aux mauvais projets...

— C'est bien Valentine Records, n'est-ce pas ?

— Oui. Et ils ont insisté pour obtenir les droits exclusifs de diffusion. D'après mon expérience, c'est toujours bon signe.

Macke écrasa sa cigarette dans le petit cendrier portatif qui ne le quittait jamais.

— Reed Valentine, le gérant de cette maison de disques, a la réputation d'être encore plus doué que son père. Il est doté d'une intuition diabolique et, s'il croit à la pièce, c'est qu'elle va marcher.

— Eh bien, c'est tout le mal que je lui souhaite ! s'exclama Maddy en souriant. Je serais ravie que les disques et les vidéos se vendent comme des petits pains.

— Moi aussi. Et maintenant, il est grand temps que tu ailles te reposer.

Maddy hocha la tête et se dirigea vers les douches. Pour elle, il s'agissait d'un moment privilégié : l'eau brûlante dénouait ses muscles, transformant la fatigue en une délicieuse lassitude. Elle avait débuté la matinée par un cours de danse classique avant de venir répéter la pièce.

Elle avait commencé par travailler les chansons avec le compositeur. Ce dernier s'était montré très satisfait de sa prestation. De fait, Maddy avait une jolie voix et assez de coffre pour chanter sans micro dans une salle de concert. Les années passées dans la troupe familiale lui avaient en effet appris à compenser l'acoustique parfois douteuse des lieux dans lesquels ils se produisaient.

Le lendemain, elle travaillerait son jeu d'actrice. C'était l'aspect de son travail qui la préoccupait le plus.

Sa sœur Chantel avait toujours été meilleure actrice qu'elle, et elle n'était jamais parvenue à s'identifier aussi complètement aux personnages qu'elle devait interpréter.

Elle s'intéressait beaucoup plus à la danse qui, à ses yeux, constituait un art plus immédiat, plus brut. Entre la pensée et le geste, il n'y avait pas de médiation, pas de représentation. Et c'était cette pureté qui fascinait la jeune femme depuis les premiers mouvements que lui avait enseignés son père dans un coin perdu de Pennsylvanie.

Du bar insignifiant où elle avait fait ses premiers pas de danse, à la scène de Broadway, elle avait parcouru un long chemin mais elle estimait avoir encore beaucoup à faire pour devenir la danseuse accomplie qu'elle rêvait d'être.

Après s'être séchée, la jeune femme enfila des habits propres et quitta le vestiaire. De la salle de répétition, lui parvenaient les notes familières d'un passage de la comédie musicale sur lequel le musicien avait décidé de retravailler. Cela signifiait que certaines parties chantées seraient de nouveau modifiées, songea Maddy avec une pointe de résignation.

Mais c'était le prix à payer lorsque l'on avait la chance de collaborer avec les plus grands. S'ils étaient parvenus à une telle maîtrise de leur art, c'était grâce à leur exigence et à leur perfectionnisme. Macke lui-même avait apporté des dizaines de modifications à sa chorégraphie au fil des séances de travail…

Traversant le hall, la jeune femme se dirigea vers la sortie. Elle n'avait rien mangé depuis le petit déjeuner qu'elle avait avalé en vitesse ce matin et se sentait affamée. S'arrêtant une dernière fois, elle écouta les accords qui se répétaient encore et encore, remarquant les modifications subtiles qu'introduisait le pianiste chaque fois.

Fredonnant cet air, elle quitta enfin la salle de répétition et s'engagea dans la rue. A peine avait-elle parcouru une dizaine de mètres qu'elle sentit une brusque traction exercée sur son sac de sport. Elle agrippa fermement la poignée, se retourna et se retrouva face à un adolescent de seize ou dix-sept ans vêtu de guenilles. Dans son regard brillait une lueur aussi farouche que déterminée.

Il avait dû s'attendre à lui arracher facilement le sac, réalisa la jeune femme en un éclair. Après tout, comment aurait-il pu savoir que, sous des dehors frêles et minces, elle cachait une telle force ? A présent, il comprenait son erreur mais n'en paraissait que plus décidé à s'emparer du sac.

Maddy aurait pu appeler à l'aide mais elle savait que, si la police intervenait, le jeune homme finirait probablement en prison. Or elle ne croyait guère en une institution qui, d'après ce qu'elle en savait, formait plus de criminels qu'elle n'en sauvait.

— Est-ce que tu sais seulement ce qu'il y a là-dedans ? demanda-t-elle sans cesser de tirer sur la poignée du sac. Un tas de vêtements imbibés de sueur et des chaussons de danse. Je doute que tu en aies l'utilité…

A ce stade, un voleur professionnel aurait certainement renoncé et se serait enfui sans demander son reste. Mais l'adolescent paraissait trop désespéré pour réaliser qu'en restant, il prenait de sérieux risques. Il commença à l'insulter vertement.

— Franchement, ce qu'il y a là-dedans ne te servira à rien, lui répondit-elle calmement.

Le jeune homme tira plus violemment et Maddy manqua se tordre la cheville. Elle réalisa alors que, si elle se blessait au cours de cette incartade absurde, elle serait incapable de danser et risquerait de perdre son rôle dans la comédie musicale.

C'était une chose qu'elle ne pouvait se permettre. Renonçant à convaincre son agresseur, elle opta donc pour une solution de compromis.

— Ecoute, si tu acceptes de lâcher ce sac, je te donne l'argent que j'ai sur moi. A peu près trente dollars… De toute façon, mes cartes de crédit ne te serviraient à rien puisque je les ferai annuler immédiatement. Quant à mes chaussons, j'en ai besoin demain.

Malheureusement, l'adolescent ne paraissait pas décidé à transiger. Il tira de nouveau sur la poignée. La violence de son geste fit basculer Maddy en avant, tandis que son sac volait à quelques mètres de là. Les vêtements qu'il contenait se répandirent sur la chaussée.

Un cri se fit alors entendre, et le jeune homme se retourna, réalisant qu'ils n'étaient plus seuls. Sans hésiter, il prit ses jambes à son cou et disparut dans une ruelle adjacente. En pestant, Maddy se releva et entreprit de ramasser ses affaires.

— Tout va bien ? fit une voix derrière elle.

Toujours accroupie, elle se retourna et comprit pourquoi l'adolescent avait brusquement renoncé.

L'homme était grand et solidement bâti. L'élégant costume qu'il portait révélait de larges épaules et une silhouette mince et sportive qui faisait de lui un opposant beaucoup plus crédible qu'elle aux yeux de son agresseur.

Maddy admira les traits de son visage rasé de frais : un nez légèrement aquilin, qui lui conférait un air vaguement aristocratique, des pommettes hautes, une bouche fine et bien dessinée, une légère fossette au creux du menton et de beaux yeux gris qui trahissaient sa sollicitude.

Les habits qu'il portait, ses chaussures italiennes et sa montre en or révélaient à la fois le milieu aisé auquel il appartenait et son bon goût teinté de classicisme. Visiblement, il ne s'agissait pas d'un habitant du quartier. La plupart des gens qui vivaient ici n'avaient pas les moyens de s'offrir de tels vêtements.

— Vous allez bien ? répéta l'homme en fronçant les sourcils d'un air inquiet.

— Ça va, répondit la jeune femme en se redressant. Mais je suis heureuse que vous soyez intervenu. Ce garçon ne paraissait pas décidé à entendre raison…

— Parce que vous essayez toujours de raisonner vos agresseurs ?

— Disons que celui-ci n'avait pas l'air très dangereux. A voir la façon dont il s'y est pris, je me suis dit qu'il n'avait sans doute pas beaucoup d'expérience. Alors j'ai tenté de négocier.

— Vous pensez vraiment que cela valait le coup de prendre un tel risque ? demanda l'homme en désignant la tenue de danse moite de transpiration qu'elle était en train de remettre dans son sac. Il aurait réellement pu vous faire du mal, vous savez.

— Je ne pense pas, honnêtement. Et, franchement, je ne tenais pas à perdre mes chaussons de danse. Je les ai achetés il y a moins de deux semaines !

— Je comprends, acquiesça l'inconnu en souriant. En tout cas, je trouve que vous réagissez plutôt bien pour quelqu'un qui a manqué se faire dérober un vieux collant, un justaucorps délavé et une serviette élimée…

— Elle n'est pas si élimée que cela. De toute façon, l'essentiel, c'est que je n'aie rien perdu. Grâce à vous…

— Je ne sais pas si mon intervention a changé grand-chose. Vous aviez l'air de très bien vous débrouiller toute seule.

— Merci, répondit-elle avec un sourire ironique.

— Je suis sérieux. La plupart des femmes que je connais n'essaieraient même pas de discuter avec un agresseur.

— Et que feraient-elles, alors ?

— Je pense qu'elles se mettraient à crier.

— Si j'avais agi de cette façon, remarqua Maddy, je n'aurais plus mon sac, à l'heure qu'il est. En tout cas, je vous remercie, ajouta-t-elle en lui tendant la main. J'ai toujours eu un faible pour les héros.

L'homme serra sa main, visiblement amusé.

— Puisque c'est le rôle que je suis censé jouer, puis-je vous signaler qu'il ne me paraît pas très prudent qu'une jeune femme se promène seule dans un tel quartier à la nuit tombée ?

Une fois de plus, la jeune femme éclata d'un rire franc.

— Il se trouve, cher héros, que c'est mon quartier. Mon appartement se trouve à quelques pâtés de maisons d'ici. Si je vous ai dit que cet adolescent était un débutant, c'est parce que je sais pertinemment qu'un voleur plus expérimenté ne s'en prendrait jamais à une danseuse. Ils savent très bien que nous sommes généralement presque aussi fauchées qu'eux. Par contre, ce n'est visiblement pas votre cas. Habillé comme vous l'êtes, vous constituez une cible de choix et je vous conseille de cacher votre montre et votre portefeuille si vous ne voulez pas attirer les pickpockets.

— Merci pour ce conseil. J'essaierai de m'en souvenir.

— Mais, dites-moi, puisque vous n'avez pas l'air d'être un habitué du quartier, peut-être puis-je vous indiquer la direction de ce que vous cherchez.

— C'est très gentil mais j'ai déjà trouvé : je dois me rendre dans le bâtiment qui se trouve juste derrière vous.

— La salle de répétition ? s'étonna Maddy. Vous n'êtes pourtant pas un danseur. Ni un acteur... Un musicien, peut-être ? Non, je ne pense pas...

— Pourquoi cela ?

— Parce que vous êtes vêtu de façon trop classique. Les artistes aiment montrer qu'ils ne sont pas des gens comme les autres. La plupart préféreraient mourir plutôt que d'enfiler un costume ! Vous, vous pourriez être banquier, avocat ou...

La jeune femme réalisa brusquement à qui elle avait affaire.

— A mon avis, vous êtes notre ange gardien, ajouta-t-elle.

L'homme leva un sourcil, trahissant son incompréhension.

— Vous travaillez pour Valentine Records, n'est-ce pas ?

— C'est exact. Je suis même le propriétaire de la maison de disques, Reed Valentine. Mais comment avez-vous deviné ?

— C'est facile : je suis la stripteaseuse.

— Je vous demande pardon ? fit Reed, un peu dépassé par le tour surréaliste que prenait la conversation.

— Celle de la pièce, expliqua-t-elle.

Cette fois, Reed ouvrit de grands yeux et elle éclata de rire.

— J'interprète le personnage de Mary, la stripteaseuse de la comédie musicale que vous produisez.

— Vous êtes Madeline O'Hurley ? s'exclama Reed, incrédule.

— C'est ce qui est marqué sur le contrat que j'ai signé avec votre entreprise, en tout cas.

— Ça alors ! Je vous ai vue jouer dans *Suzanna's Park* mais je ne vous avais pas reconnue.

— Cela n'a rien d'étonnant. Je portais une robe du XIXe siècle et une perruque blonde… Sans parler du maquillage et de l'éclairage… Vous avez l'air déçu.

— Je n'ai pas dit ça ! protesta aussitôt Reed, gêné.

— Bien sûr que non. Vous êtes sans doute trop poli pour vous permettre une telle remarque. Mais ne vous en faites pas, monsieur Valentine. Je ferai parfaitement l'affaire. Vous avez bien fait de m'engager.

A quelques mètres d'eux, un réverbère s'alluma, leur rappelant que la nuit n'allait pas tarder à tomber.

— Je suppose que vous avez rendez-vous avec le compositeur.

— Oui… Nous devions nous rencontrer, il y a déjà une bonne dizaine de minutes.

— Ne vous en faites pas. Lorsque je suis parti, il était en plein travail. Il n'a même pas dû remarquer votre retard. En tout cas, n'hésitez pas à passer nous voir. Nous répétons presque tous les jours, et je pense que vous ne serez pas déçu ! Je suis plutôt douée et Macke est un véritable génie.

Sur ce, elle lui décocha un sourire amical et s'éloigna à grands pas en direction de la rue.

Reed détestait être en retard mais il ne put s'empêcher de la suivre des yeux jusqu'à ce qu'elle s'engage dans l'artère principale, tourne à droite et disparaisse à sa vue. Il secoua alors la tête d'un air vaguement interloqué. Décidément, cette fille n'était pas banale, songea-t-il avec un sourire.

Comme il se détournait pour gagner le hall de répétition, il aperçut une brosse à cheveux qui avait roulé sur le trottoir. Après un instant d'hésitation, il la ramassa. Il émanait de l'objet une odeur très féminine, une délicieuse fragrance de shampooing au citron vert.

Reed la glissa dans sa poche, se promettant de la rendre à sa propriétaire. Après tout, il n'en était pas à une bonne action près...

2

Il s'écoula presque une semaine avant que Reed n'ait l'occasion de se rendre de nouveau à la salle de répétition. En temps normal, il n'aurait pas pris cette peine, se contentant de s'intéresser aux détails techniques de la production sans se soucier de son aspect esthétique.

Après tout, il n'était ni chorégraphe ni musicien et n'était pas qualifié pour juger de la qualité d'une comédie musicale. Sa spécialité, c'était la gestion des budgets, le suivi des dépenses engagées, la mise au point du plan média et la négociation avec les différents acteurs de cette vaste entreprise.

Mais sa rencontre avec Maddy avait aiguisé sa curiosité. Lorsqu'il l'avait vue danser dans *Suzanna's Park*, il avait été frappé par l'énergie qui se dégageait d'elle. Elle brûlait les planches, démontrant une parfaite maîtrise de son corps et de sa voix. Comme la plupart des autres spectateurs, Reed était instantanément tombé sous le charme.

C'était d'ailleurs l'une des raisons pour lesquelles il avait accepté sans hésiter de produire la comédie musicale. Il s'était dit qu'avec une telle interprète, elle remporterait certainement un véritable triomphe.

Lorsqu'il s'était retrouvé nez à nez avec Maddy, il

avait été surpris de découvrir à quel point la jeune femme était différente de l'image qu'il s'était faite d'elle. Sur scène, elle lui avait paru grande et athlétique alors qu'en réalité, elle était plutôt petite et fine.

Il avait supposé qu'elle se conduirait comme la majorité des stars qu'il avait croisées depuis qu'il travaillait dans le milieu de la musique, qu'elle ferait preuve de ce mélange d'arrogance et de mépris qui avait le don de l'exaspérer. Au lieu de cela, il avait découvert une jeune femme pleine d'humour et de malice qui préférait visiblement le quartier modeste dans lequel elle vivait aux luxueux appartements de la Cinquième Avenue.

Reed, par contre, se sentait parfaitement déplacé dans un tel environnement. Lorsqu'il sortit du taxi qui l'avait conduit de son bureau à la salle de répétition, il remarqua les regards étonnés que suscitaient les vêtements de prix qu'il portait. La plupart des gens qui vivaient là étaient habillés de façon beaucoup moins ostentatoire.

Ici, il n'y avait ni grands restaurants, ni bars branchés ni épiceries fines. Les murs étaient couverts de graffitis et les boutiques évoquaient plus un souk oriental qu'une rue de New York.

Tandis qu'il se dirigeait vers le bâtiment de briques devant lequel il s'était fait déposer, Reed plongea les mains dans les poches de son manteau. Sa main rencontra la brosse à cheveux de Maddy, et il se sentit un peu ridicule. Après tout, elle était sans valeur particulière, et la jeune femme en avait probablement déjà racheté une autre.

Ne le soupçonnerait-elle pas d'avoir des intentions moins avouables ? Cette idée le mit terriblement mal à l'aise. Bien sûr, il trouvait la jeune femme attirante.

Mais il avait appris à se méfier des actrices, des chanteuses et des artistes en général. Leur ego et leur besoin de reconnaissance étaient généralement bien trop surdimensionnés à son goût...

Pénétrant dans le hall de la salle de répétition, Reed se laissa guider par les notes de musique et ne tarda pas à parvenir dans une vaste pièce aux murs couverts de miroirs. Il découvrit un groupe de danseurs et ne put s'empêcher d'éprouver une pointe de déception.

La plupart d'entre eux étaient vêtus de vieux collants et de justaucorps dépareillés et ce groupe disparate était loin d'évoquer la magie que les gens associaient généralement aux comédies musicales de Broadway. La salle elle-même, qui avait dû connaître des jours meilleurs, ne contribuait guère à estomper cette impression. En fait, on se serait cru dans un cours de danse de seconde zone plus que dans les coulisses d'un spectacle coûtant plusieurs dizaines de millions de dollars...

— Il me faut beaucoup plus de sensualité, les enfants, déclara alors un homme aux cheveux blancs que Reed reconnut comme étant le chorégraphe. Vous êtes censés vous trouver dans un club de strip-tease, pas dans un bal mondain ! Il faut que le spectateur sente que vous vendez vos corps... Sers-toi de ton bassin, Wanda. C'est de là que doivent venir tous tes gestes. Quant à toi, Maddy, je veux que ton entrée soit plus fracassante. N'hésite pas à en faire trop lorsque tu es sur le podium : rappelle-toi que tu es là pour aguicher les hommes présents dans le club et que, si tu n'y arrives pas, tu risques de ne pas avoir de quoi payer ton loyer ! Cambre-toi plus au début de ton solo, comme ça...

Sous le regard interloqué de Reed, Macke ondula

des hanches avec une sensualité que lui aurait enviée une danseuse du ventre.

— Je veux bien, répondit Maddy en riant. Mais j'ai vu le costume que je porterai dans cette scène et, si je bouge de cette façon, les spectateurs du premier rang vont avoir droit à une leçon d'anatomie…

— Je crois que tu surestimes la taille de ta poitrine, remarqua Macke avec un sourire amusé.

Maddy et les autres danseurs éclatèrent de rire, et chacun reprit sa place sur la marque au sol qui lui était assignée. Macke fit signe au pianiste, et celui-ci se remit à jouer.

Dans un accord parfait, les danseurs se mirent en mouvement. Reed contempla avec stupeur la scène qui prenait vie sous ses yeux. Il aurait vraiment pu se croire projeté dans un bar de strip-tease. Les femmes ondulaient lascivement du bassin, aguichant les hommes, s'approchant d'eux jusqu'à les frôler avant de s'écarter. C'était un véritable ballet de provocations, une mise en scène parfaite de la séduction.

Reed était suffisamment proche des interprètes pour percevoir la difficulté de l'exercice. Il voyait la transpiration perler sur leurs fronts et devinait la tension que leurs mouvements imposaient à leurs muscles. Pourtant, ni l'expression des danseurs ni leur respiration ne trahissaient leurs efforts. Cette parfaite maîtrise impressionna le producteur.

Puis Maddy entra en scène et il oublia tout le reste. La jeune femme était superbe. Le justaucorps qu'elle portait soulignait ses longues jambes, sa taille fine, et sa silhouette légère et aérienne. Lentement, elle s'avança vers le centre de la pièce, les mains posées sur les hanches, ondulant de façon suggestive et terriblement sensuelle.

Puis elle s'immobilisa et, tournant lentement sur elle-même, elle fit mine de se déshabiller sans cesser de danser. Il se dégageait d'elle en cet instant une sensualité si torride que Reed sentit sa gorge se nouer.

Le rythme s'accéléra et les mouvements de la jeune femme se firent plus explicites encore. Elle virevoltait autour d'une barre imaginaire, présentant aux spectateurs les diverses parties de son anatomie tandis que les autres danseurs se tournaient vers elle.

L'un d'eux quitta le groupe et l'attrapa par le bras. Maddy posa la main sur son épaule, et ils se lancèrent dans un duo magnifique qui simulait à la perfection un jeu de séduction : avancées, fausses reculades, ébauches de caresses, promesses muettes d'étreintes à venir.

Puis la musique ralentit progressivement jusqu'à disparaître dans une ultime cascade de notes cristallines.

— C'est mieux, déclara Macke tandis que les danseurs s'asseyaient à même le sol pour économiser leur énergie.

Maddy se tourna vers son partenaire qui la tenait toujours par la taille.

— Surveille tes mains baladeuses, Terry, lui dit-elle.

— Tu ne sais pas ce que tu perds, répliqua son compagnon en s'exécutant.

Maddy sourit. Ce n'est qu'alors qu'elle aperçut Reed qui se tenait discrètement dans l'embrasure de la porte. Il paraissait plus déplacé que jamais avec son costume taillé sur mesure mais elle ne put s'empêcher de songer que, malgré cela, il avait fière allure.

Elle lui adressa un petit signe de la main avant de se tourner vers Macke.

— C'est l'heure de la pause déjeuner, déclara ce dernier en allumant l'une de ses inévitables cigarettes. Maddy, Wanda et Terry, vous avez une heure. Dites à Carter que j'aurai aussi besoin de lui. Pour les autres, rendez-vous à 13 h 30 en salle B pour travailler les chœurs.

Les danseurs se levèrent et se dirigèrent vers les vestiaires. Maddy remarqua les regards aguicheurs et peu subtils que certaines femmes adressaient à Reed qui paraissait plus embarrassé qu'intéressé par ces propositions muettes. Elle finit par le rejoindre après avoir éponge la sueur qui couvrait son visage et ses avant-bras.

— Bonjour, lui dit-elle. Est-ce que vous avez tout vu ?

— Vu quoi ? demanda Reed.

— La danse, bien sûr…

— Oh, oui…

En fait, Reed avait toujours un peu de mal à faire abstraction de la sensualité dont Maddy venait de faire preuve. Une fois de plus, il se demanda comment une femme pouvait être transfigurée à ce point par la seule force de la danse.

— Alors ? Qu'en avez-vous pensé ?

— C'était impressionnant, reconnut-il. Vous avez vraiment une énergie étonnante, mademoiselle O'Hurley.

— Appelez-moi Maddy, je vous en prie. Et merci pour le compliment. Est-ce que vous avez encore un rendez-vous ?

— Non. En fait, je suis venu vous rapporter ceci, répondit Reed en lui tendant sa brosse à cheveux.

— C'est très gentil. Je pensais l'avoir perdue. Attendez-moi un instant…

Se détournant, la jeune femme alla chercher son sac

et y rangea sa serviette trempée et sa brosse à cheveux.
Tandis qu'elle se penchait pour le récupérer, Reed ne
put s'empêcher d'admirer la façon dont le collant qu'elle
portait moulait le bas de ses reins.

Lorsqu'elle se redressa et lui décocha un sourire aussi
amical qu'innocent, il se sentit vaguement coupable.

— Ça vous dirait d'aller déjeuner ? suggéra-t-elle.

— Je ne pense pas que j'aurai le temps. J'ai un
rendez-vous en début d'après-midi.

— Dans ce cas, nous pourrions dîner ensemble.

Reed leva les sourcils, stupéfait par cette approche si
directe. La plupart des femmes auraient attendu qu'il
fasse le premier pas mais Maddy ne semblait pas se
soucier des conventions.

— Dois-je comprendre qu'il s'agit d'une invitation ?
demanda-t-il, d'un ton un peu embarrassé.

— Vous saisissez vite, répondit la jeune femme en
riant. Est-ce que vous êtes carnivore ?

— Carnivore ?

— Oui... La plupart des gens que je connais n'aiment
pas la viande.

— Ce n'est pas mon cas.

— Bien ! Dans ce cas, je nous préparerai des côtes
de bœuf. Vous avez un stylo ?

Passablement estomaqué par les manières très directes
de Maddy, Reed en sortit un de la poche intérieure
de sa veste. Maddy arracha une page de son agenda
et écrivit son adresse.

— On se voit à 19 heures, décréta-t-elle.

Sur ce, sans attendre la confirmation de Reed, elle
héla l'une des autres danseuses qui se trouvait dans le
hall et se dirigea vers elle.

Durant quelques instants, Reed resta immobile,

se demandant si, en acceptant cette invitation, il ne courait pas au-devant de graves ennuis.

En quittant la salle de répétition, ce soir-là, Maddy réalisa qu'elle n'avait absolument pas de quoi préparer le repas qu'elle avait promis à Reed. Aussi se dirigea-t-elle vers le supermarché le plus proche où elle acheta tout ce dont elle avait besoin.

Lorsqu'elle arriva enfin à son immeuble, elle se sentait vidée, et la simple idée de cuisiner la déprimait profondément. Elle regretta de ne pas avoir donné rendez-vous à Reed dans un restaurant du quartier. Mais une promesse était une promesse, et elle entendait bien tenir celle qu'elle lui avait faite.

Dans le hall, tandis qu'elle cherchait les clés de sa boîte aux lettres, elle entendit les Giannelli se disputer. C'était apparemment l'un des passe-temps favoris de ce couple qui avait permis à Maddy de développer au cours des années une connaissance encyclopédique des jurons italiens.

Passant en revue son courrier, la jeune femme avisa une carte postale de ses parents, un relevé de compte en banque et deux factures. Tandis qu'elle gravissait l'escalier menant à son appartement, la jeune femme croisa Angie, l'une de ses voisines qui venait tout juste de se marier.

— Alors ? lui demanda-t-elle en remarquant le manuel que la jeune femme tenait à la main. Comment se passent ces cours de littérature anglaise ?

— Très bien. Je crois que je devrais décrocher mon diplôme en août, comme prévu.

— C'est génial ! Et comment va Tony ?

— Il a été rappelé pour l'audition finale de cette comédie musicale. S'il parvient à décrocher le rôle, il va enfin pouvoir arrêter de travailler comme serveur et se concentrer sur sa carrière de chanteur.

— C'est tout ce que je lui souhaite, répondit Maddy. Il a vraiment mérité de percer. Désolée de ne pouvoir parler plus longtemps mais j'attends quelqu'un et je suis censée préparer le dîner…

Lorsqu'elle atteignit le troisième étage, Maddy entendit les accords d'une guitare électrique qui accompagnait le chant de sa voisine du dessous. Elle devait répéter pour son prochain concert, et Maddy se promit de lui demander où il devait avoir lieu.

Lorsqu'elle arriva enfin à son appartement, il ne lui restait plus qu'une heure pour tout préparer. Sans attendre, elle alluma sa chaîne stéréo et éplucha deux grosses pommes de terre qu'elle entoura de papier aluminium avant de les placer dans le four. Puis elle lava les légumes qu'elle venait d'acheter.

Elle réalisa ensuite que son logis aurait eu grand besoin d'un brin de rangement. Elle avait été si occupée ces derniers jours qu'elle n'avait pas vraiment pris le temps de faire le ménage. D'un œil critique, elle passa le salon en revue.

Les meubles qui y étaient disposés étaient tous dépareillés. Elle avait acheté la majeure partie d'entre eux à des accessoiristes qui bradaient les décors des comédies musicales sur lesquelles ils avaient travaillé. Ainsi, les rideaux rouges provenaient de *Best Little Whorehouse* et le canapé était censé avoir été utilisé sur la scène de *My Fair Lady*. Quant à la table et aux chaises, Maddy les avait récupérées à la fin de *Suzanna's Park*.

Le tout formait un amalgame improbable et chamarré, mêlant meubles de style et accessoires kitsch qui s'accordaient étrangement avec les affiches bigarrées couvrant les murs et vantant diverses comédies musicales, des plus renommées aux plus obscures.

La seule plante qui survivait dans cet environnement étrange était un philodendron qui avait perdu la moitié de ses feuilles mais que Maddy n'avait pas le cœur de jeter.

Sur le bar qui séparait la cuisine du salon trônait l'objet préféré de la jeune femme : une petite enseigne en néon dont les caractères tarabiscotés épelaient son nom. C'était Trace qui la lui avait offerte lorsqu'elle avait décroché son premier rôle à Broadway et, chaque fois qu'elle la regardait, elle pensait à son frère qu'elle ne voyait, hélas, que trop rarement.

Renonçant à passer l'aspirateur, la jeune femme rassembla les magazines qui étaient entassés un peu partout dans l'appartement et les empila dans le porte-journaux. Elle passa ensuite le plumeau là où la poussière était la plus visible et estima que cela suffirait amplement à faire illusion.

Elle regagna alors la cuisine et remplit une bassine d'eau chaude et de lessive avant d'y plonger ses affaires de danse. Elle les lava et les rinça rapidement avant de les suspendre dans sa salle de bains comme elle le faisait chaque soir. Là, elle s'arrêta devant la glace et se contempla.

Au cours des répétitions et des cours de danse, elle passait des heures entières à s'observer dans les miroirs, prêtant attention au moindre de ses gestes, travaillant sans relâche pour rendre ses mouvements plus naturels, plus gracieux. Cette fois, par contre, elle s'intéressa essentiellement à son visage.

D'un œil critique, elle observa ses grands yeux, son menton légèrement pointu, ses pommettes hautes et ses lèvres fines. L'ensemble formait une physionomie raisonnablement attirante, décida-t-elle. Mais il n'y avait rien là de renversant. Elle décida donc de donner un petit coup de pouce à la nature et sortit une trousse ventrue du placard à pharmacie.

Collectionner les articles de maquillage était chez elle une véritable manie. Elle possédait une gamme impressionnante de rouges à lèvres, de mascaras et d'eye-liners que n'aurait pas reniés un professionnel du déguisement. C'était sans doute un hobby curieux pour quelqu'un qui se maquillait aussi rarement mais, ce jour-là, il s'avérait payant.

Maddy essaya diverses combinaisons jusqu'à trouver celle qui mettait le plus en valeur ses yeux, son teint et ses cheveux roux. Elle rangea alors son matériel et regagna la cuisine pour sortir le vin sur le balcon.

Reed se demanda si Maddy ne s'était pas joué de lui. Il chercha l'adresse qu'elle avait griffonnée sur un bout de papier mais il avait dû l'oublier à son bureau. De toute façon, il était certain de s'en souvenir. Comment aurait-il pu l'oublier, lui qui était capable de mémoriser des colonnes entières de bilans et de comptes de résultat ?

C'était un talent qu'il avait développé sous la houlette de son père. Edwin Valentine lui avait maintes fois répété qu'un entrepreneur digne de ce nom devait connaître par cœur le moindre détail concernant son entreprise pour ne jamais être pris en défaut. Reed, qui lui vouait une admiration sans bornes, n'avait jamais remis en cause cette règle fondamentale du monde des affaires.

Mais il commençait à se demander si sa mémoire ne lui jouait pas des tours. A mesure qu'il se rapprochait de l'endroit que Maddy lui avait indiqué, le quartier devenait de plus en plus mal famé. Les rues étaient sales, les trottoirs couverts de papiers gras et de déchets les plus divers.

Il avisa plusieurs dealers qui se tenaient dans l'ombre des ruelles latérales, quelques prostituées vêtues de façon provocante et des bandes de jeunes désœuvrés à l'allure inquiétante.

Comment Maddy pouvait-elle vivre dans un tel environnement ? se demanda Reed. Sa dernière pièce avait pourtant dû lui rapporter assez d'argent pour qu'elle puisse déménager dans un quartier moins défavorisé. D'autant qu'avant de remporter un Tony pour son rôle principal dans *Suzanna's Park*, elle avait joué dans une adaptation à succès de *Kiss me Kate*…

Reed se gara devant l'immeuble de la jeune femme et descendit de sa voiture. Il repéra aussitôt un adolescent adossé à un mur qui observait avec intérêt les enjoliveurs de sa BMW.

— Combien veux-tu pour la surveiller au lieu de la désosser ? demanda-t-il en s'approchant du garçon.

Ce dernier sourit, jetant un coup d'œil intéressé à Reed. Il avait troqué son costume contre un pantalon et une veste de sport mais il détonnait toujours autant dans cet environnement.

— Ça fait une paie que je n'avais pas vu des enjoliveurs comme ça, déclara l'adolescent. Je ferais peut-être bien de prendre une photo avant que quelqu'un ne les fasse disparaître…

Reed lui tendit un billet de vingt dollars.

— Justement, j'aimerais que tu les gardes à l'œil. Tu en auras vingt de plus lorsque je ressortirai si ma voiture est toujours en état. Quarante dollars, c'est plus que ce que ce que tu ne gagnerais en revendant les enjoliveurs, n'est-ce pas ?

Le jeune homme observa attentivement Reed. S'il avait perçu en lui la moindre trace de peur ou de malaise, il aurait probablement cherché à pousser sa chance mais le producteur se contenta de lui rendre son regard, sans cesser de tendre le billet de vingt dollars. Finalement, l'adolescent hocha la tête et le lui prit. Il le fit instantanément disparaître dans la poche de son survêtement.

— Ça marche, répondit-il. De toute façon, je n'ai pas grand-chose d'autre à faire que de glander dans le coin…

Reed se dirigea vers la porte de l'immeuble, notant au passage la profusion de graffitis obscènes qui formaient sur les murs des entrelacs multicolores. Le hall aurait eu besoin d'un bon coup de peinture et il n'y avait pas trace d'un ascenseur.

Reed gravit donc l'escalier, découvrant le paysage sonore caractéristique des lieux : les jurons et les insultes des habitants du premier, le free-jazz du second et les feulements torturés de guitare électrique du troisième. Lorsqu'il parvint au quatrième étage, il bénit le silence relatif qui y régnait.

Lorsqu'elle entendit retentir la sonnette de la porte d'entrée, Maddy était en train de laver la salade. Elle jeta un coup d'œil à l'horloge murale qui se trouvait dans la cuisine. 7 heures précises… Cette ponctualité ne la surprenait pas le moins du monde. Elle aurait parié que Reed était le genre d'homme à ne jamais arriver en retard.

— Un instant, j'arrive ! lui cria-t-elle.

Des yeux, elle chercha un torchon pour se sécher les mains. N'en trouvant pas, elle se résigna à les essuyer sur son jean avant d'aller ouvrir.

— Bonsoir, dit-elle à Reed. J'espère que vous n'êtes pas trop affamé. Je n'ai pas encore tout à fait fini de préparer le repas.

— Ne vous en faites pas… L'odeur de la cage d'escalier m'a momentanément coupé l'appétit.

Maddy s'avança pour renifler et éclata de rire.

— Cela ne m'étonne pas. Un de mes voisins, Guido, a une vision très expérimentale de la cuisine.

Reed sourit et pénétra dans l'appartement de la jeune femme. Rien ne l'avait préparé à ce qu'il découvrit à l'intérieur. Des couleurs contradictoires cohabitaient en un patchwork déroutant. Les meubles couvraient l'ensemble des époques et des styles sans aucun souci d'harmonie. Et le nom de Maddy brillait en lettres de néon sur le bar.

— Sacrée décoration, remarqua Reed d'une voix neutre.

— Merci, répondit la jeune femme.

Un martèlement se fit alors entendre au plafond.

— L'appartement du dessus est également habité par une danseuse, expliqua-t-elle. Elle doit être en train de répéter. Vous voulez du vin ?

— Volontiers…

— Je vais nous chercher deux verres.

Maddy contourna le bar et gagna la cuisine.

— Il doit y avoir un tire-bouchon dans un de ces tiroirs, dit-elle à Reed lorsqu'elle constata qu'il l'avait suivie. La bouteille est sur le balcon. Ouvrez-la pendant que je finis de préparer la salade.

Reed hocha la tête et se dirigea vers la fenêtre entrouverte. Elle donnait effectivement sur un petit balcon qui surplombait une cour mal entretenue. Récupérant la bouteille, il regagna la cuisine et entreprit de chercher le tire-bouchon.

Dans le premier tiroir, il ne trouva qu'une balle de tennis, quelques clés et diverses photographies. Au-dessus de sa tête, il entendait toujours le bruit des pas de danse de la voisine. Brusquement, il se demanda ce qu'il faisait là et pourquoi il avait accepté l'invitation de cette fille fantasque.

— Quelle cuisson pour votre steak ? lui demanda alors Maddy.

— Saignant, répondit-il en repérant enfin le tire-bouchon emmêlé dans une pelote de ficelle.

Il entreprit de démêler cet écheveau tandis que la jeune femme s'agenouillait pour récupérer une poêle dans l'un des placards situés sous le plan de travail. Il sentit sa joue effleurer la jambe de son pantalon.

— Pourquoi m'avez-vous invité à dîner ? demanda-t-il tandis qu'elle se redressait.

— Il n'y avait pas de raison particulière, je suppose, répondit-elle en haussant les épaules. A vrai dire, je suis un peu impulsive… Mais si vous y tenez, disons que c'est pour vous remercier de m'avoir sauvé de cet agresseur, l'autre jour… Sans compter que vous êtes un homme très séduisant.

Une fois de plus, Reed se sentit pris de court par le mélange de franchise et d'innocence de Maddy. Dans la bouche d'une autre femme, ce genre de réplique aurait certainement semblé crue, presque vulgaire. Mais il était évident qu'elle n'avait pas cherché à le choquer ou à le provoquer. Elle se contentait d'énoncer ce qui pour elle était une évidence.

— Merci, répondit-il, un peu gêné.

— Il n'y a vraiment pas de quoi, répondit Maddy en écartant une mèche de cheveux roux qui lui tombait dans les yeux. Et vous ? Pourquoi êtes-vous venu ?

— J'avoue que je n'en ai pas la moindre idée.

— Voilà qui rend les choses plus intéressantes, déclara la jeune femme en riant. Est-ce la première fois que vous produisez une comédie musicale ?

— Oui.

— Moi, c'est la première fois que j'invite un producteur à dîner. Nous voilà à égalité.

Reed se demanda s'il était vraiment censé trouver une logique à cette remarque et finit par y renoncer. En fait, il commençait à comprendre ce qu'avait ressenti Alice lorsqu'elle avait été confrontée aux habitants du Pays des Merveilles.

— Vous avez des verres ? demanda-t-il.

— Des verres ? répéta-t-elle. Ah, oui… Dans un des placards, sans doute.

Résigné, Reed se lança dans cette nouvelle quête. Il trouva plusieurs tasses aux anses brisées, un service à café dépareillé, des assiettes en Plexiglas coloré comme on n'en fabriquait plus depuis les années soixante-dix et, finalement, huit verres à vin de modèles tous différents.

— Vous n'avez pas l'air d'aimer l'uniformité, constata-t-il.

— Pas vraiment. J'aime ce qui est unique.

Elle plaça les steaks dans la poêle et entrouvrit la porte du four pour vérifier la cuisson des pommes de terre. Satisfaite, elle se redressa et prit le verre que Reed lui tendait.

— A une salle comble ! déclara-t-elle en guise de toast.

Reed trinqua et but en silence, en profitant pour étudier la jeune femme. Elle portait un jean, un pull-over trop grand aux manches distendues et pas de chaussures. Il émanait d'elle un parfum léger et subtil.

— Vous ne ressemblez pas du tout à ce que j'avais imaginé en vous voyant sur scène, déclara-t-il enfin.

— Pour une actrice, c'est un compliment. Mais comment m'imaginiez-vous ?

— Je ne sais pas… Plus dure, sans doute. Plus cynique et plus ambitieuse, certainement.

— Vraiment ?

— Oui. J'ai même pensé que l'une des raisons pour lesquelles vous m'aviez invité… était de me poser des questions au sujet du budget de la pièce.

— Et en profiter pour vous demander une augmentation ? Ce n'est pas mon genre… D'ailleurs, j'ai huit ou dix numéros de danse, six chansons et pas mal de texte à apprendre, ce qui ne me laisse pas le temps de dépenser un cent. Et je préfère laisser les problèmes d'argent aux producteurs et aux agents pour me concentrer sur mon travail. Mais, vous avez dit « l'une des raisons ». Y en avait-il une autre ?

— A vrai dire, je pensais que vous vouliez me séduire.

Cet aveu ne parut pas choquer Maddy outre mesure.

Elle se contenta de le regarder avec une pointe d'étonnement.

— Vous êtes un cynique, n'est-ce pas ? C'est dommage… Mais je suppose que vous avez vos raisons. Est-ce que les femmes ont pour habitude de vous faire des avances ?

Reed se sentit déstabilisé par la réaction de la jeune femme. Il s'était attendu à ce qu'elle se montre choquée ou, à tout le moins, gênée. Mais elle paraissait juste curieuse.

— Je suppose que c'est le cas, poursuivit-elle avant qu'il ait pu trouver une réponse adéquate. Et je comprends que cela puisse vous exaspérer au bout d'un moment. Fort heureusement, je n'ai jamais eu ce problème. Les garçons s'intéressaient beaucoup plus à ma sœur qu'à moi…

— Vous avez des frères et sœurs ? demanda Reed, ravi de pouvoir faire diversion.

— Deux sœurs et un frère…

— Dites, vous ne faites cuire qu'un seul steak.

— Oui, le vôtre.

— Vous ne comptez pas manger ?

— Si, bien sûr. Mais j'évite généralement la viande rouge. Je me contenterai d'une bouchée du vôtre par pure gourmandise. Tenez, ajouta-t-elle en lui tendant le saladier. Prenez cela. C'est prêt.

Ils s'installèrent sur les deux confortables fauteuils qui se dressaient de chaque côté de la table basse et Maddy les servit. Reed fut surpris par la qualité du dîner. La sauce de la salade était délicieuse, les pommes de terre cuites à point et recouvertes d'une fine couche de fromage fondu parsemée d'herbes de Provence. Quant au steak, il était saisi exactement comme il l'aimait.

— Reprenez-en un peu, suggéra Reed en constatant que la jeune femme mangeait très peu. Vous vous dépensez beaucoup et il faut vous nourrir si vous ne voulez pas vous effondrer au cours d'une des répétitions.

— Ne vous en faites pas pour moi. Je connais exactement mes besoins nutritifs. Cela fait partie des choses à savoir lorsque l'on est danseuse. C'est d'ailleurs le seul aspect de ce métier que je déplore. J'adore manger et, de temps en temps, je m'autorise même quelques excès. Enfin, seulement lorsque j'ai quelque chose à célébrer...

— Quel genre de choses ? demanda Reed, curieux.

— Eh bien... Le retour du beau temps après trois jours de pluie, par exemple. Cela mérite quelques cookies.

Reed la regarda avec stupeur.

— Vous n'aimez pas les cookies ? demanda la jeune femme que cette simple idée paraissait choquer.

— Si. Mais je n'ai jamais considéré qu'il s'agissait d'un plat de fête. Remarquez que je n'ai jamais fêté le retour de beau temps non plus...

— Cela ne m'étonne pas. Vous avez une vie normale.

— Parce que la vôtre ne l'est pas ?

— Je suppose que si... Bien que la plupart des gens penseraient probablement le contraire. Mais, dites-moi, à quoi ressemble votre vie ?

Reed contempla longuement la jeune femme. La lueur du soleil couchant faisait naître dans ses cheveux de jolis reflets dorés. L'espace d'un instant, il songea que, lovée dans son fauteuil, elle ressemblait à un chat. Il émanait d'elle un mélange de grâce et de douceur mais il savait que, sous ces apparences, se cachait cette prodigieuse énergie qu'il avait vue à l'œuvre dans la salle de répétition.

— Je ne sais pas trop quoi en dire, répondit-il enfin.

— Laissez-moi vous aider. Vous devez avoir un grand appartement. Probablement situé dans l'un de ces immeubles qui dominent Central Park… Quelques vases de la période Ming, des gravures anciennes, un tableau de maître, peut-être… Mais vous passez beaucoup plus de temps dans votre bureau que chez vous. C'est une attitude typique chez un entrepreneur de la deuxième génération. Vous vous sentez responsable du patrimoine que vous a légué votre père. Je suppose que vous sortez avec des femmes de temps à autre mais vous n'avez ni le temps ni l'envie de vous investir dans une relation sérieuse. Vous aimez les musées, les films étrangers et les restaurants français.

Reed la regarda fixement, se demandant avec une pointe d'agacement s'il était vraiment aussi transparent. Dans les yeux de Maddy, il vit briller un éclair malicieux.

— Vous êtes douée, remarqua-t-il un peu sèchement. Je suis impressionné.

— Je suis désolée, soupira-t-elle d'un air contrit. C'est l'une de mes mauvaises habitudes… J'ai tendance à mettre les gens dans des cases. C'est d'autant plus inexcusable que je déteste que l'on agisse ainsi à mon égard.

La jeune femme s'interrompit, paraissant hésiter.

— Dites-moi, ajouta-t-elle enfin. Est-ce que j'étais proche de la vérité ?

— Pas très loin, avoua Reed, désarmé par l'honnêteté de la jeune femme.

Celle-ci sourit, apparemment satisfaite, et s'enfonça dans son fauteuil, les jambes en tailleur.

— Dites-moi, pourquoi avez-vous décidé de produire une comédie musicale parlant d'une strip-teaseuse ? Cela aurait pu paraître un peu scabreux...

— Je vous retourne la question : pourquoi avez-vous accepté le rôle ?

Maddy fronça les sourcils, paraissant réfléchir.

— C'est une excellente pièce, conclut-elle enfin. Pour s'en rendre compte, il suffit de la lire en faisant abstraction des parties dansées et chantées. Même sans cela, l'histoire est solide et bien menée, et le personnage de Mary est attachant. Elle change sans même s'en rendre compte, ce qui est assez subtil. Pour survivre, elle doit être forte mais elle essaie toujours de faire au mieux avec ce qu'elle a. Elle est également ambitieuse et décidée... Jusqu'à ce qu'elle rencontre ce garçon, en tout cas. Elle se rend alors compte que l'argent et la position sociale ne sont pas aussi importants qu'elle le pensait. Et, le comble de l'ironie c'est que c'est justement à ce moment-là qu'elle obtient le rôle dont elle rêvait. Je trouve que c'est une bonne morale...

— Vous croyez aux fins heureuses ?

— Pas vous ?

L'expression de Reed se métamorphosa brusquement. Une lueur sombre passa dans son regard, comme s'il revivait quelque épisode douloureux de son existence.

— Seulement dans les pièces de théâtre, répondit-il.

— Dans ce cas, je devrais vous raconter l'histoire de ma sœur.

— Celle qui a le don d'attirer les hommes ?

— Non, l'autre. Dites, vous voulez un éclair au chocolat ? J'en ai acheté un pour vous et, si vous en mangez, vous pourriez m'en offrir une bouchée. Je serai bien obligée d'accepter si je ne veux pas passer pour une hôtesse déplorable.

Reed ne s'étonnait plus de ce genre de coq-à-l'âne. En fait, il commençait même à trouver terriblement séduisant la façon dont fonctionnait l'esprit de la jeune femme.

— Je serais ravi de partager mon éclair, répondit-il en souriant.

Maddy se leva d'un bond gracieux et gagna la cuisine. Quelques instants plus tard, elle était de retour avec la pâtisserie promise.

— Ma sœur Abby a épousé Chuck Rockwell, reprit-elle. C'est un pilote de formule 1.

— J'ai entendu parler de lui, acquiesça Reed. Il s'est tué dans un accident, il y a quelques années, n'est-ce pas ?

— C'est exact. Toujours est-il que son mariage avec Abby était un échec complet. Elle s'est retrouvée seule dans une ferme de Virginie à élever leurs deux enfants. Elle n'avait plus un sou et avait renoncé à tous ses rêves. Jusqu'à ce qu'un écrivain vienne lui rendre visite. Il voulait écrire un livre sur Chuck... Je peux vous prendre une bouchée de cet éclair ?

Reed en coupa un morceau qu'il piqua sur sa fourchette. Elle la prit et laissa fondre sur sa langue le délicieux morceau de pâtisserie.

— Que s'est-il passé, alors ? demanda Reed, curieux.

— Elle est tombée amoureuse de l'écrivain et tous deux se sont mariés, il y a six semaines de cela. Vous voyez ! Il n'y a pas que les pièces de théâtre qui finissent bien...

— Qu'est-ce qui vous fait croire que ce mariage sera plus couronné de succès que le précédent ?

— Parce que c'est le bon ! Mes deux sœurs et moi sommes des triplées. Je les connais presque aussi bien que moi-même, et lorsque Abby a épousé Chuck, j'étais désolée pour elle. Je savais qu'ils n'étaient pas faits l'un pour l'autre et qu'ils ne se rendraient pas heureux. Mais je n'ai pas osé le dire à Abby. J'ai juste espéré qu'ils trouveraient un modus vivendi acceptable… Par contre, quand elle a épousé Dylan Crosby, j'étais certaine que tout se passerait bien.

— Dylan Crosby ? s'exclama Reed, surpris.

— Oui. Vous le connaissez ?

— Très bien. Il a écrit un livre sur Richard Bailey. Or Richard travaille sous notre label depuis plus de vingt ans. Naturellement, Dylan est venu me voir dès qu'il a commencé ses recherches.

— Le monde est petit !

Reed hocha la tête. Il faisait presque nuit, à présent, et la seule lumière provenait de l'enseigne au néon sur le bar. La danseuse de l'étage supérieur avait depuis longtemps cessé de s'entraîner mais on entendait un bébé pleurer quelque part dans l'immeuble.

— Pourquoi restez-vous ici ? demanda brusquement Reed.

— Qu'est-ce que vous voulez dire ?

— Eh bien… Le quartier n'est pas à proprement parler bien famé, et vos voisins ne sont pas des modèles de discrétion.

— Et alors ?

— Vous pourriez déménager.

— Pourquoi ferais-je cela ? Je connais bien le quartier et je m'y sens chez moi. Mon appartement est à deux pas de Broadway ce qui me permet d'aller travailler à pied. En plus, mes voisins sont mes amis. La plupart sont des artistes fauchés.

— Cela ne me surprend pas.

— Vous savez, je suis exactement comme eux. La seule différence, c'est que j'ai percé alors qu'eux ne l'ont pas encore fait. Mais je ne suis pas assez naïve pour me croire à l'abri d'un revers de fortune. De toute façon, je crois que ce que j'essaie de vous dire, c'est que j'appartiens à ce milieu. Et on ne peut pas changer qui l'on est vraiment… Ou, du moins, on ne devrait pas.

Reed hocha la tête. C'était effectivement une conviction qu'il partageait avec la jeune femme. Lui-même était le fils d'Edwin Valentine, l'un des plus grands producteurs de l'histoire du disque. Comme lui, il s'était dévoué entièrement à la survie et au développement de l'entreprise familiale.

Il était un redoutable négociateur et un habile investisseur. Il maîtrisait les arcanes les plus complexes de la finance et du droit. Et il n'avait absolument rien à faire dans cet appartement plongé dans la semi-obscurité, avec cette femme aux allures de chat et au sourire malicieux qu'il avait de plus en plus envie d'embrasser.

— Vous allez tuer cette pauvre plante, remarqua-t-il en désignant le philodendron rachitique avec les feuilles duquel la jeune femme jouait nerveusement.

Elle cessa aussitôt, comme prise en faute. En fait, elle ne s'était même pas aperçue qu'elle était en train de le faire, ce qui ne lui ressemblait guère. D'ordinaire, elle se flattait de jouir d'une maîtrise parfaite de ses gestes.

Mais quelque chose dans l'attitude de Reed la troublait plus qu'elle n'aurait voulu se l'avouer. Depuis quelques instants, elle avait senti l'atmosphère se charger d'une inexplicable tension.

— De toute façon, articula-t-elle, toutes les plantes que j'achète dépérissent rapidement. C'est une véritable malédiction.

Reed contempla le philodendron et hocha la tête.

— Je crois que vous lui donnez trop d'eau et trop de lumière, déclara-t-il. En amour, l'excès peut parfois être aussi néfaste que le manque.

— Vous avez peut-être raison, acquiesça Maddy.

Elle se demanda s'il appliquait aussi ses règles dans ses relations avec les personnes de l'autre sexe. C'était probable, décida-t-elle. Après tout, il lui avait avoué à demi-mot qu'il faisait passer sa vie professionnelle bien avant sa vie personnelle.

— Je peux vous offrir du thé, suggéra-t-elle. Je suis désolée mais je n'ai pas de café…

— Ce n'est pas grave, répondit Reed en se levant. De toute façon, il va falloir que j'y aille.

C'était faux, bien sûr : il n'avait ni rendez-vous ni raison particulière de se coucher tôt. Mais il avait la conviction que, s'il restait plus longtemps, il finirait tôt ou tard par perdre le contrôle de la situation. Maddy était trop imprévisible et ses propres sentiments à son égard bien trop troubles pour qu'il puisse se permettre de rester.

— J'ai été enchanté de faire votre connaissance, ajouta-t-il. Et ce dîner était délicieux.

Maddy se leva à son tour et lui sourit.

— Je suis contente qu'il vous ait plu. J'espère que nous aurons l'occasion de recommencer…

Sur ce, cédant à une brusque impulsion, Maddy s'approcha de Reed et posa les mains sur ses épaules.

Se penchant en avant, elle posa un léger baiser sur ses lèvres. Instantanément, elle sentit s'éveiller en elle un désir aussi violent qu'incoercible qui la prit de court.

Elle ne s'était pas attendue à une telle réaction mais, lorsqu'elle s'écarta de Reed, la surprise qu'elle lut dans ses yeux lui révéla qu'il était aussi troublé qu'elle. Que leur arrivait-il ? se demanda Maddy avec une pointe d'inquiétude.

Elle n'avait pourtant pas l'habitude de réagir de cette façon. Son métier de danseuse et d'actrice l'avait plus d'une fois conduite à embrasser l'un de ses partenaires sans qu'elle y attache une grande importance. Elle était habituée aux frôlements des corps et jamais elle ne s'était sentie profondément ébranlée par un simple contact physique.

Elle fut tentée de renouveler l'expérience pour s'assurer qu'elle n'avait pas rêvé mais elle réalisa qu'en agissant de cette façon, elle compliquerait singulièrement ses rapports avec Reed.

— Je suis heureuse que vous soyez venu, lui dit-elle d'une voix mal assurée.

— Moi aussi, répondit Reed.

Il aurait voulu l'embrasser de nouveau mais la prudence l'incita à n'en rien faire. Quelque chose lui disait qu'en cédant à la tentation, il s'engagerait dans une relation qu'il n'était pas certain de pouvoir maîtriser. Et Reed ne détestait rien tant que de perdre le contrôle de ses actes.

— Bonne nuit, Maddy, ajouta-t-il.

— Bonne nuit...

La jeune femme le suivit des yeux tandis qu'il gagnait la porte et quittait l'appartement. Lorsqu'il eut disparu, elle se rassit dans son fauteuil et s'efforça de réfléchir à ce qui venait de se produire.

Il fallait absolument qu'elle prenne la mesure de ce qui s'était passé ce soir entre Reed et elle. Car, tôt ou tard, elle serait amenée à le revoir. Et d'ici là, elle devait décider d'une attitude à adopter à son égard...

Comme elle méditait sur cette épineuse question, elle avisa le philodendron aux feuilles jaunies et se rappela les paroles de Reed : « En amour, l'excès peut parfois être aussi néfaste que le manque. »

3

Le pied posé sur la barre, Maddy se pencha en avant. Elle sentit les muscles de son dos et de sa cuisse s'allonger, chassant un début de courbature. Combien de fois dans sa vie avait-elle répété ce geste si familier ? Comme tous les mouvements d'échauffement, il appartenait à une sorte de rituel immuable dont le but principal était de faire travailler et de développer des muscles dont la plupart des gens ignoraient jusqu'à l'existence.

C'est grâce à cet entraînement quotidien que les danseurs étaient capables d'effectuer des figures défiant les lois de la gravité. Et si Maddy avait interrompu durant quelques mois cet incessant travail sur elle-même, elle aurait perdu rapidement la maîtrise nécessaire pour les réaliser.

Elle n'avait même plus besoin de se concentrer pour que son corps réagisse aux instructions du professeur de danse. Aussi, tandis qu'elle s'échauffait de la sorte, son esprit se mit à vagabonder.

Il était un peu moins de 9 heures et elle songea que Reed devait déjà se trouver à son bureau. Il se faisait probablement un devoir d'arriver le premier, avant même sa secrétaire ou son assistant. Elle se demanda s'il pensait à elle et songea que tel n'était probablement pas le cas.

Son esprit devait être entièrement accaparé par ses responsabilités : emploi du temps, rendez-vous, budgets et bilans… Peut-être lui accorderait-il une pensée fugace un peu plus tard, lorsqu'à la fin de la journée, il s'arrêterait pour prendre un verre quelque part. Ou bien quand il rentrerait dans son grand appartement désert…

Elle l'espérait, en tout cas.

Lorsqu'elle eut terminé ses étirements, la jeune femme s'éloigna de la barre et vint se placer au centre de la salle pour travailler quelques figures de base. Tandis qu'elle enchaînait les sauts et les voltes, elle remarqua que la pluie s'était remise à tomber.

De grosses gouttes s'écrasaient sur les vitres et sur la vaste verrière qui tenait lieu de plafond. Ce devait être une pluie chaude, songea-t-elle. Une pluie d'orage. Elle espéra qu'elle ne s'arrêterait pas avant la fin du cours.

Maddy adorait se promener sous la pluie. Lorsqu'elle était jeune, elle n'avait eu que peu de temps pour s'adonner à cet inoffensif passe-temps. Sa famille et elle étaient alors bien trop occupées à courir les salles de spectacle et les bars pour cela.

Mais la jeune femme ne regrettait pas cette étrange jeunesse. Car ses parents étaient de véritables conteurs doués d'une imagination féconde qui leur permettait d'inventer sans cesse des histoires abracadabrantes et magiques qui avaient fait la joie de leurs filles.

Elle avait beaucoup appris d'eux. Plus que l'art de la mise en scène et les aspects techniques de la danse, ils lui avaient enseigné un mode de vie, lui donnant le goût de la liberté et le mépris des préjugés.

Bien sûr, Maddy n'avait pas reçu une éducation très conventionnelle. La géographie, elle l'avait apprise au gré de leurs voyages, l'histoire et la littérature au hasard des livres que lui conseillait sa mère, les mathématiques en regardant son père faire les comptes de leur petite troupe…

A présent, cette jeunesse lui apparaissait comme l'épisode le plus heureux de son existence, un éden doré dont le souvenir lui réchauffait le cœur dans les moments de doute ou d'incertitude.

Mais elle avait aussi découvert de nouveaux plaisirs, comme se promener durant des heures, les jours de pluie.

Reed ne partageait probablement pas cet engouement, songea-t-elle avec amusement. La plupart du temps, il devait se déplacer en voiture, en avion ou en taxi et éviter soigneusement de mouiller les beaux costumes sur mesure qu'il portait.

Il n'aurait probablement pas compris que la jeune femme puisse aimer se faire tremper des pieds à la tête au risque d'attraper un rhume ou une bronchite. Ce n'était pas rationnel et Reed était avant tout un homme de raison. Dans le cas contraire, il n'aurait jamais pu réussir dans le monde impitoyable de la production.

D'ailleurs, réalisa la jeune femme, il ne comprendrait probablement pas non plus sa passion pour la danse. C'était un métier ingrat qui vous conduisait à repousser sans cesse les limites de votre corps au risque d'aller trop loin. Car tous les danseurs savaient qu'ils jouaient avec le feu, qu'ils pouvaient à tout moment se blesser et voir leur carrière entière réduite à néant.

Reed était probablement aussi différent de Maddy qu'il était humainement possible. Pourquoi, alors, ne cessait-elle de penser à lui ? Pourquoi ne parvenait-elle pas à le chasser de ses pensées ? Fallait-il croire ce que disait le proverbe ? Que les opposés s'attiraient ?

Une chose était certaine : elle était hantée par le souvenir de la soirée qu'ils avaient passée ensemble. Il lui suffisait de fermer les yeux pour revoir les reflets dorés qu'avait fait naître le soleil couchant dans ses cheveux blonds, pour se rappeler le mélange de franchise, de curiosité et de cynisme dont il n'avait cessé de faire preuve.

Comment pouvait-elle être attirée par un tel cynisme, elle dont l'optimisme frisait parfois la naïveté ?

C'était absurde…

D'un autre côté, songea-t-elle avec une pointe d'ironie, ce n'était pas la première fois qu'elle se conduisait de façon irrationnelle.

Ce qui était plus étonnant, en fait, c'est qu'il avait suffi d'un simple baiser pour déclencher une telle obsession. Pas même un vrai baiser, d'ailleurs… Reed ne l'avait même pas prise dans ses bras et leurs lèvres s'étaient juste effleurées l'espace de quelques instants…

Pourtant, elle ne cessait de rejouer cette scène dans sa tête. Et, chaque fois, elle arrivait à la conclusion que Reed avait été tout aussi troublé qu'elle. Dans ses yeux, elle avait lu de l'incompréhension mêlée d'une pointe de désir.

Qui sait ce qui se produirait la prochaine fois qu'ils se rencontreraient ?

Sans prendre la peine de sécher ses cheveux trempés, Maddy enfila un sweat-shirt jaune et un jean. Dans les vestiaires flottait une odeur familière : celle de la

transpiration, de divers déodorants et du talc qu'utilisaient la plupart des danseuses.

— Merci beaucoup de m'avoir parlé de ce cours,
lui dit Wanda qui était en train d'enfiler un T-shirt si
moulant qu'il semblait former une seconde peau. Le
niveau est bien meilleur que là où je vais d'habitude
et il coûte cinq dollars de moins.

Maddy s'assit sur le banc près de la jeune femme
et entreprit de se sécher vigoureusement les cheveux.

— Il n'y a pas de quoi, répondit-elle. Notre métier
est assez ingrat comme cela et il est normal de partager
les bons tuyaux…

— Ce n'est pas ce que pensent la plupart de celles
qui ont réussi, objecta Wanda.

— Tu exagères.

— Non. J'évite juste de me faire des illusions. Bien
sûr, tous les danseurs prétendent qu'ils appartiennent
à une grande famille mais c'est complètement faux.
La plupart d'entre eux n'hésitent pas à se tirer dans les
pattes pour décrocher le rôle qu'ils convoitent.

— Pas tous, protesta Maddy.

— Ne me dis pas que toi qui es au sommet de la
pyramide, tu n'as pas peur qu'une nouvelle venue te
souffle ta place, un de ces jours.

— Si. Mais si cela arrive, c'est parce qu'elle sera
meilleure que moi. C'est pour cela que je travaille aussi
dur. Dis-moi, où as-tu trouvé ces boucles d'oreilles ?

— Dans une boutique du Village. Pour cinq dollars
soixante-dix.

— Est-ce qu'ils avaient les mêmes en bleu ?

— Sûrement. On dirait que toi aussi, tu aimes les
bijoux voyants.

— Plus c'est toc, plus c'est choc ! s'exclama Maddy en riant.

— Je suis bien d'accord. Si tu veux, je te les échange contre le T-shirt bigarré que tu portais la dernière fois.

— Marché conclu. Je te l'apporterai à la prochaine répétition.

— Tu sais que tu as l'air en pleine forme.

— C'est le cas.

— Cela ne cacherait pas un nouveau petit ami, par hasard ?

Maddy se regarda dans la glace et tenta de distinguer ce qui avait pu mettre Wanda sur la voie. Avec une once de prétention, elle décida que son visage paraissait radieux.

— Pas tout à fait, répondit-elle en souriant. Mais j'ai effectivement rencontré quelqu'un.

— Beau garçon ?

— Superbe ! Il a des yeux extraordinaires. Des yeux gris… Et une petite fossette au menton.

— Il m'en faut plus que cela pour succomber, remarqua Wanda, ironique.

— Il a aussi de larges épaules. Il est mince et se tient bien. Je pense qu'il est assez musclé.

— Tu penses ?

— Je ne l'ai vu qu'habillé.

— Alors ça ne veut rien dire, décréta Wanda sentencieusement.

— Tu as peut-être raison. Nous avons juste dîné ensemble. Je crois que je l'intéressais mais je n'en suis pas sûre.

— Rassure-moi, il ne s'agit pas d'un danseur, au moins ?

— Non.

— Tant mieux, répondit Wanda en détachant ses boucles d'oreilles. Les danseurs font tous de mauvais maris. Je suis bien placée pour le savoir.

— Nous n'en sommes pas encore là, s'exclama Maddy en riant. Mais je ne savais pas que tu avais été mariée...

— Si, il y a cinq ans. Je l'ai rencontré lors des répétitions de *Pippin*. Nous nous sommes mariés le soir de la première.

Elle tendit les boucles d'oreilles à Maddy avant de poursuivre.

— Le problème, c'est que j'ai vite découvert qu'il avait une conception très élastique de la fidélité.

— Je suis désolée, compatit Maddy.

— Cela m'a servi de leçon. Le mariage n'est pas fait pour moi. Sauf s'il s'agit d'un homme plein aux as... C'est le cas du tien ?

— Je crois, oui...

— Dans ce cas, il n'y a pas à hésiter. Mets-lui le grappin dessus. Si ça ne marche pas, tu pourras toujours te consoler avec une solide pension alimentaire.

— Je suis sûre que tu n'es pas aussi cynique que tu veux bien le faire croire, remarqua Maddy en posant une main amicale sur l'épaule de la jeune femme. Il t'en a fait baver, n'est-ce pas ?

— Plutôt, oui..., reconnut Wanda. Et pour être parfaitement honnête avec toi, disons que je suis aujourd'hui convaincue qu'un mariage n'a une chance que si les deux époux sont prêts à jouer le jeu. Bon, que dirais-tu d'un petit déjeuner ?

— Je ne peux pas, répondit Maddy en récupérant le sac qui contenait son philodendron. Il faut que j'aille livrer quelque chose.

— A mon avis, ce qu'il faut à cette plante, c'est un enterrement décent, commenta sa nouvelle amie d'un ton dubitatif.

— Non. Je crois que ce qu'il lui faut, c'est juste un peu d'amour.

Contrairement à ce que croyait Maddy, Reed n'avait pas cessé de penser à elle. Et cela commençait même à l'agacer singulièrement. Il n'avait pas l'habitude de se laisser déconcentrer facilement, et surtout pas par une danseuse excentrique dont les goûts en matière de décoration frisaient la démence.

Après tout, ils n'avaient rien en commun. C'était du moins ce que se répétait Reed. Il n'aurait même pas dû la trouver séduisante. Certes, elle avait de très beaux yeux dorés, une jolie frimousse et un rire franc et cristallin qui avait le don de le mettre d'excellente humeur…

Mais il préférait généralement les femmes plus élégantes qui alliaient les bonnes manières à un sens esthétique irréprochable. Jamais elles n'auraient accepté de vivre dans un quartier aussi minable que celui où Maddy avait élu domicile. Jamais elles n'auraient grappillé dans l'assiette de leur invité. Et jamais elles n'auraient gardé chez elles une enseigne lumineuse à leur nom…

Alors pourquoi la soirée qu'il avait passée avec la jeune femme avait-elle brusquement ravalé ses précédentes conquêtes au rang de beautés ennuyeuses et superficielles ? Cette question obnubilait Reed. Il avait pourtant la prétention de ne pas choisir ses compagnes uniquement pour leur physique attrayant. Il avait toujours privilégié chez elles l'intelligence, la sensibilité et le goût de la discussion.

Les seules femmes qu'il avait toujours fuies étaient les actrices, les danseuses et les chanteuses. Car, s'il respectait leur talent, il éprouvait à leur égard une profonde méfiance et préférait s'en tenir avec elles à des relations d'ordre exclusivement professionnel.

Cela lui permettait notamment de conserver une parfaite intégrité. Il ne méprisait rien tant que ces producteurs qui faisaient travailler leurs dernières conquêtes au mépris de toute considération artistique.

Car si Reed n'avait rien d'un créatif, il admirait plus que tout le travail des artistes. Il s'était toujours efforcé de maintenir chez Valentine Records un niveau d'exigence et de qualité maximal. Il refusait de céder aux sirènes des profits faciles, aux attraits de ces interprètes jetables dont le nom était oublié au bout de quelques mois.

Les musiciens qui travaillaient pour lui le savaient. Ils reconnaissaient tous qu'ils lui devaient beaucoup. Car Reed était capable de comprendre leurs exigences, leurs ambitions et cette vulnérabilité qui les caractérisait souvent. Il était prêt à se battre pour eux parce que leur talent représentait le capital le plus précieux de son entreprise.

Or Reed était bien décidé à ce que Valentine Records conserve la place qui lui revenait de droit dans le monde impitoyable de la musique. Il le devait à son père et se le devait à lui-même.

Levant les yeux des chiffres de vente du mois en cours, il jeta un coup d'œil par la fenêtre. De lourdes gouttes de pluie s'écrasaient sur la vitre, éveillant un martèlement sourd et irrégulier. La ville entière était recouverte de gros nuages gris.

Que faisait-elle en ce moment ? se demanda Reed. Répétait-elle une fois encore cette comédie musicale qui lui tenait tant à cœur ? S'entraînait-elle quelque part ? Probablement...

Maddy adorait la danse plus que tout et paraissait y consacrer l'essentiel de son temps. Plus que par le succès, la gloire ou l'argent, elle semblait intéressée par l'exercice de son art. Lorsqu'elle en parlait, une lueur passionnée s'allumait dans ses yeux.

Comment était-elle parvenue à se préserver de la mesquinerie et de l'envie qui accompagnaient généralement la réussite ? Reed ne se faisait aucune illusion sur le monde du show-business et savait pertinemment qu'une carrière comme celle de la jeune femme avait dû susciter bien des jalousies. Pourtant, elle ne semblait pas affectée par ces rancœurs, ne se souciant que de danse.

Reed admirait cette forme d'intégrité malheureusement fort peu commune. Il appréciait aussi le naturel et le charme dont Maddy faisait preuve. Il aimait sa générosité, son absence de préjugés et sa continuelle bonne humeur.

Mais, surtout, il y avait eu cet étrange baiser...

Comment un geste aussi insignifiant avait-il pu éveiller en lui un désir aussi immédiat ? Cette question ne cessait de le hanter. Il aurait aimé pouvoir se convaincre que son attirance était parfaitement naturelle, que Maddy était une très jolie femme, que son corps sculpté par des années d'exercice frisait la perfection...

Mais il y avait plus que cela. Ce qui le fascinait le plus, chez elle, c'était ce mode de pensée qui lui était si radicalement étranger, cette façon profondément anticonformiste de considérer la vie et le monde qui l'entourait.

Comme il se faisait cette réflexion, la porte de son bureau s'ouvrit et son père pénétra dans la pièce.

— Sale temps pour jouer au golf, remarqua Reed en souriant.

— Tu peux le dire, acquiesça Edwin en se laissant tomber sur l'une des chaises qui faisaient face à la table de travail de son fils. Mais cela me donne l'occasion de te rendre visite. J'aime me tenir au courant de l'évolution des affaires. Cela m'aide à me sentir moins vieux.

— Je te rassure : pour une antiquité, tu es drôlement bien conservé.

— C'est gentil, fiston. Alors ? J'ai entendu dire que tu allais arracher Libby Barlow à Galloway Records…

— C'est possible, répondit prudemment Reed.

Edwin hocha la tête d'un air satisfait. Durant plus de vingt ans, il avait géré Valentine Records d'une main de fer mais ce dont il était le plus fier, aujourd'hui, c'était d'avoir trouvé en son fils un digne successeur. Reed avait transformé l'entreprise familiale en une compagnie moderne et puissante, et Edwin n'avait jamais regretté de lui avoir cédé sa place.

— Cette petite bonne femme a un sacré coffre, déclara le vieil homme. Je pense que Dorsey serait ravi de s'occuper d'elle si elle rejoint effectivement notre écurie.

Reed ne put s'empêcher de sourire : comme d'habitude, son père ne pouvait s'empêcher de lui donner des conseils.

— Nous en avons discuté, répondit-il. En attendant, je pense vraiment que tu devrais reprendre un bureau au siège. Tu pourrais venir chaque fois que tu en as envie.

— Pourquoi auriez-vous besoin d'une vieille baderne dans mon genre ?

— Parce que c'est toi qui as créé cette maison et qu'elle te doit tout.

— Balivernes ! C'est toi qui es aux commandes, à présent, répondit Edwin d'un ton péremptoire. Je continuerai à te donner de bons conseils et à te faire profiter de mon expérience. Mais un bateau ne navigue bien que s'il a un seul capitaine. Ma présence ici ne ferait que saper ton autorité. D'ailleurs, j'ai une entière confiance en toi, tu le sais bien.

— Et je ferai tout mon possible pour ne pas la décevoir, déclara Reed.

Edwin hocha la tête.

— J'en suis sûr. Tu es sans doute ce qui m'est arrivé de mieux dans ma chienne de vie. Je suis fier de toi, fiston.

— Papa…, commença Redd, la gorge un peu serrée par l'émotion.

Avant qu'il ait pu dire ce qu'il avait sur le cœur, sa secrétaire frappa à la porte et entra dans le bureau, portant un plateau sur lequel étaient placées deux tasses de café fumant et une assiette de petits gâteaux secs.

— Hannah ! s'exclama Edwin. Je vois que vous êtes toujours un modèle d'intuition et d'efficacité !

— Et vous, vous paraissez en pleine forme, monsieur Valentine. Si je ne me trompe, vous avez même dû perdre quelques kilos depuis la dernière fois que je vous ai vu.

Hannah était l'une des plus vieilles employées de la compagnie pour laquelle elle travaillait depuis plus de douze ans. Elle avait fidèlement secondé Edwin avant d'entrer au service de Reed.

— Dites plutôt que j'en ai gagné cinq ! protesta Edwin en riant.

— Alors, c'est que vous les portez bien. Je vous rappelle, ajouta-t-elle en se tournant vers Reed, que vous avez rendez-vous à 11 h 30 avec Mackenzie du département des ventes. Voulez-vous que je décale cette réunion ?

— Surtout pas à cause de moi ! protesta aussitôt Edwin.

Reed jeta un coup d'œil à sa montre. Il lui restait trente-cinq minutes.

— Ce ne sera pas nécessaire, répondit-il à Hannah.

— Quelle sacrée bonne femme ! s'exclama Edwin lorsque la secrétaire eut quitté la pièce. Tu as vraiment bien fait de la garder lorsque tu as repris mon poste.

— C'est vrai. Honnêtement, je ne pense pas que Valentine Records tournerait aussi bien si elle n'était pas là.

Reed avait répondu d'un ton distrait et Edwin l'observa attentivement. Il connaissait son fils presque aussi bien que lui-même et devina que quelque chose le préoccupait. Les cernes qui soulignaient ses yeux trahissaient d'ailleurs la nuit sans sommeil qu'il avait passée.

— Qu'est-ce qui ne va pas ? demanda-t-il gravement.

— Rien, répondit Reed. Les indicateurs sont tous dans le vert et nos ventes augmentent…

— On dirait pourtant que tu as autre chose en tête.

— C'est vrai. Ces temps-ci, je pense souvent à cette comédie musicale que nous produisons.

— Ça te rend nerveux ?

— Non… J'ai rencontré à plusieurs reprises le producteur exécutif et le metteur en scène et ils m'ont l'air de savoir ce qu'ils font. J'ai même assisté à quelques répétitions et je suis persuadé que la pièce fera un triomphe. Sans compter le fait que la musique est magnifique et que les CD se vendront comme des petits pains. Nous travaillons déjà à la campagne de promotion.

— Si cela ne te dérange pas, j'aimerais vraiment assister aux réunions qui auront lieu à ce sujet.

— Tu n'as même pas à me le demander, papa.

— Au contraire. C'est toi le chef, Reed. Et je te suis reconnaissant de me laisser me mêler de ce projet. Tu sais que j'y suis particulièrement attaché.

— Oui, mais tu ne m'as jamais expliqué pourquoi.

Edwin engloutit un nouveau gâteau sec avant de répondre à son fils.

— Cela remonte à pas mal de temps. Dis-moi, est-ce que tu as déjà rencontré Maddy O'Hurley ?

— Oui, répondit Reed, étonné.

Comme il allait demander à son père quels rapports ce dernier entretenait avec la jeune femme, l'Interphone se mit à sonner.

— Oui, Hannah ?

— Je suis désolée de vous déranger, monsieur Valentine, mais il y a ici une jeune femme qui demande à vous voir. Elle dit qu'elle a quelque chose à vous livrer.

— Pouvez-vous le prendre pour moi ?

— Elle préférerait vous le donner en mains propres. Elle s'appelle Maddy...

— Maddy ? répéta Reed, stupéfait. Très bien, faites-la entrer.

Un instant plus tard, la porte du bureau s'ouvrit de nouveau, révélant la jeune femme trempée de la tête aux pieds qui tenait à la main un sac en plastique contenant son pitoyable philodendron.

— Je suis désolé de vous déranger, Reed, déclara-t-elle. Mais je me suis dit qu'il valait mieux que je vous confie mon philodendron. Chaque fois que l'une de mes plantes meurt, je me sens terriblement coupable, et j'ai pensé que vous pourriez m'éviter ce désagrément.

Edwin se redressa poliment et Maddy avisa sa présence.

— Bonjour, lui dit-elle avec un charmant sourire. Je suis navrée de vous avoir interrompus mais vous comprenez bien qu'il s'agit d'une question de vie ou de mort.

Elle déposa la plante dégoulinante sur un coin du bureau immaculé de Reed qui la regarda faire avec effarement.

— Inutile de me prévenir si elle meurt, ajouta-t-elle. Mais si elle survit, dites-le-moi. Merci d'avance…

Sur ce, elle fit mine de quitter le bureau.

— Maddy, la rappela Reed qui commençait lentement à revenir de sa stupeur. Avant que vous ne disparaissiez aussi brusquement que vous êtes apparue, je voudrais vous présenter mon père, Edwin Valentine. Papa, je te présente Maddy O'Hurley.

Celle-ci tendit la main au vieil homme avant de la retirer précipitamment.

— Désolée, mais je suis trempée, expliqua-t-elle. En tout cas, je suis ravie de faire votre connaissance.

— Moi de même, répondit Edwin. Asseyez-vous.

— Je ne peux pas, je vais tout salir.

— Allons donc, un peu d'eau ne peut pas faire de mal à un bon siège en cuir.

Après une légère hésitation, Maddy prit place sur l'un d'eux.

— Je vous ai vue sur scène et j'ai été très impressionné, reprit Edwin.

— Merci...

Maddy ne se sentait pas le moins du monde intimidée par cet homme qui était l'un des plus riches et des plus influents du milieu du spectacle. En fait, elle le trouvait plutôt sympathique, même si elle avait du mal à imaginer que ce personnage massif au visage carré puisse être le père de Reed.

— Voulez-vous une tasse de café ? suggéra ce dernier.

— Je n'en bois jamais. Mais si vous avez du thé, j'en prendrai volontiers une tasse.

Reed hocha la tête et commanda la boisson à Hannah.

— Prenez aussi un biscuit, l'encouragea Edwin en lui tendant l'assiette sur laquelle ils étaient disposés.

— Je crois que je n'aurai pas le temps de déjeuner. Autant avaler un peu de sucre avant d'aller répéter... Vous savez, monsieur Valentine, nous nous demandions tous si vous passeriez nous voir travailler.

— J'y ai pensé, effectivement. En fait, Reed et moi étions justement en train de parler de la pièce. Il pense qu'elle remportera un grand succès. Etes-vous du même avis ?

— Je ne peux pas répondre avant la première à Philadelphie, répondit Maddy d'un air désolé. Cela porte la poisse. Mais je pense que les numéros de danse sont exceptionnels. Celui que nous allons répéter cet après-midi devrait faire un malheur. Et si tel n'est pas le cas, je suis prête à retourner jouer les serveuses dans le premier restaurant venu !

Hannah pénétra alors dans le bureau et tendit à la jeune femme la tasse de thé qu'elle avait demandée.

— Je vous fais entièrement confiance, déclara Edwin. D'après mon expérience, personne ne vaut un O'Hurley lorsqu'il s'agit de critiquer un numéro de danse !

Maddy lui jeta un regard interloqué.

— J'ai bien connu vos parents, expliqua Edwin.

— Vraiment ? demanda-t-elle, un large sourire aux lèvres. Je ne crois pas qu'ils m'en aient jamais parlé...

— C'était il y a très longtemps, expliqua le vieil homme. Je venais juste de débuter dans le métier. J'ai rencontré vos parents ici même, à New York. A ce moment-là, je n'avais plus un sou en poche et ils m'ont laissé dormir dans leur chambre d'hôtel le temps que je me refasse. Je ne l'ai jamais oublié.

— Eh bien ! s'exclama Maddy. Pour quelqu'un d'aussi fauché, on peut dire que vous avez plutôt bien réussi !

— C'est vrai. Et j'ai toujours eu envie de remercier vos parents pour ce qu'ils ont fait pour moi. C'était il y a vingt-cinq ans et vous et vos sœurs étiez encore au berceau. Je crois même avoir changé votre couche, un jour.

— Comment pouvez-vous en être sûr ? répliqua Maddy en riant. Chantel, Abby et moi devions nous ressembler comme trois gouttes d'eau, à ce moment-là.

— C'est vrai... Je me souviens que vous aviez un frère qui jouait très bien du piano.

— Il joue encore mieux aujourd'hui.

— Il chantait comme un ange. J'avais promis à votre père de lui faire enregistrer un disque si je réussissais. Mais le temps que cela arrive et que je parvienne à localiser votre famille, il était déjà parti.

— Au grand désespoir de mon père, Trace a décidé qu'il ne voulait pas passer sa vie sur les routes.

— Je peux le comprendre. En tout cas, lorsque j'ai retrouvé les O'Hurley, vous et vos sœurs aviez formé un groupe.

— Les « Triplées O'Hurley », c'est exact.

— Je vous aurais bien proposé un contrat à vous aussi mais, à ce moment-là, votre sœur Abby s'est mariée.

Maddy ouvrit de grands yeux. Elle avait du mal à croire que ses sœurs et elle auraient pu sortir un disque sous le label Valentine. Dans la profession, il s'agissait d'une véritable consécration.

— Est-ce que papa était au courant ?

— Nous en avons discuté.

— Mon Dieu ! Il devait être désespéré de voir une telle occasion lui échapper. Mais il n'en a jamais rien dit. Chantel et moi avons chanté encore quelque temps ensemble avant de partir chacune de notre côté. Pauvre papa…

— Ne le plaignez pas. Il doit être très fier de vous aujourd'hui.

— Vous êtes gentil, monsieur Valentine. Mais, dites-moi, est-ce que vous avez décidé de produire cette comédie musicale pour rembourser la dette que vous aviez contractée vis-à-vis de mes parents ?

— Non. Cette pièce risque de me rapporter plus qu'elle ne m'a coûté. Par contre, j'aimerais beaucoup revoir votre père et votre mère.

— Je le leur dirai. Je suis certaine qu'ils seront enchantés d'avoir de vos nouvelles.

La jeune femme se leva, sachant qu'il lui restait tout juste le temps de regagner la salle de répétition avant que l'échauffement ne commence.

— Je suis désolée de vous avoir dérangé, Reed, dit-elle.

— Il n'y a pas de quoi, répondit-il. Cette visite fut des plus instructives.

Maddy hocha la tête.

— Je vous avais dit que le monde était petit.

Reed la contempla, sidéré par son aplomb. Pourtant, en cet instant, elle n'avait pas vraiment fière allure. Ses cheveux imbibés d'eau étaient plaqués contre ses joues. En guise de boucles d'oreilles, elle portait deux triangles de plastique rouge qui juraient avec son pull-over trempé jaune canari. Et, malgré cela, Reed ne pouvait s'empêcher de la trouver terriblement désirable.

— C'est vrai, soupira-t-il, incapable de comprendre ce qui lui arrivait.

— Vous prendrez bien soin de ma plante, d'accord ?

— Je ferai ce que je peux mais, étant donné son état, je ne vous promets rien…

— Ne vous en faites pas. De toute façon, je n'aime pas les promesses.

La jeune femme fit quelques pas vers la porte puis se retourna.

— Vous savez, lui dit-elle, votre bureau est exactement comme je l'avais imaginé : organisé, fonctionnel et élégant. Il vous correspond tout à fait. Merci pour le thé…

— C'était un plaisir. A bientôt, j'espère…

— Que diriez-vous de vendredi ?

— Vendredi ? répéta Reed, pris de court une fois encore.

— Oui, je suis libre vendredi soir. Nous pourrions nous retrouver après la répétition.

Reed secoua la tête, de plus en plus sidéré. Comment

était-il censé réagir face à une femme qui répondait à une simple formule de politesse par une invitation en bonne et due forme ?

— Où ? demanda-t-il, presque malgré lui.

Un petit sourire satisfait se dessina sur les lèvres de Maddy.

— Au Rockefeller Center, à 19 heures. Je vous préviens, je serai en retard. Je suis ravie d'avoir fait votre connaissance, ajouta-t-elle à l'intention d'Edwin avant de se pencher vers lui pour déposer sans façon une bise sur chacune de ses joues. Au revoir.

— Au revoir, Maddy, répondit Edwin en s'efforçant vainement de conserver son sérieux.

Il attendit qu'elle fût sortie et se tourna vers son fils avec un sourire malicieux. Il n'avait que rarement l'occasion de voir ce dernier arborer une mine aussi stupéfaite.

— Lorsqu'un homme se trouve sur le chemin d'une tornade dans ce genre, déclara-t-il, il n'a que deux solutions : s'accrocher à ce qu'il peut pour garder les pieds sur terre ou se laisser aller. Si j'avais quelques années de moins, fiston, je n'hésiterais pas un instant à profiter de la balade…

4

Reed se demanda si Maddy n'était pas un peu sorcière. Bien sûr, elle ne correspondait pas à l'idée que l'on se faisait généralement de ces inquiétants personnages. Mais il avait l'impression qu'elle l'avait envoûté. Dans le cas contraire, comment expliquer qu'il se trouve ici, au Rockefeller Center, à 19 heures précises, nerveux comme un adolescent à son premier rendez-vous amoureux ?

Il aurait sans doute mieux fait de rentrer tranquillement chez lui, de se servir un bon whisky et de s'attaquer à la masse impressionnante de paperasses qu'il avait rapportées du bureau pour le week-end.

Sur la Cinquième Avenue, le trafic était plus dense que jamais, et des coups de Klaxon se faisaient régulièrement entendre, trahissant l'exaspération des conducteurs. Les plus chanceux d'entre eux devaient quitter la ville pour rejoindre leurs maisons de campagne et fuir la chaleur oppressante qui pesait sur la ville depuis quelques jours.

Les passants remontaient à grands pas les trottoirs pour gagner l'ombre et la fraîcheur de leur appartement ou de leur café préféré. Non loin de l'endroit où se tenait Reed, une bande de gamins accostait les badauds pour leur vendre des roses à un dollar pièce. Ils n'avaient même pas pris la peine de tenter leur chance avec lui, considérant sans doute qu'il ne paraissait ni assez généreux ni assez naïf pour en acheter une.

Tandis que la marée humaine défilait devant lui, Reed percevait des bribes de conversations auxquelles il ne prêtait aucune attention. Il était bien trop préoccupé par ses propres problèmes.

Pourquoi avait-il accepté de retrouver Maddy? se demanda-t-il pour la centième fois. Parce qu'elle piquait sa curiosité, décida-t-il. Parce qu'elle était tellement différente de tous les gens qu'il connaissait qu'il ne pouvait s'empêcher de vouloir la connaître mieux.

Tout en elle lui paraissait receler quelque incompréhensible paradoxe. Elle avait réussi à se tailler une place dans un milieu impitoyable mais n'en éprouvait aucune arrogance. Elle était très attirante mais ne cherchait jamais à se mettre en valeur sur le plan physique. Elle vivait dans la ville la plus corrompue du monde et avait réussi à conserver une franchise et une naïveté à toute épreuve...

Maddy était unique, c'était incontestable. Mais pourquoi n'avait-il pas eu la présence d'esprit de suggérer un endroit un peu plus calme pour la retrouver?

Un groupe de jeunes filles s'approcha, se dirigeant vers l'entrée de l'immeuble qui se trouvait juste derrière lui. Reed s'écarta prestement pour ne pas être bousculé. Au passage, il constata que l'une des adolescentes le regardait d'un air appréciateur. Elle se pencha vers une amie pour lui murmurer quelque chose à l'oreille et toutes deux éclatèrent de rire avant de disparaître à l'intérieur du bâtiment.

En soupirant, Reed se détourna et observa le vendeur

qui avait installé son petit chariot à quelques mètres de là. A en juger par le nombre de glaces qu'il vendait aux passants, la recette du jour serait bonne. Hélas, il n'en irait probablement pas de même pour le mendiant qui faisait la manche juste à côté.

Comme Reed se dirigeait vers lui pour lui glisser un billet, il fut abordé par un jeune homme qui prétendait lui vendre deux tickets pour un spectacle. Comprenant qu'il ne parviendrait pas à ses fins, il abandonna la partie et se dirigea vers deux touristes qui portaient une casquette sur laquelle était inscrit :

« J'aime New York. »

Un véhicule de police remonta alors la Cinquième, sirène hurlante, mais personne ne parut y prêter attention. Reed jeta un coup d'œil à sa montre et constata qu'il était 19 h 20. Cela ne fit qu'accroître son agacement déjà amplifié par la chaleur implacable et la foule de gens qui grouillait autour de lui.

Mais c'est alors qu'il la vit. Elle remontait la rue d'une démarche légère, paraissant presque flotter au-dessus du bitume. Même au milieu de tout ce monde, elle conservait une sorte de sérénité qui se reflétait sur son visage comme si ni le bruit ni la chaleur ne pouvaient la troubler.

Elle n'était probablement pas la plus belle des femmes présentes et rien dans son habillement ne la distinguait particulièrement des autres. Mais Reed ne parvenait pas à détacher son regard, trouvant mille raisons insensées de la trouver fascinante.

L'espace d'un instant, elle s'arrêta devant le mendiant et fouilla dans son sac à la recherche d'un billet qu'elle lui tendit. Ils échangèrent quelques mots et elle lui sourit avant de reprendre sa progression. En apercevant Reed, elle pressa le pas et ne tarda pas à le rejoindre.

— Je suis désolée, lui dit-elle. Je suis toujours en retard, c'est une vraie malédiction. Mais je suis rentrée chez moi pour me changer après la répétition. Je me doutais que vous seriez élégant, comme à votre habitude, et je voulais être présentable.

Elle portait ce jour-là une robe longue multicolore qui lui donnait une apparence un peu bohème.

— Vous auriez pu prendre un taxi, remarqua Reed qui n'était pas prêt à se laisser charmer aussi facilement.

— Je ne le fais jamais, répondit Maddy. Mais pour me faire pardonner, c'est moi qui paierai le dîner.

Sans façon, elle le prit par le bras comme s'ils étaient des amis de longue date. Reed comprit qu'il lui serait difficile de garder ses distances comme il avait espéré le faire.

— Je suis certaine que vous êtes affamé, reprit-elle. En tout cas, moi je le suis. Je connais une bonne pizzeria pas loin d'ici.

— Ecoutez, c'est moi qui vous invite, et je pense que nous pouvons trouver mieux qu'une pizza.

S'approchant de la rue, il appela un taxi qui se rangea contre le trottoir. Tous deux montèrent à l'arrière, et Reed donna au chauffeur l'adresse d'un grand restaurant situé sur Park Avenue.

— Je crois que vous avez raison, déclara la jeune femme, enchantée. Ce sera meilleur qu'une pizza. Au fait, j'aime beaucoup votre père.

— Je crois que le sentiment est réciproque, répondit Reed.

Le taxi démarra en trombe et coupa deux files de

voitures sans aucune considération pour le Code de la route.

— Vous ne trouvez pas fou qu'il ait connu mes parents ? Mon père adore se vanter des gens qu'il a rencontrés, surtout si cela ne s'est jamais produit. Mais il n'a jamais fait mention d'Edwin Valentine…

— Peut-être a-t-il oublié, répondit Reed en s'efforçant de ne pas prêter attention à l'odeur délicieuse qui émanait de la jeune femme.

Maddy éclata de rire et secoua la tête.

— Certainement pas ! Un jour, il m'a raconté qu'il avait rencontré la nièce de la femme d'un homme dont le frère avait travaillé sur *Chantons sous la pluie*. Il était ravi… Alors imaginez un peu : votre père, l'un des plus grands producteurs de musique du monde, a passé la nuit dans sa chambre. C'est quelque chose que l'on n'oublie pas. Par contre, je me demande vraiment pourquoi Edwin se souvenait aussi bien de deux artistes inconnus qui l'avaient accueilli pour quelques nuits.

Reed acquiesça. Lui-même s'était effectivement posé la question. Après tout, son père avait dû rencontrer des milliers de gens dans des circonstances plus curieuses au cours de son existence bien remplie.

— Je suppose que vos parents lui ont fait bonne impression, répondit-il.

— Peut-être. Ce sont des gens exceptionnels.

Le taxi ralentit et le chauffeur se gara devant le restaurant que lui avait indiqué Reed.

— Ça alors ! s'exclama Maddy, impressionnée. C'est magnifique… Je devrais venir plus souvent dans ce quartier.

— Pourquoi ne le faites-vous pas ? demanda Reed, curieux.

— Je ne sais pas… Peut-être parce qu'il y a tout ce dont j'ai besoin dans le mien. Et que je n'ai que rarement l'occasion de sortir avec des gens qui ont les moyens de fréquenter ce genre d'endroits.

Ils sortirent du taxi et Reed paya le chauffeur qui redémarra à toute vitesse.

— Je n'aurais pas dû dire cela, soupira alors la jeune femme. Ce n'était pas très élégant de ma part…

— Effectivement, répondit Reed avec un sourire moqueur. Mais quelque chose me dit que ce n'est pas le genre de choses qui vous tracasse beaucoup.

— Je préfère ne pas savoir s'il s'agit d'un compliment ou d'une insulte, remarqua Maddy tandis qu'ils péné-traient dans le restaurant.

— Bonsoir, monsieur Valentine, salua le maître d'hôtel en s'approchant d'eux.

— Bonsoir, Jean-Paul. Je n'ai pas réservé. J'espère que vous nous trouverez une petite place.

— Pour vous, certainement. Si vous voulez bien me suivre…

Maddy emboîta le pas aux deux hommes et constata que la salle était déjà pleine. Jean-Paul aurait probable-ment refusé tout autre client mais Reed était de toute évidence un habitué des lieux. Et il dispensait proba-blement des pourboires suffisamment généreux pour expliquer le traitement de faveur dont il faisait l'objet.

Une chose était certaine : c'était exactement le genre d'endroit que Maddy s'était attendue à le voir fréquenter : chic, sobre et stylé sans être trop à la mode ou trop tape-à-l'œil. L'atmosphère était feutrée, les conversations poliment étouffées.

Les tenues que portaient la plupart des dîneurs révé-laient leur appartenance à une classe sociale privilégiée, et plusieurs saluèrent Reed de la tête, trop polis pour l'aborder sans y être invités.

— Champagne, monsieur ? s'enquit Jean-Paul lorsqu'il les eut installés à une petite table située un peu à l'écart.

— Maddy ?

La jeune femme décocha un sourire radieux au maître d'hôtel.

— J'aurais mauvais jeu de refuser, lui dit-elle.

— Je vous apporte la bouteille tout de suite.

Jean-Paul s'éloigna et Maddy en profita pour observer la pièce.

— C'est un très bel endroit, conclut-elle. Mais dites-moi, pourquoi n'êtes-vous pas venu nous voir répéter ? J'avais vaguement espéré que vous le feriez.

Reed ne pouvait lui avouer qu'il avait été très tenté par cette perspective et qu'il s'était forcé à ne pas céder à son envie.

— Ce n'est pas nécessaire, répondit-il. Je n'ai aucune compétence en matière de danse. La seule chose sur laquelle je me sois adjugé un droit de regard, c'est la musique.

— Je vois, répondit Maddy qui avait entrepris de dessiner sur la nappe des arabesques du bout de l'ongle. En fait, ce qui vous intéresse le plus, c'est que la comédie musicale remporte assez de succès pour que les albums se vendent bien.

— Bien sûr. Et je ne suis pas inquiet à ce sujet : nous avons engagé les meilleurs.

— Je suis flattée.

Jean-Paul revint alors avec la bouteille promise et Maddy observa attentivement la façon presque rituelle avec laquelle il l'ouvrait. Il remplit alors leurs deux flûtes et la jeune femme leva la sienne pour porter un toast.

— Buvons à Philadelphie, déclara-t-elle.

— Pourquoi Philadelphie ?

— Parce que c'est là qu'a lieu la première. Et la réaction du public nous donnera une bonne idée du succès que rencontrera la comédie musicale.

— A Philadelphie, dans ce cas, acquiesça Reed.

Ils trinquèrent et la jeune femme avala une gorgée de champagne.

— Il est délicieux. La dernière fois que j'en ai bu, c'était au cours de la fête organisée pour mon départ de *Susanna's Park*. Mais il n'était pas aussi bon, loin de là.

— Pourquoi avez-vous fait cela ?

— Fait quoi ?

— Vous avez quitté cette comédie musicale alors qu'elle connaissait un succès retentissant. Pourquoi ?

Avant de répondre, Maddy but une nouvelle gorgée, admirant la réflexion de la lueur des bougies dans son verre de cristal.

— Il était temps pour moi de changer, déclara-t-elle enfin. Je ne tiens pas en place.

— Vous ne vous souciez donc pas de la sécurité de l'emploi ?

— Etant donné l'existence que j'ai connue avec mes parents, ce n'est effectivement pas l'une de mes priorités. D'ailleurs, je suis convaincue que c'est d'abord en soi que l'on trouve la sécurité.

Reed hocha la tête. Il ne connaissait malheureusement que trop bien les femmes qui passaient d'un endroit à l'autre sans jamais se sentir satisfaites.

— Est-ce que vous diriez que vous vous lassez facilement ? demanda-t-il.

Maddy sentit qu'il accordait une grande importance à cette question mais elle ne put deviner pourquoi.

— Je ne me lasse jamais, répondit-elle en toute honnêteté. C'est impossible. Il y a toujours quelque chose de nouveau à découvrir dans la vie.

— Vraiment ?

— Oui, je le crois.

— Alors pourquoi dites-vous que nous ne tenez pas en place ?

— Eh bien... Je suppose que c'est une composante essentielle de la vie que j'ai choisi de mener. Un homme dans votre position doit être stable, solide et fiable parce que des dizaines de gens dépendent de lui. Moi, au contraire, je fonctionne en électron libre. Je travaille uniquement sur moi-même. Et si je ne renouvelais pas régulièrement le cadre dans lequel j'évolue, je ne pourrais plus m'améliorer. Vous devriez le comprendre, vous qui fréquentez des artistes.

— C'est vrai. J'ai souvent remarqué qu'ils avaient besoin de se confronter régulièrement à de nouvelles expériences, concéda Reed en souriant.

— On dirait que cela vous amuse.

— D'une certaine façon, oui. Je trouve qu'il y a quelque chose de terriblement narcissique dans ce mode de vie. Mais je suppose que c'est le prix à payer pour pouvoir créer. Et j'admire ce talent.

— Tout en considérant que les artistes sont un peu fous, compléta Maddy.

— Exactement, acquiesça Reed.

— Vous savez, je vous aime bien, déclara la jeune femme en posant sa main sur la sienne. Et je suis désolée que vous soyez si cynique.

Reed ne répondit pas. Il ne tenait pas précisément à

ce que Maddy développe sa pensée. Elle s'approchait beaucoup trop d'une partie de lui qu'il tenait à garder secrète. Fort heureusement, le serveur les interrompit, leur présentant les menus avant de leur décliner la liste des plats du jour.

— Nous n'aurions pas dû venir ici, soupira la jeune femme lorsqu'il se fut éloigné pour leur laisser le temps de se décider.

— Pourquoi ? Vous n'aimez pas la cuisine française ?

— Vous plaisantez ? J'adore ça ! En fait, je crois que j'adore toutes les cuisines du monde. Et c'est bien là qu'est le problème…

— Vous aviez proposé une pizza, objecta Reed. Ce n'est pas précisément léger.

— Je n'en aurais pris qu'une part, répondit-elle. Bon… Il y a deux solutions. Soit je me contente d'une salade et je vous regarde manger en soupirant, soit je décide que nous avons quelque chose à célébrer et je me fais plaisir.

— Si vous voulez quelque chose de léger, je vous conseille le saumon. Il est délicieux.

— Vraiment ? demanda-t-elle en le regardant gravement.

— Vraiment.

— Reed, je suis une adulte à l'esprit indépendant. Mais lorsqu'il s'agit de nourriture, je ne vaux pas mieux qu'une fillette de quatre ans lâchée dans une confiserie. Je crois donc qu'il vaut mieux que vous choisissiez pour moi.

— Très bien, acquiesça Reed. Faites-moi confiance.

De fait, il était bien décidé à lui offrir un repas inoubliable.

Et il ne fut pas déçu. Maddy fit preuve d'un enthousiasme presque enfantin en découvrant les plats qu'il avait commandés pour elle. Elle mangeait lentement, savourant chaque bouchée avec une délectation évidente, goûtant de tout sans jamais rien finir.

Reed y vit une nouvelle manifestation du sens de la discipline et de la volonté de fer qui caractérisaient la jeune femme. Et, tandis qu'il la regardait manger, il fut frappé par la sensualité qui se dégageait d'elle.

Il y avait dans sa façon de profiter de la nourriture quelque chose de presque sexuel. Une certaine voracité qui le troublait, paraissant promettre d'autres appétits plus délicieux encore.

— C'est divin! s'exclama-t-elle en lui tendant une fourchette sur laquelle était empalé un petit bout de poisson. Goûtez!

Reed s'exécuta. Mais, en réalité, ce n'était pas tant ces plats qui lui faisaient envie que sa séduisante compagne. Il avait envie de sentir ces lèvres gourmandes contre les siennes, de la serrer dans ses bras et de la voir s'abandonner contre lui.

Et le plus excitant était que ce désir n'échappait aucunement à Maddy. Il le lisait dans ses yeux que faisait pétiller un mélange de promesses muettes et d'amusement. Ce dîner prenait une tournure complètement inattendue et Reed réalisa qu'il était bien près de renoncer à toutes les résolutions qu'il avait prises en acceptant de venir la retrouver.

— Je crois, dit-elle brusquement, que les danseurs pensent beaucoup trop à la nourriture. C'est probablement parce qu'ils ne cessent de s'en priver.

— C'est une façon de vivre très étrange, observa Reed.

— C'est un choix. Dès notre jeunesse, nous abandonnons beaucoup de choses pour pouvoir nous adonner à notre passion : la télévision, les fêtes, les sports collectifs… Tout cela pour nous entraîner sans relâche. Et cette habitude perdure lorsque nous devenons adultes.

— Et combien êtes-vous prête à sacrifier à votre art ?

— Tout ce qui est nécessaire, répondit-elle sans hésiter.

— Et cela en vaut-il la peine ?

— Oh, oui ! Même dans les moments les plus difficiles, il y a quelque chose d'exaltant dans la danse. C'est comme si, l'espace de quelques secondes, de quelques minutes parfois, on arrivait à s'arracher à la gravité, à sublimer la réalité pour devenir quelque chose d'autre.

Reed s'adossa à sa chaise, désireux de prendre un peu de recul, de s'abstraire de la passion qui animait la jeune femme et se communiquait à lui.

— Et le succès ? Est-ce que cela a un sens, pour vous ?

— Lorsque j'avais seize ans, le succès, pour moi, c'était de jouer à Broadway. Et je crois que cela n'a pas changé.

— Alors vous êtes parvenue à vos fins.

Maddy secoua la tête, ne sachant s'il pouvait comprendre ce qu'elle ressentait vraiment.

— Le succès n'est pas quelque chose d'objectif, expliqua-t-elle. C'est un état d'esprit. Comme pour cette pièce, par exemple : je la vois comme un succès parce que je n'imagine pas un seul instant qu'elle puisse se solder par un four. Je ne peux pas me le permettre.

— Alors, vous portez volontairement des œillères ?

— Disons plutôt que je choisis toujours de voir les choses du bon côté. Vous, au contraire, vous êtes réaliste. Et je crois que c'est ce que j'aime, chez vous.

Vous ne jouez pas à faire semblant comme la plupart des artistes que je fréquente. C'est notre principal défaut : même lorsque nous sommes notre seul public, nous sommes toujours un peu en représentation.

— Je n'ai pas vraiment le choix, remarqua Reed. Je gère une entreprise et je n'ai pas le droit de me voiler la face.

— C'est exact. Mais qu'en est-il de votre vie privée ?

— Touché… Je suppose que vous avez raison : je suis un incorrigible réaliste.

— Pourquoi ?

— Parce que je crois que l'on ne peut trouver la paix que si l'on sait distinguer le vrai du faux, la réalité du rêve.

— Moi, je pense que l'on peut faire de ses rêves des réalités. C'est même ma définition du bonheur.

— Je ne sais pas si je crois au bonheur, observa sombrement Reed.

Comme Maddy s'apprêtait à l'interroger à ce sujet, un homme s'approcha de leur table. Il était très grand, dégingandé et portait un improbable costume couleur pêche.

— Reed. Comment vas-tu ?

— Très bien, Allen. Et toi ?

— Bien. Très bien. Je suis désolé d'interrompre votre dîner, ajouta-t-il à l'intention de Maddy. Je ne crois pas que nous nous soyons déjà rencontrés.

— Effectivement, répondit-elle en lui serrant la main.

— Maddy O'Hurley, Allen Selby, les présenta Reed.

— Maddy O'Hurley ? s'exclama le nouveau venu. C'est un plaisir de faire votre connaissance. J'ai vu *Suzanna's Park* deux fois, vous savez. Vous étiez fantastique.

— Merci…

— Dis-moi, Reed, j'ai entendu dire que vous vous intéressiez à Broadway, à présent.

— Les nouvelles vont vite, à ce que je vois. Allen est le président de Galloway Records, ajouta Reed à l'intention de Maddy.

— Concurrents et amis de toujours, acquiesça Allen.

La jeune femme songea que son rire sonnait faux. Quelque chose lui disait que Selby était un homme bien plus redoutable en affaires qu'il ne voulait le faire croire.

— Avez-vous déjà pensé à enregistrer un album, mademoiselle O'Hurley ?

— Je sais que je ne devrais pas le dire mais le chant n'est pas mon point fort. Je suis danseuse avant tout.

— Si Reed ne parvient pas à vous convaincre de votre talent, n'hésitez pas à venir me voir, répondit Allen en tapotant l'épaule de son concurrent.

Une lueur de colère passa dans les yeux de ce dernier mais son visage resta parfaitement impassible. Il se contenta de boire une gorgée de champagne.

— J'aimerais pouvoir me joindre à vous pour le café, reprit Allen, mais je dois dîner avec l'un de mes clients. Salue ton père de ma part, Reed. Quant à vous, Maddy, n'oubliez pas ce que je vous ai dit !

Sur ce, il s'éloigna en direction de sa propre table. Maddy attendit qu'il se fût suffisamment éloigné pour décocher un clin d'œil complice à Reed.

— Est-ce que tous les producteurs s'habillent de façon aussi voyante ? demanda-t-elle.

— Selby est un modèle unique, répondit Reed en se détendant quelque peu.

— Vous aussi.

— Je ne sais pas s'il s'agit d'un compliment ou d'une insulte.

— D'un compliment, bien sûr ! Je vous ai dit que j'aimais ce qui était unique. Mais vous, vous n'avez pas l'air d'apprécier beaucoup ce Selby.

— Il vous l'a dit : nous sommes concurrents.

— Il n'y a pas que cela, protesta Maddy en secouant la tête. Vous ne l'aimez pas non plus sur le plan personnel.

Reed lui jeta un regard étonné. Il se targuait d'ordinaire de sa capacité à masquer ses sentiments. Mais, visiblement, Maddy venait de le prendre en défaut.

— Qu'est-ce qui vous fait dire cela ?

— Vos yeux sont devenus glacés. Je n'aimerais vraiment pas que vous me regardiez de cette façon un jour. Je sais que vous vous refuserez à dire du mal de Selby mais que sa simple présence vous agace. Alors pourquoi ne pas demander l'addition et nous éclipser avant qu'il ne se mette en tête de nous inviter à sa table ?

Reed hocha la tête et fit signe au serveur. Malgré les protestations de Maddy, il insista pour lui offrir le repas et tous deux sortirent du restaurant. Dehors, la chaleur était déjà moins étouffante.

— Il serait dommage de ne pas profiter du beau temps pour faire quelques pas, déclara Maddy en lui prenant le bras.

Ils remontèrent donc l'avenue bordée de grands magasins qui, à cette heure, avaient fermé leurs portes.

— Selby avait raison sur un point, remarqua Reed. En vous associant avec un bon compositeur, je pense que vous pourriez enregistrer un excellent album.

Maddy haussa les épaules. Cela n'avait jamais fait partie de ses rêves.

— Peut-être un jour, répondit-elle évasivement.

En attendant, Madonna peut dormir tranquille...
Regardez toutes ces étoiles. Il est rare qu'on en voie
autant à New York. Il m'arrive d'envier à Abby sa vie
à la campagne.

— Votre profession ne vous permet pas vraiment
de vous éloigner d'une grande ville, objecta Reed.

— C'est vrai. C'est d'ailleurs pour cette raison que
je me suis promis de prendre de longues vacances, un
de ces jours. Je pourrais partir en croisière dans les
mers du Sud et rester tranquillement allongée sur une
chaise longue à regarder la lune se lever sur l'océan.
Ou bien, je louerais une cabane dans les bois, au fin
fond de l'Oregon, par exemple. Là, je ferais la grasse
matinée et me réveillerais avec le chant des oiseaux.
Evidemment, la danse finirait vite par me manquer...
Et vous, Reed ? Que faites-vous pendant vos vacances ?

En fait, il n'en avait pas pris depuis qu'il s'était
retrouvé propulsé à la tête de Valentine Records, deux
ans plus tôt. Il s'accordait tout juste un week-end
prolongé de temps à autre.

— Nous avons une maison à St Thomas. C'est un
endroit paisible et lorsqu'on est là-bas, on a presque
du mal à croire qu'une ville comme New York puisse
exister.

— Ce doit être merveilleux. Je suppose qu'il s'agit
d'une de ces grandes demeures rose et blanche avec
un immense jardin ?

Reed acquiesça.

— Je suis pourtant certaine que, même là-bas, vous
ne vous éloignez jamais longtemps du téléphone.

— Nous avons tous un prix à payer pour la vie que
nous avons choisie.

Maddy hocha la tête. Brusquement, elle s'arrêta devant une des vitrines.

— Regardez! s'exclama-t-elle en désignant un long déshabillé bleu nuit rehaussé de dentelles. C'est exactement le genre de chose que Chantel adorerait.

— Vraiment? fit Reed.

— Oui. Il est sophistiqué et sexy à la fois. Elle est née pour porter ce genre de choses. D'ailleurs, elle est la première à le dire.

Maddy sortit son agenda pour noter le nom et l'adresse du magasin.

— Je le lui enverrai pour notre anniversaire. C'est dans moins de deux mois.

— C'est étrange. Avant que vous ne me le disiez, je n'avais jamais fait le rapprochement entre Chantel O'Hurley et vous.

— Cela n'a rien d'étonnant. Nous ne nous ressemblons pas du tout au premier abord.

Reed acquiesça. Chantel était l'archétype de la star hollywoodienne. D'une beauté plastique irréprochable. Sexy et sophistiquée, ainsi que l'avait définie sa sœur. Maddy ne cherchait pas à être sexy. Et elle n'était certainement pas sophistiquée.

Mais c'est ce qui la rendait d'autant plus dangereuse à ses yeux. Il se dégageait en effet d'elle un charme aussi diffus que ravageur, une forme de séduction à la fois moins visible et plus profonde. Et plus il apprenait à la connaître, plus il y était sensible.

— Ce doit être étrange d'avoir deux sœurs jumelles, remarqua-t-il enfin.

— C'est difficile à dire puisque je n'ai jamais vécu autrement. Mais je suppose que vous avez raison. Contrairement à la plupart des gens, je ne me sens jamais vraiment seule. Il y a toujours une partie de mes sœurs en moi. Je crois que c'est grâce à cela que nous avons trouvé le courage de faire des choix de vie aussi radicaux.

— Elles doivent beaucoup vous manquer, alors.

— Oh, oui ! Mes parents et Trace aussi, d'ailleurs. Nous étions très proches lorsque j'étais plus jeune. Nous vivions ensemble, travaillions ensemble et voyagions sans cesse.

Elle sourit, gagnée par une pointe de nostalgie.

— Je crois que ce qui me manque le plus, ce sont nos disputes. Chacun devrait avoir quelqu'un avec qui il peut se disputer sans avoir peur de le blesser. Trace est parti le premier et ç'a été un véritable déchirement pour toute la famille. Papa ne s'en est jamais vraiment remis. Puis Abby s'est mariée. Ensuite, Chantel et moi sommes parties chacune à notre tour. Heureusement, mes parents étaient très proches. Cela les a aidés à surmonter la situation. Et vous ? Etes-vous aussi lié à vos parents ?

Instantanément, le sourire de Reed disparut, remplacé par ce masque glacé que Maddy lui avait vu arborer lorsque Selby les avait abordés.

— Je n'ai que mon père, répondit-il.

— Je suis désolée, s'excusa-t-elle. Je n'ai jamais perdu quelqu'un de proche mais j'imagine que ce doit être très difficile…

— Ma mère n'est pas morte, répondit durement Reed.

Mille questions brûlèrent les lèvres de Maddy mais elle s'abstint prudemment de les formuler. Reed n'était visiblement pas prêt à se confier à elle.

— Votre père est un homme merveilleux, dit-elle. Je l'ai su dès que je l'ai rencontré. Il a des yeux très doux, comme le mien. Le genre de regard qui incite à faire confiance parce que l'on sait que l'on ne sera pas trahi. Vous savez que ma mère s'est enfuie avec mon père ? Elle avait dix-sept ans et travaillait dans un petit club perdu. Et puis mon père est arrivé un jour et lui a promis monts et merveilles. Je ne pense pas qu'elle l'ait cru mais elle l'a suivi quand même. Lorsque nous étions petites, mes sœurs et moi, nous imaginions qu'un jour, il nous arriverait la même chose...

— C'est ce que vous voulez ?

— Bien sûr ! s'exclama Maddy en riant. Comme toutes les filles, je suppose.

Reed s'arrêta brusquement et la considéra gravement.

— Vous êtes une rêveuse, Maddy, murmura-t-il en tendant la main vers elle pour écarter une mèche de cheveux qui lui tombait dans les yeux.

— Cesser de rêver, c'est mourir, répondit-elle avec conviction.

— J'ai arrêté de le faire, il y a bien longtemps, murmura Reed.

Se rapprochant, il effleura les lèvres de la jeune femme d'un baiser.

— Et pourtant, je suis toujours vivant, conclut-il.

— Pourquoi avoir arrêté ?

— Parce que je préfère la réalité au rêve.

Cette fois, lorsque sa bouche chercha celle de la jeune femme, il fut incapable de contenir la passion qui l'animait. Il avait attendu ce moment depuis l'instant où il avait quitté l'appartement de Maddy et était bien décidé à en profiter pleinement.

Leurs langues se mêlèrent tendrement tandis que Maddy entourait le cou de Reed de ses bras, se serrant contre lui. Il sentit son corps souple et brûlant se presser contre le sien, attisant le désir impérieux qu'il avait d'elle. Brusquement, il eut l'impression qu'ils étaient seuls au monde, que, tant qu'ils seraient ensemble, rien ne pourrait les atteindre.

Il laissa ses mains glisser le long du dos de Maddy, lui arrachant de petits frissons de bien-être, puis les posa sur ses hanches. Tout en elle le rendait fou : le goût de sa bouche, l'odeur de ses cheveux, le contact de sa poitrine contre son torse.

Depuis qu'il l'avait rencontrée, il avait été inexorablement attiré vers elle. Il avait lutté pied à pied mais avait été incapable de se défaire de la fascination qu'elle lui inspirait. Pourtant, il savait qu'il n'avait rien à lui apporter. Il ne voulait pas d'une relation sérieuse, et elle attendait l'homme de sa vie. Toute liaison se serait soldée par un échec cuisant pour l'un comme pour l'autre.

Alors pourquoi était-il en train de l'embrasser ? Pourquoi ne parvenait-il pas à dominer l'envie qu'il avait d'elle ? En cet instant, s'il l'avait voulu, elle se serait donnée à lui sans hésiter. Il l'entendait dans chacun de ses soupirs, le devinait dans chacune de ses caresses.

Lui-même n'aspirait qu'à cela. L'idée même de la tenir nue contre lui faisait vaciller sa raison. Et chacun de leurs baisers en appelait un autre. Il aurait pu se perdre dans cette étreinte, se noyer sans rémission, s'abandonner corps et âme.

Mais il savait ce que cela signifierait : une telle femme pourrait détruire un homme. Il l'avait appris très jeune et avait alors décidé qu'il ne serait jamais une victime, qu'il ne laisserait jamais personne l'atteindre comme sa mère avait blessé son père.

Maddy avait beau être une femme extraordinaire,

elle était aussi dangereuse que les autres. Et il ne pouvait accepter de lui céder. A force de volonté, il s'arracha donc à ses bras, reculant d'un pas.

Maddy le contempla, étonnée. Son cœur battait la chamade, son sang semblait s'être mué en lave et cognait contre ses tempes et au creux de ses cuisses. Elle tenait à peine sur ses jambes, encore sous le choc de l'intensité des sensations qui venaient de la terrasser.

Mais lorsque ses yeux rencontrèrent ceux de Reed, elle sentit son désir refluer brusquement pour céder la place à un terrible mélange d'angoisse, de désespoir et d'incompréhension.

Car au lieu de voir se refléter dans son regard la passion qui se lisait dans le sien, elle ne distinguait que de la colère.

— Je vais te ramener chez toi, lui dit-il.

— Attends ! protesta-t-elle en luttant pour retrouver son souffle et maîtriser la sensation de vertige qui s'était emparée d'elle. Quelque chose ne va pas ?

Reed ne répondit pas. Ses yeux étaient toujours aussi glacés et elle eut l'impression qu'il lui déchirait le cœur. Désespérément, elle lutta contre les larmes qui menaçaient de la submerger. Sa fierté lui interdisait de s'y abandonner comme elle aurait eu envie de le faire.

— Puisque tu refuses de me répondre, déclara-t-elle d'une voix cassante, je crois que je vais rentrer seule.

— J'ai dit que je te raccompagnais, protesta-t-il.

Cette fois, elle le fusilla du regard.

— Je suis une grande fille, déclara-t-elle, furieuse. Je me suis débrouillée sans toi jusqu'à aujourd'hui et je suis bien décidée à continuer. Alors, à un de ces jours !

Sur ce, elle se détourna et s'éloigna à grands pas. Comme Reed s'apprêtait à la suivre, elle héla un taxi et monta à bord sans un regard en arrière. Il suivit des yeux le véhicule jusqu'à ce qu'il ait disparu au coin de la rue.

Les yeux dans le vague, il se répéta qu'il avait agi au mieux, qu'il leur avait épargné à tous deux d'amères déceptions, qu'il s'était conduit en gentleman en refusant d'abuser de l'idéalisme de la jeune femme…

Mais il ne parvenait pas à effacer de sa mémoire l'expression d'immense chagrin qui s'était peinte sur son joli visage lorsqu'il l'avait repoussée. Et il se haïssait pour lui avoir fait du mal.

5

Maddy se tenait sur le côté gauche de la scène, observant Wanda sur laquelle elle devrait caler ses premiers mouvements. Il n'y avait pas de public dans la grande salle du théâtre mais celle-ci n'était pas déserte pour autant, loin de là.

Outre les danseurs qui étaient répartis sur la scène, les personnes qui assistaient à cette répétition étaient le metteur en scène, le chorégraphe, leurs assistants, le chef éclairagiste, ses aides, le compositeur, le pianiste, et divers techniciens.

— Crois-moi, lui dit Wanda sur un signe du metteur en scène. Il n'y a rien à attendre de ce type. Tu ferais mieux de le laisser tomber.

— Tu te trompes, répondit Maddy d'une voix forte. Il est la réponse que j'ai toujours attendue.

Elle traversa la scène, se dirigeant vers un bar imaginaire et fit mine de se verser un verre qu'elle avala cul sec.

— Je l'ai espéré toute ma vie, reprit-elle.

— Tu ferais mieux d'avoir des rêves plus constructifs, répliqua Wanda. Un bracelet de diamants, par exemple. Tu pourrais te le faire offrir et le placer dans un coffre avant qu'il ne découvre ce que tu fais pour gagner ta vie. Parce que lorsqu'il sera au courant, il prendra la poudre d'escampette.

— Justement, il ne le découvrira pas. Jamais! Crois-tu qu'un homme de sa classe s'abaisserait à fréquenter une boîte de strip-tease de seconde zone comme celle-ci? Je te le dis, Maureen : pour la première fois de ma vie, je tiens une chance d'échapper à cette médiocrité.

Le pianiste attaqua l'introduction du morceau. Mais Maddy avait complètement oublié ce qu'elle était censée faire. Elle poussa un juron sonore et se tourna vers le metteur en scène.

— Désolée, Don.

— Maddy! soupira ce dernier. Tu n'es pas assez concentrée. Je veux que tu te donnes à cent dix pour cent.

— Tu as raison, acquiesça-t-elle. Laisse-moi juste une minute.

— Je t'en donne cinq. Après ça, je veux que tout soit parfait.

Les danseurs se dispersèrent pour profiter de cette pause. Maddy alla s'asseoir dans les coulisses et poussa un profond soupir de frustration.

— Tu as des problèmes? lui demanda Wanda en s'installant à ses côtés.

— Je déteste me planter de cette façon.

— Ce n'est pas ce que je voulais dire. Est-ce qu'il y aurait une raison particulière à ce brusque trou noir? Tu connaissais la scène sur le bout des doigts.

— C'est vrai…

— Ecoute, cela fait une semaine que tu as l'air déprimé. Il serait temps que tu reprennes du poil de la bête.

— Pourquoi les hommes sont-ils tous des imbéciles ? soupira tristement Maddy.

Wanda considéra la question durant quelques instants avant de répondre.

— Je pense que c'est comme pour le ciel : il est bleu parce que c'est dans sa nature.

— Dans ce cas, nous ferions mieux de ne pas nous occuper d'eux.

— Ce serait effectivement plus sage. Mais ce serait aussi terriblement ennuyeux. En tout cas, j'en déduis que ton petit ami te cause des soucis...

— Ce n'est pas mon petit ami. Et je ne comprends vraiment pas ce qu'il veut. Il commence par m'embrasser comme s'il voulait me dévorer toute crue et ensuite il me laisse tomber comme une vulgaire chaussette. Que suis-je censée en conclure ?

— Tu as deux solutions : soit tu l'oublies tout simplement, soit tu lui laisses une deuxième chance de réaliser qu'il ne peut pas se passer de toi.

— Il n'en vaut pas la peine, répliqua Maddy sans grande conviction.

— C'est bien dommage parce que toi, tu es sacrément mordue.

— C'est vrai, reconnut Maddy avec une pointe de désespoir qui ne lui était pas familière. Le problème, c'est que je crois qu'il le sait et que c'est ce qui le rend méfiant.

— Peu importe ce qu'il pense. L'essentiel, c'est de savoir ce que toi tu veux.

— C'est tout le problème !

— Est-ce que tu crois que c'est le bon ?

— Peut-être...

— Eh bien, dans ce cas, fais comme Mary : bats-toi pour obtenir ce que tu veux.

Maddy songea amèrement que c'était bien plus facile au théâtre que dans la vie réelle.

— Tu sais quel est notre problème, à nous autres, danseuses ? demanda-t-elle à son amie.

— Je pourrais t'en citer une bonne centaine mais je suppose que tu as la réponse.

— Nous n'avons jamais le temps d'apprendre à nous conduire comme des femmes normales. Nous passons trop de temps en représentation. Et c'est pour cela que je ne sais pas comment me conduire avec lui…

— Ce n'est peut-être pas aussi compliqué que tu ne le penses.

— Qu'est-ce que tu veux dire ?

— Eh bien, contente-toi de le voir. Si vous vous fréquentez pendant quelque temps, c'est lui qui finira par faire le premier pas.

— Je ne suis pas si irrésistible que cela, protesta Maddy avec un pâle sourire.

— Tu ne le sauras jamais si tu n'essaies pas.

Maddy réfléchit quelques instants à la remarque de son amie.

— Tu as raison, déclara-t-elle enfin. Et en attendant, retournons au charbon ! Je suis bien décidée à donner à Don ses cent dix pour cent !

Les deux jeunes femmes regagnèrent la scène et reprirent leur dialogue. Cette fois, Maddy puisa dans son propre état émotionnel l'intensité qu'elle devait donner à son personnage. Finalement, lorsque le pianiste attaqua la partie musicale, elle mit toute son énergie dans la chanson, réalisant une magnifique performance.

Wanda la suivait des yeux avec un mélange d'approbation et d'admiration qui réchauffa le cœur de la jeune femme. Elle redoubla d'ardeur, parvenant à la fois à délivrer une interprétation vibrante de son rôle et à respecter scrupuleusement les instructions que lui avait données le metteur en scène.

Lorsqu'elle se tut enfin, une salve d'applaudissements salua sa prestation. Puis chacun reprit son travail, et Maddy put s'accorder une nouvelle pause. Elle en profita pour avaler un verre de jus d'orange et un yaourt.

Le reste de la répétition se passa à merveille et, lorsqu'elle quitta enfin le théâtre, elle se sentait de bien meilleure humeur. Les autres danseurs avaient décidé d'aller dîner ensemble pour célébrer cette première étape. Maddy fut tentée de les accompagner mais elle décida qu'il était temps de mettre à profit les conseils de Wanda.

Selon son amie, elle pouvait soit renoncer à Reed, soit le pousser dans ses retranchements.

La première solution était certainement la plus sûre. Poursuivre de ses assiduités quelqu'un qui n'était pas intéressé risquait de lui faire du mal. Après tout, il y avait beaucoup d'autres hommes qui ne demanderaient pas mieux que de sortir avec elle.

Elle n'était pas désagréable à regarder et était parfaitement consciente de son charme. La plupart des gens la trouvaient sympathique et drôle et appréciaient sa personnalité. Malheureusement, il n'y avait pour le moment qu'une seule personne qui l'intéressait réellement.

Elle gagna donc la cabine téléphonique la plus proche et consulta l'annuaire. Sans surprise, elle constata qu'il vivait en centre-ville, juste à l'ouest de Central Park. Cette seule adresse trahissait le monde qui les séparait.

Elle-même n'aurait jamais pu vivre dans un endroit aussi huppé. Elle se serait sentie parfaitement déplacée. A la limite, elle aurait pu s'installer dans le Village, à Soho ou dans un de ces quartiers un peu bohème pour esthètes fortunés.

Mais Central Park symbolisait pour elle les vieilles familles, le conservatisme sourcilleux, les voitures avec chauffeurs et les dîners mondains. C'était un univers qui lui était parfaitement étranger.

Un peu abattue, elle quitta la cabine téléphonique et se demanda si elle ne ferait pas mieux de rentrer chez elle, de prendre un bon bain et d'oublier une fois pour toutes le jour où sa route avait croisé celle de Reed.

Au fond, elle n'avait pas besoin d'un homme dans sa vie. Ils ne faisaient que compliquer les choses. Et elle n'avait ni le temps ni l'énergie de se consacrer à une relation difficile...

Malgré ces réflexions, elle se surprit à prendre la direction de la station de métro la plus proche. Là, elle prit la ligne qui desservait le centre tout en se répétant qu'elle était en train de commettre une énorme erreur.

Qui sait si Reed serait seulement chez lui ? Elle aurait mieux fait de l'appeler avant de se précipiter chez lui sans réfléchir.

Pourtant, en descendant du métro, elle poursuivit sa route jusqu'à son immeuble.

Là, elle s'arrêta brusquement.

Et s'il était chez lui mais qu'il n'était pas seul ? se demanda-t-elle avec angoisse.

Une femme vêtue d'une robe très élégante et d'un manteau de fourrure pénétra dans l'immeuble sans même jeter un regard à Maddy. Comment en aurait-il été autrement ? Son jean et ses baskets devaient paraître complètement saugrenus en ces lieux.

Si seulement elle avait pris le temps de repasser chez elle pour se changer…

Réalisant le tour que prenaient ses pensées, Maddy se réprimanda vertement. Elle valait bien toutes ces snobs en manteau de fourrure ! Et si Reed n'était pas capable de se satisfaire d'une fille en jean et en baskets, c'est qu'il ne méritait vraiment pas qu'on s'intéresse à lui.

Prenant une profonde inspiration, Maddy rassembla son courage et se dirigea vers la porte de l'immeuble. Elle pénétra dans un hall de marbre particulièrement intimidant et repéra aussitôt le concierge qui était assis derrière un grand comptoir.

Se rappelant qu'elle était une actrice, Maddy plaqua sur ses lèvres un sourire engageant et se dirigea vers lui d'un pas assuré.

— Bonsoir. Est-ce que Reed est là ? Reed Valentine ?

— Je suis désolé, mademoiselle. Il n'est pas encore rentré.

— Ah, soupira la jeune femme, abattue. C'est dommage…

— Si vous voulez, je peux lui laisser un message, mademoiselle O'Hurley.

Maddy ouvrit de grands yeux, passablement stupéfaite. Il était très rare que les gens la reconnaissent en dehors des théâtres.

— Je suis vraiment ravi de vous rencontrer, reprit l'homme avec enthousiasme. Mes enfants nous ont offert deux places pour *Suzanna's Park*, à ma femme et à moi. Nous avons passé une soirée formidable !

— Tant mieux. J'espère que vous les avez remerciés.

— Oh, oui ! Tous les six… Ma femme a dit que vous regarder danser, c'était comme assister au lever du soleil.

— Merci, répondit Maddy en rougissant.

Ce genre de compliments suffisait à justifier des années de travail, de doute et d'angoisse.

— Merci beaucoup, répéta-t-elle, touchée.

— Je me souviens de ce moment où vous pensez que Peter a pris le train, qu'il est parti définitivement… Vous chantiez dans une belle lumière bleue quelque chose comme : « Où qu'il aille, mon amour le poursuivra… »

Maddy hocha la tête.

— Où qu'il aille, mon amour le poursuivra, chanta-t-elle doucement. Il peut partir mais jamais il ne m'oubliera.

Le concierge hocha la tête avec enthousiasme.

— Oui, c'est ça ! s'exclama-t-il. Ma femme pleurait comme une Madeleine et je crois bien que moi aussi, j'ai versé une larme, à ce moment-là.

— Vous devriez venir voir ma prochaine pièce. La première devrait avoir lieu dans six semaines.

— Dans ce cas, je vous promets que nous ne la manquerons pas !

Maddy sortit un stylo et une feuille de papier de son sac et griffonna le nom du théâtre et le numéro de l'assistant du metteur en scène.

— Appelez Fred de ma part. Je lui dirai de vous mettre deux places de côté.

Un large sourire éclaira le visage du concierge.

— Ça alors ! Ma femme ne le croira jamais. Je ne sais vraiment pas comment vous remercier, mademoiselle O'Hurley.

— En applaudissant très fort à la fin, répondit-elle malicieusement.

— Vous pouvez y compter ! Oh, bonsoir, monsieur Valentine.

Se retournant, Maddy se retrouva face à Reed. Elle fut aussitôt envahie par un sentiment de culpabilité qu'elle ne put s'expliquer.

— Bonsoir, Reed, lui dit-elle.

— Bonsoir, Maddy, répondit-il d'un ton incertain.

S'ensuivit un silence gêné.

— Je passais dans le quartier et j'ai décidé de venir te dire bonjour, mentit-elle sans conviction.

Reed hocha la tête. Il sortait d'une réunion où le souvenir de la jeune femme l'avait impitoyablement poursuivi, l'empêchant de se concentrer. Le fait de la revoir ne le réjouissait guère mais, paradoxalement, il fut saisi d'une brusque envie de la prendre dans ses bras.

— Tu allais quelque part ? demanda-t-il.

L'espace d'un instant, elle fut tentée de mentir, de s'inventer un rendez-vous quelconque. Mais ce n'était pas dans sa nature et elle renonça presque aussitôt à cette vaine tentative de sauver la face.

— Non, avoua-t-elle. C'est toi que je voulais voir.

Reed adressa un petit signe de tête au concierge puis, prenant la jeune femme par le bras, il se dirigea vers l'ascenseur.

— Tu es toujours aussi généreuse avec les inconnus ? lui demanda-t-il comme la porte se refermait sur eux.

— Toujours, lorsqu'ils me font d'aussi jolis compliments que lui. Tu as l'air fatigué.

— J'ai eu une dure journée.

— Moi aussi. Nous avons eu droit à la première répétition générale, aujourd'hui. Et c'était assez épique...

Maddy éclata d'un rire un peu gêné.

— Je ne devrais peut-être pas dire cela à l'homme qui tient le carnet de chèques, ajouta-t-elle.

Les portes de l'ascenseur s'ouvrirent, révélant un luxueux couloir recouvert d'une épaisse moquette couleur crème. Quelques toiles étaient accrochées aux murs. Reed se dirigea vers l'une des deux portes et l'ouvrit.

Curieuse, Maddy pénétra dans son appartement. Elle s'était attendue à le trouver élégant et luxueux mais il dépassait de loin ce qu'elle avait pu imaginer. Tout d'abord, il était immense. Les murs pâles étaient ornés de peintures impressionnistes.

Au fond s'ouvrait une immense baie vitrée qui offrait une vue magnifique sur le parc et la ville en contrebas. Les meubles étaient modernes, aussi sobres que confortables. Deux superbes ficus apportaient à l'ensemble une touche plus chaleureuse. Avec un sourire, Maddy avisa les deux vases Ming qui trônaient dans de petites niches.

D'un côté de la pièce, un escalier de bois sombre permettait d'accéder à l'étage supérieur du loft. Tout était parfait, comme elle l'avait supposé, mais elle fut étonnée de découvrir que, contrairement à ce qu'elle avait supposé, l'endroit ne manquait pas d'une certaine chaleur.

— C'est splendide, Reed, déclara-t-elle en traversant la pièce pour s'approcher des portes-fenêtres pour contempler la vue. Est-ce que tu te demandes parfois ce qui se passe en bas ?

— Et que devrais-je me demander ?

— Je ne sais pas… Qui sont ces gens qui se disputent ? Où va cette voiture de police qui fonce, le gyrophare

allumé ? Arrivera-t-elle à temps pour intervenir ?
Combien de personnes dormiront dans le parc, ce soir ?
Combien de gens sont en train de mourir quelque part
dans cette ville ? Combien sont en train de naître ?

Pendant qu'elle parlait, Reed s'était un peu rapproché
d'elle et il percevait à présent son odeur entêtante qui
éveillait en lui un désir languissant auquel il refusait
de céder.

— Tu te poses vraiment toutes ces questions ?
demanda-t-il enfin.

— Oui… Cette ville m'a toujours fascinée. Aussi
loin que remontent mes souvenirs, j'ai toujours voulu y
vivre. C'est étrange, d'ailleurs. Mes sœurs et moi avons
très vite su à quel endroit nous appartenions vraiment.
Et nous avons toutes choisi des villes différentes. Abby
est en Virginie, Chantel à Los Angeles et moi ici…

Reed hocha la tête sans vraiment la comprendre. Sa
seule famille, c'était son père. Il n'avait jamais eu de
frères et sœurs et ne pouvait imaginer ce qu'il aurait
ressenti dans le cas contraire.

— Tu veux boire quelque chose ? suggéra-t-il.

Avisant le détachement qui perçait dans sa voix,
Maddy se sentit blessée mais elle s'efforça de n'en rien
laisser paraître.

— Je veux bien de l'eau gazeuse, si tu en as.

Reed hocha la tête et se dirigea vers le bar. Maddy
s'écarta de la fenêtre, oubliant les millions de gens
qui s'agitaient en contrebas pour se concentrer sur cet
homme insaisissable.

C'est alors qu'elle vit sa plante. Reed l'avait posée
sur une petite table basse d'où elle pouvait recevoir
les rayons du soleil. La terre du pot était légèrement

humide. Avec un sourire, Maddy réalisa que Reed n'était pas aussi insensible qu'il voulait bien le laisser croire.

— Elle a meilleure mine, constata-t-elle en prenant le verre qu'il lui tendait.

— Tu n'es pas difficile, répliqua-t-il en humant le cognac qu'il venait de se verser.

— Je t'assure. Elle a déjà repris des couleurs. Merci de t'en être occupé.

— Il n'y a pas de quoi. A mon avis, tu lui donnais trop d'eau. Mais assieds-toi donc et dis-moi pourquoi tu es venue.

— Parce que je voulais te voir, répondit la jeune femme, regrettant brusquement de ne pas être aussi à l'aise avec les hommes que sa sœur Chantel. Ecoute, je ne suis pas vraiment douée pour ce genre de conversations... Je n'ai jamais eu le temps de me pencher sur le mystère des relations entre les hommes et les femmes. Alors autant te dire la vérité : j'avais envie de te voir et je suis venue. C'est aussi simple que cela.

— Effectivement, ça a le mérite d'être direct, commenta Reed avec une pointe d'amusement.

Il s'assit sur le canapé et, après quelques instants d'hésitation, Maddy l'imita.

— Parlons franchement, si c'est ce que tu veux, reprit-il. Es-tu ou n'es-tu pas venue pour me faire des propositions ?

Un éclair de colère passa dans les yeux de la jeune femme.

— Je vois que les danseurs n'ont pas le monopole des ego surdimensionnés, remarqua-t-elle vertement. Je suppose que les femmes que tu fréquentes sont prêtes à se jeter dans ton lit dès que tu leur en laisses la possibilité ?

— Les femmes que je fréquente ne chantent pas pour le concierge de mon immeuble, répondit-il d'un ton moqueur.

Maddy reposa brusquement son verre sur la table basse, sentant croître sa colère.

— C'est sans doute parce qu'elles chantent faux, déclara-t-elle avec humeur.

— C'est possible. En tout cas, ce que j'essaie de te dire, Maddy, c'est que je ne sais vraiment pas quoi faire de toi.

— Quoi faire de moi ? répéta-t-elle, outragée. Mais tu n'as rien à faire de moi. Je n'ai absolument pas besoin de toi et de tes airs de Pygmalion.

— Tu parles comme un personnage de théâtre.

— Et toi comme un comptable, rétorqua-t-elle.

Elle se leva brusquement et se mit à faire les cent pas dans la pièce sous le regard attentif de Reed.

— Je ne sais pas ce que je fais là, s'exclama-t-elle. J'ai été stupide de venir. Bon sang ! Cela fait une semaine que je suis malheureuse et je n'ai pas l'habitude de ça ! A cause de toi, ajouta-t-elle d'un ton accusateur, j'ai oublié mes répliques aujourd'hui !

Reed s'était promis de garder ses distances mais la détresse qu'il lisait dans les yeux de la jeune femme eut raison de ses bonnes résolutions. Malgré lui, il posa son verre, se leva et s'approcha d'elle pour caresser doucement sa joue.

Maddy sentit sa colère fondre comme neige au soleil tandis qu'un désir incoercible montait en elle. De peur qu'il ne retire sa main, elle prit le poignet de Reed dans la sienne.

— J'espérais que tu pensais à moi, murmura-t-elle, le cœur battant.

— Peut-être était-ce le cas, répondit Reed, incapable de lui mentir comme il aurait voulu le faire.
Peut-être que, lorsque je regardais par cette fenêtre,
je me demandais où tu te trouvais et ce que tu étais
en train de faire.

Maddy se dressa sur la pointe des pieds et posa
ses lèvres sur celles de Reed. Elle sentait le conflit
qui l'habitait en cet instant mais ne parvenait pas à
en comprendre les raisons. Quelle importance ? se
dit-elle. Avait-elle besoin de comprendre alors qu'elle
se sentait si bien avec lui ? Ne pouvaient-ils pas se
contenter de cela ?

— Reed…, murmura-t-elle.

— Chut, souffla-t-il avant de la serrer contre lui.
Ne dis rien…

En cet instant, il n'avait plus envie de réfléchir,
de sacrifier une fois encore son désir à cette voix
impitoyable qui lui soufflait qu'il était en train de
commettre une erreur, qu'il ne faisait que compliquer
une situation déjà suffisamment dangereuse.

Envoyant au diable la prudence, il l'embrassa avec
ferveur, se noyant dans cette étreinte. Il comprit alors
à quel point son existence lui paraissait vide depuis
qu'il avait rencontré Maddy.

En la tenant dans ses bras, il lui semblait qu'une
partie de lui s'éveillait. D'une certaine façon, il se
sentait plus complet et l'idée de la perdre lui était
insupportable.

Le cœur battant à tout rompre, Maddy embrassait
Reed avec passion, s'offrant à lui sans la moindre
réticence. Jamais elle n'avait réagi aussi intensément
à un simple baiser. Elle en avait pourtant échangé des
milliers avec ses anciens petits amis ou avec d'autres

acteurs sur scène. Mais pas une seule fois ce geste qu'elle considérait comme parfaitement naturel n'avait revêtu une telle charge sensuelle et émotionnelle.

Reed parvenait à éveiller en elle un besoin impérieux qui la submergeait entièrement, faisant courir sur sa peau des frissons d'extase, muant son sang en lave et alimentant impitoyablement cette sensation de manque au creux de son ventre.

Elle était incapable de réfléchir, incapable de dominer cette réponse primale de tout son être qui menaçait de la rendre folle. Elle aurait voulu sentir les mains de Reed sur sa peau et sa bouche sur ses seins. Elle désirait plus que tout qu'il pénètre en elle et soulage le besoin presque douloureux qu'elle avait de lui.

Mais il se contentait de l'embrasser, ne faisant qu'accroître la frénésie de la jeune femme. L'image de leurs corps enlacés lui traversa l'esprit, lui donnant la force de s'arracher à ses lèvres.

— Je te veux, Reed, murmura-t-elle d'une voix si rauque qu'elle eut du mal à la reconnaître.

— Moi aussi, répondit-il.

Mais sa voix, loin de trahir ce désir, révélait plutôt la réticence que lui inspirait ce constat. Dans ses yeux, elle perçut une pointe de dégoût, comme s'il s'en voulait de céder aussi facilement au besoin qu'il avait d'elle.

Maddy recula, sentant sa passion refluer brusquement pour céder la place à un mélange de frustration et de désespoir.

— Cela n'a pas l'air de te plaire, remarqua-t-elle.

Pourquoi fallait-il que les choses soient si compliquées entre eux ? se demanda-t-elle. Ne pouvaient-ils pas simplement s'abandonner à la mystérieuse alchimie qui les poussait l'un vers l'autre ?

— C'est vrai, soupira Reed. Je ne suis pas sûr que tout ceci soit une très bonne idée.

— Pourquoi ?

— J'ai envie de toi, Maddy. Je crois que je te désire depuis que je t'ai rencontrée…

— Alors pourquoi m'as-tu repoussée, l'autre soir ? Pourquoi me repousses-tu encore, aujourd'hui ?

— Parce que je ne suis pas l'homme qu'il te faut.

— Attends une seconde ! Tu es en train de me dire que tu m'éconduis pour mon propre bien ?

— Exactement.

— C'est absurde ! protesta-t-elle. Je ne suis plus une enfant, Reed. Je suis parfaitement capable de décider de ce qui est bon pour moi.

— Vraiment ? Pourtant, je ne crois pas que tu sois le genre de femme à te satisfaire d'une seule nuit de plaisir.

Maddy sentit un frisson glacé la parcourir. C'était donc tout ce qu'il attendait de leur relation ?

— C'est vrai, murmura-t-elle.

— Dans ce cas, j'ai effectivement agi pour ton bien.

— Je vois, répliqua Maddy, sèchement. Je suppose que je devrais te remercier pour cette preuve de mansuétude…

L'espace d'un instant, elle fut tentée de quitter l'appartement en claquant la porte et de ne plus jamais revoir Reed. Mais les O'Hurley ne se laissaient pas décourager aussi facilement, songea-t-elle. D'ailleurs, si elle avait agi de la sorte, elle l'aurait certainement regretté dès le lendemain.

— J'aimerais au moins savoir pourquoi tu es si

convaincu que cette histoire se terminerait après une nuit, déclara-t-elle en regardant Reed droit dans les yeux.

— Parce que je ne veux pas m'investir dans une relation à long terme.

— Il y a une différence entre « une nuit » et « à long terme », objecta-t-elle. Ne crois pas que je vais te demander en mariage simplement parce que nous décidons de coucher ensemble.

— Peut-être… Mais à quoi cela servirait-il ? Nous n'avons rien en commun, toi et moi…

— Figure-toi que j'y ai beaucoup réfléchi. Et j'admets que c'est en partie vrai. En partie seulement… Car, si l'on y pense, nous avons en réalité de nombreux points communs. Nous vivons tous les deux à New York, par exemple.

— Comme près de vingt millions de personnes.

— Peut-être. Mais c'est déjà un bon début. Nous travaillons tous les deux dans le show-business. Nous participons à la création d'une même comédie musicale. Sans compter, ajouta-t-elle avec un sourire malicieux, que j'ai remarqué que nous enfilions tous deux nos chaussettes *avant* nos chaussures.

— Maddy…

— Est-ce que, par hasard, toi aussi tu te tiens debout lorsque tu prends une douche ?

— Je ne vois pas…

— Ne cherche pas à éviter la question. Alors ?

— Oui, soupira-t-il sans pouvoir réprimer un sourire. Je me tiens debout sous la douche…

— Ah ! Nous y voilà ! Est-ce que tu as vu *Autant en emporte le vent* ?

— Oui.

— Tu vois ? Nous avons même des goûts communs en matière de cinéma. Je pourrais continuer pendant des heures…

— J'en suis certain, acquiesça Reed. Mais je ne vois pas ce que cela change.

— C'est simple : je t'aime bien, Reed, dit-elle en posant les mains sur ses épaules. Je crois que si tu acceptes de te détendre un peu, nous pourrions devenir amis. Et comme nous sommes attirés l'un par l'autre, avec le temps, cette amitié pourrait se transformer en quelque chose de plus et nous pourrions devenir amants.

Reed hésita. Il aurait certainement dû s'en tenir à sa position initiale et limiter ses contacts avec Maddy au strict minimum. Mais comment résister à la patience et à la gentillesse dont elle faisait preuve alors même qu'il venait de la repousser sans ménagement ?

— Tu es vraiment incroyable, lui dit-il en écartant une mèche de cheveux roux de son visage.

— Je l'espère bien, répliqua-t-elle avant de poser un petit baiser sur ses lèvres. Alors ? Crois-tu que nous puissions devenir amis ?

— Il se pourrait que tu finisses par le regretter, objecta Reed.

— Ça, c'est mon problème.

Elle lui tendit la main en le regardant droit dans les yeux d'un air un peu solennel.

— Amis ? fit-elle.

— Amis, soupira-t-il en lui serrant la main.

Mais, intérieurement, il espéra que ce ne serait pas lui qui finirait par regretter d'avoir cédé au charme de la jeune femme.

— Bien, conclut celle-ci. Maintenant, passons aux choses sérieuses. Je n'ai quasiment rien avalé de la journée et je suis vraiment affamée. Que dirais-tu si je nous préparais quelque chose à manger ?

6

En apparence, les choses paraissaient aussi simples que Maddy l'avait promis. La plupart des gens se seraient peut-être même contentés de ces apparences. Mais Reed et Maddy étaient bien trop conscients de tous les non-dits que sous-tendait leur étrange relation.

Ils se voyaient aussi souvent que le leur permettaient leurs emplois du temps respectifs. Ils allaient au cinéma tous les deux. Ils se promenaient dans Central Park. Ils allèrent même voir plusieurs expositions dans divers musées de la ville.

Cela rappelait à Reed certaines comédies romantiques qu'il avait pu voir au cinéma. Mais il savait que, cette fois, il n'y aurait pas de fin heureuse. Car il était bien décidé à ne pas sortir avec Maddy.

Il avait trop souffert de l'expérience malheureuse qu'avait connue son père. Ironiquement, ce dernier paraissait s'en être remis mais Reed, lui, ne pouvait ni oublier ni pardonner. D'ailleurs, son expérience personnelle n'avait fait que renforcer la méfiance que lui inspiraient les relations amoureuses.

Combien de couples avait-il vus se déchirer au cours des années ? Combien de trahisons, petites ou grandes, avait-il devinées chez les gens qui l'entouraient ?

Très tôt, il avait décidé de ne jamais être victime de ce jeu pervers. N'étant pas indifférent aux plaisirs de la chair, il avait eu plusieurs aventures mais s'était toujours efforcé de les considérer comme transitoires. A ses yeux, la relation la plus saine qu'un homme et une femme puissent nouer, c'était une satisfaction mutuelle de leurs désirs.

Toute forme d'engagement ne pouvait mener qu'au mensonge et à la trahison et se finir dans les regrets les plus amers. Ceux qui croyaient que l'amour était éternel se voilaient la face. C'était aussi simple que cela.

Hélas, ce que Reed vivait avec Maddy semblait contredire ses convictions les plus profondes. Lorsqu'il n'était pas avec la jeune femme, il ne cessait de penser à elle, attendant avec impatience leur prochaine rencontre.

Malgré les différences irréductibles qui existaient entre eux, ils s'étaient découvert suffisamment de points communs pour établir une relation de confiance et de respect. Certes, Reed était plus mesuré, plus prudent que Maddy. Mais il devait bien reconnaître que la proposition de la jeune femme avait été couronnée de succès : ils étaient vraiment devenus amis.

Mais tous deux savaient que cette situation ne pourrait durer indéfiniment. A tout moment, le désir qu'ils éprouvaient l'un pour l'autre pouvait refaire surface. Leurs gestes et leurs regards trahissaient régulièrement cette envie qui bouillonnait sous leur apparente camaraderie.

Elle était même accentuée par la distance qu'ils s'efforçaient de maintenir artificiellement entre eux.

Or, s'ils sautaient le pas, s'ils devenaient amants, Reed perdrait la relation privilégiée qui s'était établie entre eux. C'était inévitable. Car il lui faudrait alors se protéger contre les sentiments de tendresse et de complicité qui le rendraient vulnérable. D'une façon ou d'une autre, il était condamné à la perdre.

C'était la première fois de sa vie que Reed se trouvait confronté à une telle situation. Que ce soit sur le plan personnel ou professionnel, il avait toujours obtenu ce qu'il voulait. Avec le temps, c'était même devenu une évidence.

A ses yeux, la défaite était inacceptable. Et la victoire était la conséquence logique d'une planification rigoureuse, d'une exigence de chaque instant et d'une attention sans cesse en alerte.

Malheureusement, aucun de ces critères ne paraissait s'appliquer à sa relation avec Maddy. Ce qu'ils partageaient était d'ordre purement émotionnel et défiait toute logique, toute rationalisation.

Il aimait simplement le reflet du soleil dans ses cheveux roux, la douceur perlée de son rire, l'odeur entêtante de sa peau… A son cœur défendant, elle le rendait poète.

La sonnerie de l'Interphone tira brusquement Reed de sa rêverie.

— Oui, Hannah ?

— Votre père, sur la ligne un.

— Merci. Je le prends tout de suite.

Il décrocha le combiné et appuya sur le bouton de transfert d'appel.

— Papa ?

— Salut, Reed. Dis-moi, j'ai entendu dire que Selby avait signé avec un certain nombre de labels indépendants. Ça te dit quelque chose ?

Reed avait justement le rapport sous les yeux.

— On dirait que tu as toujours une oreille qui traîne, remarqua-t-il en souriant.

— C'est plus fort que moi. Alors ?

— C'est vrai. Mais la plupart n'ont aucun artiste vraiment intéressant. Par contre, une rumeur court selon laquelle Galloway aurait cherché à faire pression sur certaines radios pour qu'elles privilégient leurs poulains. Je ne sais pas si c'est vraiment sérieux...

— Tâche de vérifier. Selby est un véritable requin. Et si tu apprends quoi que ce soit, tiens-moi au courant.

— Tu seras le premier informé, c'est promis.

— Bien. Je n'ai jamais aimé l'idée qu'il fallait payer pour se faire diffuser. Nous sommes censés repérer des gens talentueux, pas jouer les maquereaux ! A propos de talent, je comptais aller assister à la répétition de notre comédie musicale, cet après-midi. Tu aurais le temps de venir avec moi ?

— Quand ça ? demanda Reed en jetant un coup d'œil à son agenda.

— Dans une heure. Je ne les ai pas prévenus car je ne veux pas qu'ils se mettent en quatre simplement parce que M. Portefeuille leur rend visite.

Reed hésita. Il avait plusieurs rendez-vous programmés et aurait probablement dû refuser. Mais, finalement, ce fut la curiosité qui l'emporta.

— Je viendrai te rejoindre vers 11 heures.

— Tâche de te libérer pour déjeuner. C'est moi qui invite.

Reed réalisa que son père devait se sentir seul. Edwin Valentine était membre du plus prestigieux club de golf de la côte Est, avait assez d'argent pour voyager jusqu'à la fin de ses jours, et connaissait tout ce que la ville comptait de célébrités. Mais, au fond, ce n'était qu'un vieil homme solitaire et désœuvré.

— Je viendrai, déclara Reed avant de raccrocher.

Il allait lui falloir reporter des rendez-vous très importants mais cela n'avait aucune importance si cela pouvait faire naître un sourire sur le visage de son père.

Edwin entra dans le théâtre comme un voleur, prenant bien soin de ne pas se faire remarquer.

— Glissons-nous discrètement dans les derniers rangs, souffla-t-il à Reed. Et voyons un peu ce que nous sommes en train de financer.

Son fils hocha la tête et ils s'assirent. Maddy était sur scène, dans les bras d'un danseur, et Reed se surprit à regretter de n'être pas celui qui la serrait contre lui. Se forçant à écarter cette pensée, il se concentra sur la pièce.

— C'était merveilleux, Jonathan, déclara Maddy. J'aurais pu danser encore pendant des heures.

— Tu parles comme si tout était fini mais il nous reste encore des heures. Rentre avec moi…

Le corps de Maddy se raidit, marquant clairement l'angoisse qu'elle ressentait brusquement.

— Rentrer avec toi? répéta-t-elle. Oh, je le voudrais bien…

Elle se recula légèrement mais l'acteur lui prit les mains.

— Je ne peux pas. Il faut… que je travaille tôt demain… Et je dois rentrer voir ma mère…

Elle se détourna de façon à laisser voir aux spectateurs qu'elle était en train de mentir sans que son compagnon puisse s'en rendre compte.

— Elle ne va pas bien, tu sais. Et je tiens à être là au cas où elle aurait besoin de moi.

— Tu es si généreuse, Mary.

— Ne dis pas cela, protesta Maddy, trahissant un mélange de culpabilité et de détresse.

— Je le pense, pourtant, répondit l'acteur en la reprenant dans ses bras. Et je crois que je suis en train de tomber amoureux de toi.

Il l'embrassa et, malgré lui, Reed sentit un absurde accès de jalousie l'envahir.

— Il faut que je parte, Jonathan.

Sur ces mots, elle se dirigea vers les coulisses, à droite de la scène.

— Quand nous reverrons-nous ? lui demanda son compagnon.

Elle s'arrêta, visiblement aux prises avec un conflit intérieur.

— Demain, répondit-elle enfin. Viens me rejoindre à la bibliothèque vers 6 heures. Je t'y attendrai.

— Mary...

— Demain, répéta-t-elle avant de disparaître.

— Parfait ! s'exclama le metteur en scène. Ici, nous aurons quinze secondes de rideau pour effectuer le changement de décor. Wanda, Rose, prenez vos marques. Action !

Maddy arriva en courant de la gauche de la scène. Wanda était assise sur une chaise tandis que Rose se maquillait devant un miroir.

— Tu es en retard, remarqua Wanda d'une voix traînante.

— Je ne savais pas qu'il fallait pointer, à présent, répliqua durement Maddy.

— Jackie te cherche.

Maddy, qui avait entrepris d'enfiler une perruque rouge, s'immobilisa brusquement.

— Que lui as-tu dit ?

— Que tu étais occupée ! Ne t'en fais pas, je t'ai couverte, comme d'habitude.

— C'est vrai, renchérit Rose avant de souffler une bulle de chewing-gum rose qui éclata bruyamment.

— Merci, soupira Maddy en se rapprochant du miroir pour se maquiller à son tour.

— Il n'y a pas de quoi, répondit Wanda. Il faut bien qu'on se serre les coudes. Mais je pense que tu as tort d'agir de cette façon…

— Je sais ce que je fais, répliqua Maddy en disparaissant derrière un paravent.

Quelques instants plus tard, la robe qu'elle portait vola sur le côté et atterrit mollement sur le sol.

— A ta place, je me méfierais de Jackie, reprit Wanda. As-tu la moindre idée de ce qu'il pourrait vous faire, à toi et à ton petit ami, s'il découvrait la vérité ?

— Il n'en saura rien, répondit Maddy en sortant de derrière le paravent.

Elle portait à présent une sorte de nuisette à demi transparente sous laquelle son corps n'était dissimulé que par des étoiles en tissu rouge stratégiquement disposées.

— Ça va être à moi, dit-elle.

— Je te préviens : le public est plutôt remuant, ce soir.

— Tant mieux. C'est comme ça que je l'aime.

Une fois de plus, elle quitta la scène.

— Projecteur sur la gauche de la scène ! commanda le metteur en scène. A toi, Terry !

Reed reconnut le danseur aux mains baladeuses qu'il avait vu à la répétition. Ses cheveux étaient plaqués en arrière avec de la gomina et il portait une fausse moustache, une chemise noire et une cravate blanche.

Maddy apparut derrière lui et il lui prit le bras.

— Où étais-tu passée ? lui demanda-t-il d'un ton agressif.

— Je me promenais, répondit Maddy, bravache, une main sur la hanche. Ça te pose un problème ?

Edwin se pencha vers son fils.

— On a du mal à croire que c'est la même fille qui a débarqué dans ton bureau, trempée des pieds à la tête avec une plante à demi morte dans les bras, souffla-t-il.

— C'est vrai, reconnut Reed tandis que les deux acteurs continuaient à se disputer sur scène.

— Elle est douée, déclara Edwin. Je suis sûr qu'elle ira très loin.

— Moi aussi, acquiesça son fils auquel cette idée inspirait un inexplicable mélange de fierté et d'angoisse.

— Ecoute, mon sucre, disait Maddy en tapotant la joue de son partenaire, tu veux que je me déshabille ou que je reste ici pour te lire mon emploi du temps ?

— Déshabille-toi. C'est pour ça qu'on te paie.

— Et c'est ce que je fais de mieux, acquiesça la jeune femme d'un air provocant.

— Lumière sur l'avant-scène et musique ! ordonna le metteur en scène.

Les basses puissantes d'un rythme électronique se mirent à pulser dans le théâtre tandis que Maddy s'avançait en ondulant des hanches, jouant de façon aguicheuse avec un boa rouge. Lentement, elle s'approcha jusqu'au bord de la scène et jeta l'accessoire dans la salle.

Il serait remplacé chaque soir jusqu'à la dernière du

spectacle et constituerait un souvenir de choix pour un spectateur chanceux.

— Je ne t'ai jamais emmené dans une boîte de strip-tease, n'est-ce pas ? demanda Edwin à son fils, tandis que Maddy se débarrassait des longs gants qu'elle portait.

— Non.

— J'aurais dû le faire. Ça fait partie de l'éducation d'un garçon !

Sur scène, Maddy avait commencé à danser. Sur le papier, il ne s'agissait que d'un numéro parmi d'autres sans aucune difficulté technique particulière. Mais la jeune femme savait pertinemment qu'il constituait l'un des points d'orgue de cette comédie musicale.

Si elle parvenait à donner à son solo suffisamment de sensualité, il resterait dans l'esprit des spectateurs comme l'un des moments clés de la pièce. Forte de cette conviction, elle se mit donc à danser de façon terriblement suggestive.

Ses mouvements étaient autant de provocations, appelant aux caresses les plus passionnées. Elle ondulait, se déhanchait, virevoltant comme un feu follet sur la scène. Lorsqu'elle commença à déboutonner sa nuisette, quelques techniciens se mirent à pousser des sifflements admiratifs.

Bientôt, elle se retrouva nue. Seules les étoiles qui adhéraient à sa peau constituaient un ultime et fragile rempart à sa pudeur. Lorsqu'elle acheva sa chorégraphie, des applaudissements retentirent en provenance du fond de la salle.

Surprise et flattée à la fois, elle chercha à distinguer son admirateur mais la lumière des projecteurs l'en empêcha.

L'équipe technique et les autres danseurs, par contre, se retournèrent et constatèrent avec surprise la présence de Reed et d'Edwin qui continuaient d'applaudir. Immédiatement, le metteur en scène les rejoignit, furieux que personne ne l'ait prévenu de la visite des producteurs.

— Messieurs Valentine, s'exclama-t-il en leur serrant la main. Je ne m'attendais pas à vous voir.

— Nous avons décidé de venir à l'improviste, expliqua Reed qui avait du mal à détourner les yeux de la scène sur laquelle Maddy avait entrepris de se rhabiller. Et je dois dire que je suis très impressionné par ce que j'ai vu.

— Oh, il reste encore quelques ajustements à faire, répondit Don avec modestie. Mais je suis sûr que nous serons fin prêts pour Philadelphie.

— Je n'en doute pas un seul instant, s'exclama Edwin en lui décochant une bourrade amicale. Mais ne perdez pas votre temps avec nous. Le spectacle passe avant tout !

— Justement, nous devons encore répéter la première scène du deuxième acte avant la pause. Vous pourriez vous installer dans les premiers rangs si vous voulez…

— As-tu suffisamment de temps, Reed ? s'enquit Edwin en se tournant vers son fils.

— Bien sûr, répondit ce dernier sans hésiter.

Pour rien au monde il n'aurait manqué la suite, même si cela signifiait qu'il passerait une bonne partie de la soirée à rattraper le retard pris durant la journée.

Les deux hommes allèrent donc prendre place à l'avant du théâtre tandis que les techniciens installaient le décor de la scène suivante. Il s'agissait cette fois d'un passage comique destiné à relâcher un peu la pression accumulée au cours du premier acte.

Reed constata avec admiration que Maddy pouvait passer avec talent d'un registre à l'autre en quelques instants seulement. Elle paraissait comprendre instinctivement les exigences très précises du metteur en scène en matière de rythme.

Mieux encore, elle parvenait à donner à son personnage une profondeur que l'on sentait percer même dans les moments les plus légers. Elle rendait à la perfection ce mélange étonnant de romantisme et de duplicité qui caractérisait Mary.

Celle-ci menait en effet deux existences parallèles. Le jour, elle fréquentait Jonathan, l'homme qu'elle aimait, et lui faisait croire qu'elle était une bibliothécaire innocente dont la mère se mourait. La nuit, elle redevenait la stripteaseuse provocatrice qui ne reculait devant rien pour survivre.

Ce jeu de masques constituait aux yeux de Reed une troublante mise en scène du métier d'acteur. Et, en voyant Maddy jouer la comédie avec un tel brio, il ne pouvait s'empêcher de se demander avec angoisse qui elle était vraiment.

— Elle est phénoménale, lui souffla Edwin, conquis.

— C'est vrai, admit Reed avec nettement moins d'enthousiasme.

— Qu'est-ce qui se passe exactement entre vous deux ? lui demanda alors son père à brûle-pourpoint.

— Qu'est-ce qui te fait croire qu'il se passe quoi que ce soit ? demanda Reed en s'efforçant de conserver un ton détaché.

— Disons que, si je n'étais pas doté d'un minimum

d'instinct, je ne serais jamais parvenu à me faire un nom dans le monde de la production musicale.

— Nous sommes amis, c'est tout…, déclara Reed après un instant d'hésitation.

— Tu sais, Reed, j'ai toujours espéré que tu finirais par rencontrer quelqu'un comme Maddy O'Hurley. Une femme aussi belle qu'intelligente qui pourrait te rendre vraiment heureux.

— Mais je suis heureux.

— Non. Il y a toujours de l'amertume en toi. C'est à cause de ta mère, n'est-ce pas ?

— Je ne veux pas en parler, répliqua Reed d'une voix calme dans laquelle perçait néanmoins une colère rentrée. Elle n'a rien à voir avec tout ça.

Edwin songea que rien n'était plus éloigné de la vérité. Mais il comprit qu'il ne gagnerait rien en poussant son fils dans ses retranchements. Avec un soupir, il se détourna donc et fit mine d'observer la scène qui continuait à se dérouler sous ses yeux.

Pourtant, il n'écoutait plus vraiment le dialogue, réfléchissant aux événements qui s'étaient déroulés des années auparavant et avaient à jamais transformé sa vie. Edwin avait appris à accepter ce qui s'était produit alors et il aurait aimé que son fils en fasse autant.

Mais Reed s'y refusait, et son père ne pouvait pas l'en blâmer. Comment aurait-il pu faire confiance à qui que ce soit, lui qui devait sa propre naissance à une trahison ?

Observant le beau visage de Maddy, Edwin se demanda si elle aurait suffisamment de force et de volonté pour réussir là où lui-même avait échoué. Etait-elle vraiment la femme dont Reed avait besoin sans le savoir? Celle qu'il cherchait sans même se l'avouer à lui-même?

Même s'il ne s'agissait que d'une simple répétition, Maddy avait décidé de s'investir totalement dans son personnage. Elle n'avait jamais compris les acteurs qui se ménageaient dans l'attente du grand soir. Pour elle, on ne pouvait espérer jouer sans aller jusqu'au bout de soi-même.

Malheureusement, la présence de Reed ne l'aidait guère à se concentrer. Il ne la quittait pas des yeux, l'observant fixement comme si elle avait été seule sur scène, comme si rien d'autre au monde n'avait d'importance.

Il était suffisamment proche d'elle pour qu'elle puisse distinguer le trouble qui l'habitait. Dans son regard, elle discernait un mélange de réprobation et de méfiance. Au début, elle ne comprit pas ce qui lui valait une telle réaction. Puis, brusquement, elle comprit.

Il était en train de la voir jouer la comédie. Pour un homme qui redoutait la trahison au point de fuir toute forme d'engagement, ce devait être une confirmation du peu de foi que l'on pouvait accorder aux paroles des femmes…

Cette idée la terrifia. Elle aurait voulu pouvoir descendre de la scène et le rejoindre pour le rassurer, pour lui dire qu'elle l'aimait et ne lui mentirait jamais. Mais ce n'était pas ce qu'il attendait d'elle.

Elle avait eu suffisamment de mal à gagner son amitié pour ne pas prendre le risque de tout perdre. Si elle lui avouait ses sentiments, il prendrait peur et couperait définitivement les ponts afin de se protéger.

Elle se força donc à poursuivre la représentation, mais le cœur n'y était plus et elle finit par trébucher sur l'une de ses répliques. Don lui fit reprendre sa tirade au début et elle s'exécuta sans grande conviction. Il dut le sentir et, à la fin de la scène, il annonça que l'heure du déjeuner était arrivée.

— Je vous rappelle que nous reprenons à 14 heures précises, dit-il à l'équipe. Il nous reste encore deux scènes à boucler, et je tiens à ce qu'elles soient aussi bonnes que celles de ce matin.

— Alors, c'est lui? souffla Wanda à Maddy en observant Reed qui se rapprochait du metteur en scène pour le féliciter.

— Qui ça, lui? demanda Maddy qui effectuait quelques assouplissements.

— C'est ce type-là qui te met dans tous tes états.

— Je ne suis pas dans tous mes états, protesta la jeune femme sans grande conviction.

— Alors comment se fait-il que tu aies raté une réplique que tu connaissais sur le bout des doigts?

Incapable de répondre, Maddy regarda son amie se diriger vers les vestiaires, un sourire malicieux aux lèvres. Pestant intérieurement contre la perspicacité de Wanda et contre sa propre transparence, la jeune femme rejoignit Reed et son père.

— Je suis heureuse que vous soyez venus, leur dit-elle avec un charmant sourire.

— C'est moi qui suis ravi! protesta Edwin en lui serrant la main avec enthousiasme. Vous étiez formidable et c'est un vrai plaisir de vous voir travailler. Mais nous en discuterons en déjeunant.

— Je ne sais pas si…, commença la jeune femme en avisant l'expression morose de Reed.

— C'est moi qui invite ! l'interrompit Edwin. Par contre, vous devez connaître le quartier mieux que moi et je vous fais confiance pour choisir le restaurant.

— Il y en a un au coin de la rue.

— Parfait ! Qu'en penses-tu, Reed ?

— Que tu devrais au moins laisser à Maddy le temps de se changer, répondit ce dernier en se forçant à sourire.

— Laissez-moi cinq minutes et je vous rejoins devant l'entrée, leur dit-elle.

Dix minutes plus tard, tous trois pénétrèrent dans une petite épicerie grecque qui faisait aussi office de restaurant. Il flottait à l'intérieur une délicieuse odeur de viande, d'épices et de café chaud. La plupart des danseurs étaient déjà installés et mangeaient avec appétit.

Edwin, Reed et Maddy s'approchèrent du comptoir derrière lequel était installé le patron de l'établissement, un homme qui devait faire près de deux mètres de haut et arborait d'impressionnantes moustaches noires.

— Bonjour, Maddy. Je te sers un spécial O'Hurley, comme d'habitude ?

— Avec plaisir.

— Qu'est-ce qu'un spécial O'Hurley ? demanda Edwin, curieux.

— Salade, tomates, fromage de brebis et yaourt, expliqua le patron.

— C'est tout ce que vous mangez ? s'exclama le vieil homme d'un air réprobateur. Vous devriez au moins prendre un peu de viande après toutes les calories que vous avez dépensées ce matin !

— J'en prendrai ce soir, lui assura Maddy en souriant. Si je mange trop à midi, je serai incapable de danser correctement tout à l'heure.

Elle prit l'assiette que le patron venait de lui servir et la posa sur un plateau avec une bouteille d'eau.

— Commandez pendant que je vais nous chercher une table, dit-elle aux deux hommes.

Ils acquiescèrent et elle s'éloigna. A peine avait-elle fait quelques pas qu'elle fut rejointe par Terry qui avait toujours les cheveux coiffés en arrière comme le personnage qu'il interprétait.

— Alors, tu déjeunes avec les huiles? demanda-t-il malicieusement. J'espère que tu leur diras un mot gentil sur mon compte...

— Quel genre de mot? demanda-t-elle en lui retournant son sourire.

— Je ne sais pas... « Star », par exemple!

— Je ferai ce que je peux.

Terry s'apprêtait à ajouter quelque chose lorsqu'il repéra l'un des acteurs qui chipait dans son assiette.

— Leroy! Pose ce cornichon immédiatement où tu es un homme mort! s'exclama-t-il en s'éloignant.

Maddy gagna en riant l'une des rares tables encore libres. Quelques instants plus tard, elle fut rejointe par les Valentine.

— Ça ne manque pas d'ambiance, par ici, commenta Edwin qui avait assisté à la scène.

— Et encore, ils se tiennent plutôt bien aujourd'hui, parce que vous êtes là, répondit Maddy.

Comme pour la contredire, quelqu'un se mit à chanter, bientôt imité par toute sa tablée.

— Est-ce que vous viendrez à la première, monsieur

Valentine ? demanda la jeune femme en haussant un peu la voix pour se faire entendre au milieu de ce tumulte.

— Je pense que oui. Je ne voyage plus aussi souvent qu'avant et cela me donnera l'occasion de le faire. Je me souviens qu'à une époque, je pouvais faire mille kilomètres sur un coup de tête, juste pour aller entendre un artiste dont on m'avait vanté les mérites.

— Ce devait être une vie très excitante, remarqua Maddy.

— Parfois, oui… Mais, du coup, je passais pas mal de temps à courir les hôtels et je ne voyais pas assez mon fils. J'ai raté un nombre incalculable de ses matchs de base-ball.

— Je suis sûr que tu en as vu plus que la majorité des autres parents, protesta Reed avec un sourire affectueux. Maddy, tu es sûre que tu ne veux pas un peu de roast-beef ? ajouta-t-il à l'intention de la jeune femme.

Son père sourit en la voyant se servir dans son assiette. Visiblement, ils avaient développé une certaine complicité. Qui sait ? Maddy finirait peut-être par avoir raison des angoisses de Reed…

— Je ne savais pas que tu jouais au base-ball, remarqua la jeune femme en se tournant vers ce dernier. Tu ne me l'avais jamais dit…

Tout en prononçant ces mots, elle réalisa que cela n'avait rien d'étonnant. Il y avait sans doute des centaines de choses qu'elle ignorait encore de cet homme si secret. Mais elle avait bien l'intention de les découvrir, quel que soit le temps que cela prendrait.

— Je n'avais jamais rien compris à ce jeu avant de m'installer à New York, reprit-elle. Mais là, je n'ai pas eu le choix. Plusieurs amis m'ont traînée de force à des matchs des Yankees et j'ai fini par devenir complètement accro ! Quelle était ta moyenne de points mérités ?

— Deux virgule trente-huit, répondit Reed, visiblement surpris par sa connaissance du sujet.

— Mais tu aurais pu passer professionnel ! s'exclama-t-elle, impressionnée.

— C'est ce que je n'arrêtais pas de lui dire. Mais il a préféré travailler dans la musique.

— Je suis convaincue que c'est tout aussi excitant. La plupart des gens n'imaginent même pas comment fonctionne la production musicale. Tout ce que nous voyons, c'est le disque que nous achetons ou la chanson que nous entendons à la radio...

— Si cela vous intéresse, je pourrai vous faire visiter nos studios et vous expliquer comment ça fonctionne, suggéra Edwin.

— Avec plaisir ! s'exclama la jeune femme, ravie. J'ai déjà eu un petit avant-goût de la chose lorsque nous avons enregistré les chansons de *Suzanna's Park* mais j'avoue que cela a plus aiguisé que satisfait ma curiosité.

— Vous avez aimé le travail en studio ? lui demanda Edwin.

— Ce n'était pas désagréable mais j'ai trouvé ça beaucoup moins excitant que la scène.

— C'est sans doute vrai, remarqua Reed en reposant sa tasse de café. Mais cela présente certains avantages : dans un studio, on pourrait transformer le patron de ce restaurant en Caruso rien qu'en tournant quelques boutons.

— Ce serait de la triche ! protesta Maddy en riant.

— Certains producteurs appellent ça du marketing.

— Est-ce le cas de Valentine Records ?

— Non, répondit Reed en faisant la grimace. Nous

préférons privilégier des artistes de qualité, quitte à rater quelques coups. De cette façon, au moins, les fans ne sont pas déçus lorsqu'ils assistent aux concerts.

— Dans ce cas, remarqua la jeune femme avec un sourire malicieux à l'adresse d'Edwin, il est heureux que vous n'ayez pas produit les sœurs O'Hurley !

— Pourquoi ? demanda le vieil homme. Vous n'étiez pas bonnes ?

— Nous étions juste un peu au-dessus du médiocre.

— J'ai beaucoup de mal à vous croire, considérant la qualité de ce que j'ai entendu tout à l'heure.

— C'est gentil.

— Pas du tout. J'ai vu suffisamment d'artistes dans ma vie pour pouvoir juger en toute objectivité. Et je sais que vous devez travailler très dur pour atteindre un tel niveau d'excellence. Cela ne doit pas vous laisser beaucoup de temps libre…

— Pourquoi ? demanda la jeune femme en lui décochant un clin d'œil. Vous vouliez me fixer un rendez-vous galant ?

Pendant un instant, Edwin parut pris de court. Puis il éclata d'un rire sonore qui attira sur lui l'attention de tous les clients du restaurant.

— Si seulement j'avais vingt ans de moins, je n'hésiterais pas un instant ! s'exclama-t-il enfin. Et, si vous acceptiez, je serais certainement le plus heureux des hommes.

En parlant, il avait gardé les yeux fixés sur Reed qui se garda bien de relever l'allusion.

— En fait, reprit son père, je pensais vous inviter à une fête que je veux donner pour la troupe, juste avant la première à Philadelphie. Qu'en pensez-vous ?

— Je crois que c'est une excellente idée !

— Mais je vous préviens : vous ne serez invitée que si vous acceptez de me réserver une danse.

— Vous en aurez autant que vous voudrez, lui promit la jeune femme, touchée par le mélange de gentillesse et de simplicité dont il faisait preuve.

— Une seule me suffira amplement. A vrai dire, après vous avoir vue danser, je crois que je ne soutiendrais pas votre rythme très longtemps.

Maddy éclata de rire. Mais elle remarqua que Reed se contentait de l'observer d'un regard froid et distant, comme si l'idée qu'elle assiste à cette fête ne l'enthousiasmait guère.

— Je vais devoir y aller, dit-elle, brusquement mal à l'aise. J'ai deux ou trois choses à faire avant la répétition de cet après-midi.

— Raccompagne cette jeune femme pendant que je finis mon café, Reed, suggéra Edwin. Tu repasseras me chercher ensuite.

— Ce n'est pas la peine, protesta Maddy en se levant un peu précipitamment.

— J'insiste, déclara Reed en l'imitant.

Comprenant qu'elle ne pouvait refuser sans que cela paraisse suspect aux yeux d'Edwin, la jeune femme se pencha pour embrasser le vieil homme sur les deux joues.

— Merci beaucoup pour ce déjeuner, lui dit-elle.

Reed et elle quittèrent le petit restaurant.

— Je suis parfaitement capable de traverser la rue toute seule, lui dit-elle lorsqu'ils furent sortis. Tu peux retourner auprès de ton père.

— Je veux te raccompagner. Où est le problème ?

— Mais ce n'est pas moi qui ai un problème ! s'exclama la jeune femme avec humeur. Crois-tu que je ne te connaisse pas suffisamment pour ne pas comprendre que quelque chose ne va pas ? Quand tu as cette voix polie et glaciale, c'est généralement que tu es de mauvaise humeur.

Sur ce, elle se détourna et traversa la rue à grandes enjambées. Mais Reed la suivit sans se laisser démonter par cette sortie.

— Pourquoi te presses-tu ? demanda-t-il. Il te reste encore vingt minutes avant la reprise.

— Je te l'ai dit : j'ai des choses à faire.

— C'est faux.

— Très bien. Disons donc que j'ai mieux à faire que de déjeuner avec quelqu'un qui se conduit avec moi comme un entomologiste en train d'étudier une fourmi ! Qu'est-ce que j'ai fait pour mériter une telle froideur ? Cela te dérange que je m'entende si bien avec ton père ? As-tu peur que je n'aie des visées sur lui aussi ?

— Arrête ça tout de suite !

— C'est ridicule ! poursuivit-elle sans tenir compte de son interruption. Je crois qu'au fond, tu détestes les femmes. Au lieu de faire la part des choses, tu as décidé qu'elles étaient toutes indignes de ta confiance. J'aimerais bien savoir pourquoi.

— Maddy, tu es folle.

— Pas encore. Mais je risque vraiment de le devenir si tu continues à jouer avec mes nerfs de cette façon. Crois-tu que je n'ai pas vu la façon dont tu me regardais, lorsque j'étais sur scène ? Je ne suis pas Mary, tu sais ! Ne me confonds pas avec le personnage que j'interprète !

— C'est ridicule, protesta Reed sans conviction.

En réalité, il était impressionné par la facilité avec laquelle Maddy avait vu clair en lui.

— Ce n'est pas vrai! s'écria-t-elle, à présent hors d'elle. Je sais parfaitement quand je suis ridicule et ce n'est pas le cas, en ce moment, je t'assure! Je ne sais pas ce qui t'a fait tant de mal, Reed, et je suis désolée que tu aies souffert. Mais ce n'est pas une raison pour laisser ce qui s'est passé ronger toute ta vie. J'ai cru que je pourrais en faire abstraction mais c'en est trop!

— De quoi est-ce que tu parles?

— J'ai bien vu la tête que tu faisais quand ton père m'a proposé d'assister à sa fête. Eh bien, ne t'en fais pas : je ne viendrai pas. Je trouverai bien une excuse...

— Maddy...

— Franchement, je ne pensais pas que l'idée d'être vu en ma compagnie te gênerait à ce point!

— Mais...

— Je suppose que c'est compréhensible, poursuivit-elle sans lui laisser le temps de protester. Je ne suis qu'une danseuse, issue d'une famille d'artistes à moitié bohémiens. J'ai obtenu mon baccalauréat par correspondance et je n'ai jamais mis les pieds à l'université...

Reed la prit par les épaules et la regarda droit dans les yeux.

— La prochaine fois que tu décides de délirer de cette façon, tâche au moins de me laisser un mode d'emploi pour que je puisse te suivre. Je ne comprends même pas de quoi tu parles!

— Je parle de nous! s'exclama la jeune femme. C'est absurde, d'ailleurs... A quoi cela sert-il de parler de nous puisqu'il n'y a pas de *nous*? Tu n'en veux pas...

Incapable de trouver les mots capables d'arrêter son monologue, Reed pressa ses lèvres sur les siennes.

— Tais-toi, la supplia-t-il comme elle s'apprêtait à protester de plus belle. Je t'en prie, tais-toi une minute.

Il l'embrassa de nouveau mais cette fois, sa propre passion le trahit. Jusqu'alors, il n'avait pas réalisé à quel point le désir et la frustration s'étaient accumulés en lui tandis qu'il regardait Maddy sur scène.

A présent, elle était de nouveau sienne, et il découvrait combien il tenait à elle, combien le contact de son corps contre le sien lui avait manqué au cours de ces derniers jours.

Il se haïssait pour l'avoir fait souffrir tout en sachant qu'il recommencerait. Car il était incapable de comprendre ce qui lui arrivait, ce qui leur arrivait. Il avait l'impression d'être emporté par des sentiments qu'il ne maîtrisait pas et dont l'intensité le terrifiait.

— Ça va mieux ? lui demanda-t-il en s'arrachant enfin à cette délicieuse étreinte.

— Non, répondit-elle d'un ton mutin.

— Tant pis. Contente-toi de m'écouter pendant quelques secondes. Honnêtement, je ne sais pas ce qui m'a pris lorsque je te regardais jouer. En fait, j'avoue que j'ai du mal à penser clairement chaque fois que je te vois.

Maddy le regarda droit dans les yeux.

— Pourquoi ? demanda-t-elle simplement.

— Je ne sais pas. Mais une chose est sûre : si tu penses vraiment tout ce dont tu viens de m'accuser, tu te trompes du tout au tout. Je me fiche que tu aies obtenu ton bac par correspondance ou que tu aies étudié à Vassar. Je me moque que ton père ait été adoubé par la reine d'Angleterre ou qu'il ait été condamné pour meurtre...

— Juste pour tapage nocturne, répondit la jeune

femme en souriant. Et encore, ça n'est arrivé qu'une fois ou deux… Je suis désolée, Reed. Je ne sais pas ce qui m'a pris. Je n'avais pas le droit de te parler comme cela. Mais j'étais en colère, et dans ces cas-là, j'ai une fâcheuse tendance à dire n'importe quoi… Je suppose que c'est à cause de mes origines irlandaises. Nous avons tous le sang chaud dans ma famille.

— Ne t'en fais pas pour ça. D'ailleurs, je crois que je n'ai pas été parfaitement honnête avec toi, moi non plus. Je pense qu'il est effectivement temps de clarifier un peu la situation.

— Je suis d'accord. Mais je n'ai plus beaucoup de temps…

— Je sais. Dis-moi, quel soir es-tu libre ?

— Samedi.

— Très bien. Dans ce cas, passe chez moi ce jour-là. S'il te plaît.

— D'accord, Reed, répondit Maddy, un peu rassérénée. Je viendrai. Et je te promets que je ne voulais pas te faire une scène.

— Moi non plus, Maddy. Quant à mon attitude vis-à-vis de mon père, elle n'a rien à voir avec ta présence à sa fête.

La jeune femme le regarda d'un air dubitatif.

— Alors, pourquoi as-tu réagi de cette façon ?

— Parce que je ne l'ai jamais vu aussi… charmé par quelqu'un depuis très longtemps. Lorsqu'il était plus jeune, il rêvait d'avoir beaucoup d'enfants. Et je suis certain que, s'il avait eu une fille, il aurait aimé qu'elle soit comme toi.

— Et alors ?

— Alors, je veux juste lui éviter une cruelle désillusion, Maddy. Il a beaucoup souffert dans le passé et je ne veux pas que cela se reproduise si nous arrêtons de nous voir un jour...

7

Lorsque Maddy regagna son immeuble, ce soir-là, elle pensait toujours à Reed. Cela n'avait d'ailleurs rien de surprenant. Ces derniers temps, il l'obsédait littéralement, l'empêchant même de se concentrer sur le rôle de Mary qui aurait dû constituer sa seule préoccupation.

La première à Philadelphie devait en effet avoir lieu dans moins de trois semaines, et elle ne pouvait se permettre de se laisser distraire par quoi que ce soit. Hélas, c'était bien plus facile à dire qu'à faire et Maddy ne cessait de se demander ce qui se produirait, le samedi suivant.

Elle essaya d'écarter cette question mais en fut incapable. Pénétrant dans son appartement, elle remarqua que les lumières étaient allumées. Elle était pourtant certaine de les avoir éteintes avant de partir, ce matin-là.

C'était une habitude qu'elle avait prise durant les périodes de vaches maigres, lorsque la moindre économie pouvait faire la différence. La jeune femme remarqua alors une odeur de café fraîchement passé qui flottait dans la pièce.

Posant son sac, elle fit mine de se diriger vers la cuisine. Mais elle entendit alors un bruit qui provenait de la chambre à coucher. Le cœur battant à tout rompre, elle s'empara de l'une des chaussures à semelle de métal qu'elle utilisait pour faire des claquettes.

Pas un seul instant, elle ne pensa à appeler la police ou à ressortir pour demander de l'aide. Elle était bien décidée à défendre ses biens et à prouver à cet intrus qu'elle n'était pas le genre de femme à se laisser dévaliser aussi facilement.

Lentement, sans faire le moindre bruit, elle s'approcha de la porte de la chambre. Elle perçut un bruit de cintres. Si ce cambrioleur pensait trouver des objets de valeur dans sa penderie, c'est qu'il ne devait pas être très malin, songea-t-elle. Cela ne fit que renforcer sa résolution de s'en occuper elle-même.

Raffermissant sa prise sur la chaussure, elle posa la main sur la poignée de la porte et tira violemment le battant à elle. La personne qui se trouvait à l'intérieur poussa un cri perçant et elle réalisa alors avec stupeur qu'il s'agissait de sa sœur.

— Eh bien! s'exclama Chantel en posant la main sur son cœur qui battait la chamade. En voilà une façon bizarre d'accueillir tes invités!

Maddy lâcha sa chaussure et alla la serrer dans ses bras.

— Je ne m'attendais pas à te trouver là, dit-elle lorsqu'elles se furent embrassées affectueusement. Tu as bien failli te retrouver avec une vilaine bosse sur la tête et un mal de crâne carabiné!

— C'est bien ce que je vois…

— Mais qu'est-ce que tu fais là?

— Je suspendais quelques affaires dans ton armoire, répondit Chantel en écartant une mèche de cheveux

blond cendré qui lui tombaient dans l'œil. J'espère que
cela ne te dérange pas.

— Pas du tout ! Mais ce n'est pas ce que je voulais
dire : qu'est-ce que tu fais à New York ? Et pourquoi
ne m'as-tu pas prévenue de ton arrivée ?

— Je t'ai écrit la semaine dernière.

— J'ai bien peur d'avoir un peu de courrier en retard.

— Comme d'habitude, acquiesça Chantel en riant.

Maddy observa sa sœur, admirant son visage d'ange.
Ses traits avaient cette beauté classique des tableaux de
la Renaissance italienne : des yeux bleus, un nez droit
et aristocratique, une bouche sensuelle et de légères
fossettes au creux des joues.

— Tu as une mine superbe, déclara Maddy.

— Toi aussi, répondit Chantel en contemplant
attentivement sa sœur. Tu ne serais pas amoureuse,
par hasard ?

— Je crois que si, avoua Maddy, stupéfaite par sa
perspicacité.

— Ça alors ! Voilà une merveilleuse nouvelle. Allons
nous installer dans le salon, et tu me raconteras tout.

— D'accord, répondit Maddy en la prenant par le
bras. C'est vraiment dommage qu'Abby ne soit pas avec
nous… Mais, dis-moi, combien de temps comptes-tu
rester en ville ?

— Quelques jours seulement. Je dois présenter une
remise de prix vendredi soir. Mon agent pense que ce
sera l'occasion de me faire un peu de publicité gratuite.

— Visiblement, tu n'as pas l'air de partager son
enthousiasme, remarqua Maddy en allant chercher
une bouteille de vin et deux verres.

Chantel jeta un coup d'œil par la fenêtre de l'appartement.

— Tu sais que je n'aime guère New York. Cette ville est trop…

— Réelle ? suggéra Maddy.

— Disons trop bruyante…

De fait, à l'extérieur, on entendait mugir les sirènes d'une voiture de police.

— Je suis heureuse de constater que tu as du vin. Tout à l'heure, j'ai cherché du café et je n'en ai trouvé nulle part.

— J'ai arrêté d'en boire.

— Tu as arrêté ? Toi ?

— Oui. J'en buvais beaucoup trop, et la caféine n'est pas idéale pour un danseur. Alors je me suis mise à la tisane. Mais où as-tu trouvé le café ?

— Je suis allée frapper chez ton voisin.

— Chez Guido ? s'étonna Maddy.

— Celui qui a de grandes dents et un physique de Conan le Barbare ?

— Oui, c'est bien lui. Cela fait des années que j'habite à côté de chez lui mais je n'aurais jamais osé aller lui demander quelque chose sans un garde du corps.

— Il s'est montré charmant, répondit Chantel. J'ai juste dû lui faire comprendre que je n'avais pas besoin de lui pour préparer ledit café.

— Cela ne m'étonne pas ! s'exclama Maddy en riant.

Elle remplit leurs verres et en tendit un à sa sœur avant de lever le sien pour porter un toast.

— Aux O'Hurley !

Chantel trinqua avec elle et avala une gorgée de vin avant de faire la grimace.

— Je vois que tu achètes toujours des bouteilles au rabais.

— Allons, il n'est pas si mauvais que cela. Est-ce que tu as des nouvelles d'Abby ?

— Je l'ai appelée avant de partir. Elle avait l'air d'être aux anges.

— Et Dylan ?

— Elle m'a dit qu'il avait quasiment fini son livre.

— Qu'est-ce qu'elle en pense ?

— Elle lui fait entièrement confiance, répondit Chantel d'un ton ironique.

Maddy ne releva pas, sachant combien sa sœur avait souffert lorsque sa propre confiance avait été trahie par l'homme qu'elle aimait autrefois.

— Abby a l'air d'avoir définitivement tourné la page. Elle m'a même dit que Dylan allait adopter les enfants.

— C'est génial ! s'exclama Maddy avec enthousiasme. Je suis vraiment heureuse pour elle…

— Moi aussi. Il était temps qu'elle soit heureuse ! Et je crois que Dylan sera à la hauteur.

— Tu as des nouvelles de Trace ?

— Oui. Il a envoyé un cadeau de mariage à Abby.

— C'est dommage qu'il n'ait pas pu assister à la cérémonie. Où est-il, en ce moment ?

— En France. En Bretagne, je crois.

— Tu sais ce qu'il fait, exactement ?

— Non. Et j'évite de me poser la question. Est-ce que papa et maman viendront à la première de ta pièce ?

— Je l'espère. Ils ont encore trois semaines pour s'organiser. Mais je suppose que toi, tu n'auras pas le temps de revenir sur la côte Est.

— Hélas, non. Le tournage des *Etrangers* a été repoussé parce que les repérages se sont avérés plus longs que prévus. Je devrais donc commencer dans deux semaines. Et je regrette vraiment de ne pas pouvoir venir.

— C'est gentil. Mais tu dois être très excitée. C'est un rôle formidable !

— C'est vrai, acquiesça Chantel avec une certaine réserve.

— Qu'est-ce qui ne va pas ?

Chantel hésita à parler à Maddy des lettres et des coups de téléphone anonymes qu'elle avait reçus au cours de ces dernières semaines. Mais elle décida de n'en rien faire pour ne pas l'inquiéter inutilement.

— Je ne sais pas, éluda-t-elle. Je crois que je suis nerveuse, c'est tout… Je n'ai encore jamais tourné de feuilletons et c'est un format étrange : pas vraiment celui des séries télévisées ni celui des films de cinéma.

— Il n'y a pas que cela, remarqua Maddy en la regardant droit dans les yeux. Qu'est-ce que tu me caches ?

Chantel secoua la tête, songeant que cette histoire ne prêtait sans doute pas à conséquence. Son mystérieux correspondant se lasserait probablement rapidement de son petit jeu. D'ailleurs, il ne s'agissait probablement que d'un fan un peu détraqué…

— Rien de bien grave, répondit-elle enfin. Parle-moi plutôt de ce garçon dont tu es tombée amoureuse. Raconte-moi tout.

— Il n'y a pas grand-chose à dire, répondit Maddy. Au fait, est-ce que papa t'a déjà parlé d'Edwin Valentine ?

— Edwin Valentine ? répéta Chantel en fronçant les sourcils.

Elle avait une très bonne mémoire, ce qui avait constitué un excellent atout dans sa carrière. Elle n'oubliait jamais une ligne de texte, un nom ou un visage.

— Non, répondit-elle finalement. Cela ne me dit rien.

— C'est le fondateur de Valentine Records, l'un des plus gros labels de musique de New York. Apparemment, il aurait rencontré papa et maman lorsque nous étions encore bébés. Il débutait tout juste dans le métier et il n'avait pas un sou. Nos parents l'auraient hébergé quelques nuits dans leur chambre d'hôtel.

— C'est bien leur genre, acquiesça Chantel. Et alors ?

— Eh bien, c'est Valentine Records qui produit la pièce dans laquelle je joue.

— Intéressant… Mais je ne comprends pas. Es-tu en train de me dire que tu es tombée amoureuse d'un homme qui a l'âge d'être ton père ?

— Non, pas du tout. Remarque bien que, même si tel était le cas, tu serais mal placée pour me faire la leçon : j'ai lu quelque part que tu avais eu une liaison avec le Comte DeVargo, le fameux joaillier. Il a au mois soixante ans !

— C'est différent, protesta Chantel. Il est européen.

— Je ne vois pas ce que cela change. En tout cas, ce n'est pas d'Edwin que je suis amoureuse mais de son fils, Reed Valentine.

— Ne me dis pas qu'il est danseur !

— Non, rassure-toi. Il a repris l'entreprise de son père. C'est l'un des plus gros producteurs de la place.

— Eh bien, on dirait que tu as de l'ambition, sœurette.

— Tu sais très bien que je ne suis pas du genre à me faire entretenir. Mais j'avoue que je me surprends moi-même. Imagine, Reed est riche, il porte des costumes coupés sur mesure et fréquente les restaurants français.

— Diable !

— Comme tu dis…

— Est-ce que vous avez couché ensemble ?

Maddy ne put s'empêcher de sourire : ce genre de question à brûle-pourpoint était typique de Chantel.

— Non, avoua-t-elle.

— Mais tu y as pensé.

— A vrai dire, je n'arrive plus à penser à autre chose, ces derniers temps.

Chantel remplit de nouveau son verre. Le vin n'apparaissait plus aussi mauvais, une fois que l'on avait avalé les premières gorgées.

— Et lui ? Qu'éprouve-il à ton égard ?

— C'est bien tout le problème, soupira Maddy. Je crois qu'il se méfie des femmes comme de la peste. Il ne veut pas s'engager de peur d'avoir à souffrir. Pourtant, je sais que je ne lui suis pas indifférente… Du coup, il ne cesse de tergiverser. Parfois, il m'embrasse avec passion et j'ai l'impression d'avoir attendu cela toute ma vie. Puis, brusquement, il reprend de la distance et c'est comme si nous étions parfaitement étrangers l'un à l'autre.

— Sait-il ce que tu ressens pour lui ?

— Je le crois. Bien sûr, je ne lui ai rien dit parce que j'ai peur que cela ne l'effraie…

— Dois-je en déduire que tu serais prête à t'engager vraiment ?

— Je crois que je pourrais passer ma vie avec lui, Chantel. Je crois que je pourrais le rendre heureux.

— Peut-être. Mais il ne s'agit pas d'une relation unilatérale. Il faut aussi que tu saches si lui pourrait te rendre heureuse.

— Oui. Du moins, s'il accepte de baisser la garde, s'il me laisse une chance de comprendre pourquoi il a si peur de ses propres sentiments... Je sens que quelque chose de grave s'est produit et que c'est cela qui l'a rendu si dur. Malheureusement, j'ignore ce dont il peut bien s'agir...

Chantel posa son verre de vin, prit les mains de sa sœur dans les siennes et la regarda droit dans les yeux.

— Tu es vraiment amoureuse, n'est-ce pas ?

— Oui.

— Dans ce cas, il a beaucoup de chance.

— Tu n'es pas très objective en la matière, remarqua Maddy en souriant.

— C'est vrai. En tout cas, je suis convaincue qu'il n'a aucune chance de te résister. Il suffit de voir ton regard pour comprendre que tu lui es entièrement dévouée. Il finira par le sentir.

— Dévouée ? répéta Maddy en plissant le nez. A t'entendre, je ne vaux guère mieux qu'un animal de compagnie.

— Ce n'est pas ce que je voulais dire !

— Alors dis-moi comment je devrais me comporter pour qu'il comprenne ce que j'éprouve.

— Sois toi-même, c'est tout.

Découragée, Maddy reprit son verre et avala une gorgée de vin.

— Je croyais que tu allais me donner quelques conseils en matière de séduction, soupira-t-elle enfin.

— C'est ce que je viens de faire. Dans ton cas, il me semble que le plus important est de faire preuve de naturel. D'ailleurs, ce que tu veux, au fond, c'est épouser cet homme, non ?

— Je suppose...

— Eh bien, il n'y a pas à hésiter. Si tu veux partager

sa vie, tu dois te montrer honnête. Quand comptes-tu le revoir ?

— Samedi.

Chantel fronça les sourcils. Elle aurait bien aimé rencontrer ce Valentine mais, le samedi suivant, elle serait dans l'avion qui la ramènerait à Los Angeles.

— Commençons par te trouver de nouveaux habits. Quelque chose de séduisant qui te mette vraiment en valeur...

Chantel observa sa sœur et réalisa que toutes deux devaient faire à peu près la même taille.

— La seule chose positive, à New York, c'est le nombre de boutiques de vêtements. D'ailleurs, pendant que nous y sommes, nous pourrions en profiter pour faire quelques courses ! Tu sais que ton réfrigérateur est vide, en dehors de trois carottes et d'un pack de jus d'orange ?

— Je pensais passer au magasin bio situé en bas de chez moi.

— Sûrement pas ! Je n'ai pas envie d'ingurgiter ces racines insipides que tu m'avais servies la dernière fois en m'assurant qu'elles étaient pleines de vitamines !

— Si tu préfères, il y a un restaurant pas très loin d'ici qui sert d'excellentes pâtes fraîches.

— Voilà qui est mieux ! Allons-y...

— Tu devrais peut-être te changer, suggéra Maddy en considérant d'un œil dubitatif la robe magnifique que portait sa sœur. Tu es un peu trop habillée pour l'endroit où nous allons.

— Cela fait partie de mon métier, répliqua Chantel en riant. Je m'efforce toujours de garder une image glamour et légèrement décadente.

— Je ne sais pas si les clients de chez Franco te reconnaîtront, objecta Maddy, amusée.

— Tu veux parier ?

Cette fois, Maddy éclata de rire. Une fois de plus, elle retrouvait avec sa sœur cette merveilleuse complicité qui les unissait depuis l'enfance. Et cela suffisait presque à lui faire oublier les incertitudes qu'avait fait naître en elle un certain Reed Valentine…

Au cours des trois jours qui suivirent, Chantel acheva de charmer Guido qui s'avéra effectivement plus sympathique que son allure extérieure ne le laissait supposer. Elle conquit aussi Macke et Don lorsqu'elle accompagna Maddy à l'une de ses répétitions. Le reste de son temps, elle le consacra à dévaliser les boutiques de la Cinquième Avenue.

Malheureusement, elle n'avait pu prolonger son séjour, et lorsque Maddy rentra chez elle après son cours de danse du samedi matin, elle ressentit une pointe de mélancolie en découvrant l'appartement désert.

Elle aurait bien voulu que sa sœur lui donne quelques ultimes conseils avant son rendez-vous avec Reed. Mais il était écrit qu'elle devrait faire face à cette épreuve sans l'aide de personne.

Consultant sa montre, elle réalisa qu'il lui restait encore une bonne heure avant d'aller le rejoindre. Elle gagna la salle de bains et prit une douche. Tandis que l'eau brûlante enveloppait son corps, elle essaya de chasser la nervosité qu'elle sentait grandir en elle à chaque instant. Le plus important, se répétait-elle, c'était de prendre les choses étape par étape.

Tout d'abord, se changer. Ensuite, prendre le métro

jusqu'au centre-ville. Puis monter jusqu'à l'appartement de Reed. Jusque-là, il n'y avait rien d'insurmontable, rien qu'elle n'eût déjà fait.

Ensuite, ils discuteraient, c'est tout. C'était quelque chose qu'ils devaient faire s'ils ne voulaient pas continuer éternellement à se faire du mal. Il n'y avait rien là de si terrifiant…

Elle commencerait par lui parler de la pièce, par lui dire que les progrès étaient visibles de jour en jour. C'était la vérité : à chaque nouvelle répétition, le résultat devenait un peu plus visible. Tout prenait corps. Et lorsqu'ils partiraient enfin pour Philadelphie, ils seraient prêts.

Qui sait ? Il lui annoncerait peut-être qu'il comptait les accompagner. Ou bien, il lui dirait qu'elle lui manquerait lorsqu'elle serait là-bas…

Maddy se morigéna intérieurement : mieux valait ne rien espérer, ne pas se faire d'illusions qui risqueraient d'être cruellement déçues en fin de compte.

Quittant la douche, elle s'essuya et se sécha les cheveux. Puis elle se maquilla, chassant ses doutes et ses espoirs, se concentrant sur ces gestes simples et familiers. Lorsqu'elle fut satisfaite du résultat, elle regagna sa chambre.

Là, sur le lit, se trouvaient le cadeau d'adieu de Chantel et le petit mot qu'elle lui avait laissé en partant. Maddy le prit et le relut en souriant :

« Chère Maddy,

» Après des recherches intensives, d'interminables hésitations et une réflexion quasiment transcendante, j'ai décidé que j'avais trouvé exactement ce qu'il te fallait. Bon anniversaire, donc, avec un peu d'avance.

» Porte cette tenue lorsque tu iras retrouver Reed.

Et ne te fie pas à ta première réaction au sujet de la couleur. Crois-moi, je sais ce que je fais.

» Je penserai bien à toi ce soir et je croise les doigts d'avance. Je t'aime. Ta sœur,

Chantel. »

Maddy observa de nouveau l'ensemble. Le pantalon de soie était rose. Comme l'avait deviné Chantel, c'était typiquement une couleur dont elle se méfiait car elle se mariait généralement très mal avec ses cheveux roux.

Le chemisier, quant à lui, était d'une jolie teinte jade. Le tout formait une combinaison aussi audacieuse qu'improbable, exactement le genre de chose dont raffolait la jeune femme.

Mais le plus beau, c'était la veste. Elle était également de soie mais des milliers de petites perles étaient cousues sur le tissu, en faisant un véritable kaléidoscope de couleurs. A chaque mouvement, une nouvelle forme paraissait se dessiner selon l'angle sous lequel le vêtement accrochait la lumière.

Au départ, Maddy l'avait trouvé trop osé, trop stylé pour elle. Mais plus elle le regardait et plus elle était convaincue que Chantel avait fait le bon choix.

— De l'audace, murmura-t-elle. De l'audace, toujours de l'audace…

Reed ne cessait de faire les cent pas dans son appartement, sentant monter en lui une nervosité telle qu'il n'en avait jamais éprouvée. C'était ridicule, bien sûr. Après tout, ce n'était pas la première fois qu'une femme venait lui rendre visite chez lui…

Mais cette femme n'était pas n'importe qui, se

reprit-il. Il s'agissait de Maddy. Et cela rendait les choses beaucoup plus compliquées.

Il tenta de se raisonner, se répétant qu'ils avaient déjà passé beaucoup de temps ensemble, qu'elle était même déjà venue ici. Mais rien n'y faisait. Finalement, il glissa un disque dans la platine espérant que cela suffirait à le distraire.

Durant la semaine, il s'était volontairement interdit de revoir Maddy pour se prouver qu'il était parfaitement capable de vivre sans elle. Hélas, l'expérience n'avait guère été couronnée de succès.

Combien de fois avait-il décroché son téléphone et composé les premiers chiffres du numéro de la jeune femme dans le simple espoir d'entendre sa voix ?

A présent qu'il était sur le point de réaliser ce rêve et même de la voir, il se sentait terrifié. Pourtant, il savait qu'il n'avait pas le choix. Il fallait qu'ils définissent de nouvelles règles, qu'ils établissent les limites dans lesquelles leur relation pourrait évoluer.

Mais quelles seraient-elles ? se demanda-t-il pour la millième fois. Il désirait plus que tout devenir l'amant de Maddy. La simple idée de faire l'amour avec elle éveillait en lui un incoercible élan de désir. Il en rêvait chaque nuit et y pensait chaque jour.

Pourtant, il savait qu'en cédant à cette envie, il risquait de faire du mal à la jeune femme. Car il ne pouvait toujours rien lui promettre, ni mariage, ni relation à long terme. Il ne pouvait pas même prévoir le temps que durerait leur liaison…

Reed passa nerveusement la main dans ses cheveux. Il se rappelait encore la détresse qu'il avait perçue dans les yeux de Maddy, la dernière fois qu'ils s'étaient vus. Le mélange de courage, de tristesse et de colère dont elle avait témoigné lui avait serré le cœur, le touchant plus qu'il ne l'aurait voulu.

Cela suffisait à lui prouver que, selon ses propres critères, les choses étaient déjà allées beaucoup trop loin. Il aurait dû mettre un terme à leurs relations bien avant qu'elles ne se compliquent à ce point. En fait, il aurait même dû deviner ce qui allait se passer dès le soir où elle l'avait invité chez elle…

Pourquoi avait-il fallu qu'il joue avec le feu ? Qu'il la laisse l'affecter à ce point ? Avec angoisse, Reed réalisa que la situation deviendrait plus épineuse encore s'ils couchaient ensemble.

Il fallait donc qu'ils établissent des règles claires, se répéta-t-il. Et il ne resterait qu'à espérer qu'elles suffiraient à endiguer les sentiments de plus en plus troubles qui le hantaient, éveillant en lui de vieilles et indéracinables frayeurs…

Comment pouvait-elle exercer une telle fascination sur lui ? Elle n'était pas exceptionnellement belle. Elle l'était moins, en fait, que la plupart des femmes avec lesquelles il était déjà sorti. Elle n'était ni particulièrement raffinée, ni remarquablement élégante, ni douée de ce sex-appeal qui faisait se retourner les hommes dans la rue.

Mais elle l'avait conquis comme jamais personne avant elle n'avait réussi à le faire. En quelques semaines, elle avait balayé les défenses qu'il avait patiemment bâties autour de son cœur. Elle lui avait fait baisser la garde et, si sa prudence n'avait pas confiné à la paranoïa, il serait probablement tombé amoureux d'elle.

Jetant un coup d'œil à sa montre, Reed se demanda combien de temps encore il devrait endurer cette insupportable attente.

Lorsqu'elle sonna enfin à sa porte, quelques minutes plus tard, il était dans un état de nerfs qui confinait à l'hystérie. S'accordant quelques instants pour recouvrer un semblant de calme, il alla ouvrir.

Pendant ce qui lui parut une éternité, il resta immobile, frappé de stupeur. Comment avait-il pu penser un seul instant que Maddy n'était pas la plus belle femme du monde ? se demandait-il sans trouver de réponse à cette question.

Les vêtements qu'elle portait ce soir-là mettaient en valeur sa magnifique silhouette de danseuse, son beau visage aux traits angéliques et ses cheveux roux sombre dans lesquels il avait désespérément envie de plonger les doigts.

Elle était rayonnante, magnifique. En fait, il n'était même pas sûr de disposer des mots lui permettant de décrire ce qu'il éprouvait exactement en se retrouvant face à elle. L'espace d'un instant, il se demanda s'il ne s'agissait pas d'une illusion, de la matérialisation d'un rêve qu'il n'osait s'avouer à lui-même.

— Bonsoir, articula-t-il enfin. Comment vas-tu ?

— Bien, répondit-elle avant de s'approcher pour l'embrasser sur la joue.

Ce simple geste le fit frissonner. Le parfum de Maddy s'insinua en lui, ébranlant un peu plus sa raison déjà chancelante. Une fois de plus, il lui suffisait d'un mot, d'un mouvement pour l'ensorceler.

— Nous avions bien dit samedi soir, n'est-ce pas ? lui demanda-t-elle en souriant.

— Euh… oui…

— Alors pourquoi ne me laisses-tu pas entrer ?

L'amusement qui brillait dans ses yeux donna à Reed l'impression qu'il se conduisait comme un imbécile. Cela l'aida un peu à reprendre le contrôle de ses émotions et il s'écarta pour la laisser entrer.

Lorsqu'il referma la porte derrière eux, une petite voix lui souffla qu'il était en train de commettre la plus énorme bêtise de toute sa vie. Mais il était sans doute trop tard pour l'écouter…

— Tu es magnifique, lui dit-il. Mais différente de d'habitude…

— Tu le penses vraiment? demanda-t-elle, ravie.

Il acquiesça.

— Ma sœur est passée à New York et s'est installée chez moi pendant quelques jours. C'est elle qui m'a acheté cet ensemble. Qu'est-ce que tu en penses?

— Qu'il est très beau et te va merveilleusement bien.

— Merci! Dis-moi, tu n'es pas venu assister aux répétitions, ces temps-ci.

— C'est vrai, reconnut-il. Je peux t'offrir quelque chose à boire?

— Un verre de vin, répondit-elle en se dirigeant vers la baie vitrée qui dominait la ville. Tu as tort, tu sais. Tout commence à se mettre en place et on se rend de mieux en mieux compte de ce que sera la pièce.

— Je suis certain que mon département comptabilité en sera ravi. Ils n'arrêtent pas de se plaindre des frais engagés.

— Allons, ne sois pas si matérialiste! s'exclama Maddy en riant. De toute façon, tu n'as rien à perdre. Si la pièce est un succès, tu gagnes un beau paquet d'argent. Si c'est un échec, tu économises sur tes impôts. La seule chose qui compte, pour le moment, c'est que la magie opère. Chaque fois que j'entre en scène, je la sens monter un peu plus.

— C'est vraiment important, pour toi, n'est-ce pas?

demanda Reed, frappé par l'intensité avec laquelle elle venait de s'exprimer.

La jeune femme prit le verre de vin qu'il venait de lui servir et s'absorba dans la contemplation du liquide grenat comme si elle avait pu y lire la réponse à sa question.

— Si j'étais vraiment seule, commença-t-elle enfin, si je n'avais personne au monde, je crois que je pourrais quand même être heureuse. Lorsque je suis sur scène... Lorsque je vois la salle suspendue à chacun de mes gestes, à chacune de mes paroles... Je ne sais pas si je peux t'expliquer ce que je ressens...

— Essaie, l'encouragea Reed, les yeux fixés sur sa silhouette qui se détachait contre le ciel ténébreux que l'on apercevait par la fenêtre. Je voudrais comprendre.

La jeune femme passa une main dans ses cheveux roux et ferma les yeux, cherchant ses mots.

— Je ressens une forme d'amour, déclara-t-elle enfin en les rouvrant. Un amour que je peux rendre au moyen d'une danse ou d'une chanson. Cela peut paraître absurde mais je crois que c'est pour cela que je suis née, que c'est le sens de ma vie...

— Tu te satisferais donc de n'être aimée chaque soir que par des centaines de spectateurs anonymes ? demanda Reed, surpris.

— Si c'était tout ce que j'avais, oui. Je saurais m'en contenter.

— Tu pourrais vivre sans partager ton existence avec une personne unique ?

— Ce n'est pas ce que je souhaite mais je crois en effet que j'en serais capable, répondit honnêtement la jeune femme. Les applaudissements peuvent combler bien des manques, bien des vides intérieurs, tu sais.

Peut-être même tous, si l'on travaille assez dur pour cela… Je suppose qu'il en va de même dans ton propre métier.

— Oui. D'ailleurs je t'ai dit que je n'avais ni le temps ni l'envie de m'investir dans une relation sérieuse.

— C'est vrai.

— Et je le pense vraiment, Maddy, insista-t-il.

Il avala une gorgée de vin, se demandant pourquoi il avait l'impression de mentir au moment même où il cherchait à se montrer le plus honnête possible.

— J'ai essayé de respecter le marché que nous avions conclu la dernière fois que tu es venue ici. J'ai essayé de me conduire en ami.

— Et tu y as réussi, répondit la jeune femme d'une voix un peu étranglée.

Elle se demandait avec angoisse ce qui allait suivre.

— Peut-être. Mais je veux plus que cela. Et si je cède à cette envie, je te ferai du mal.

C'était la vérité, réalisa Maddy avec une brusque clairvoyance. Une vérité qu'elle était prête à accepter parce qu'elle ne pouvait plus supporter l'atroce sensation de manque qui la taraudait chaque fois qu'elle pensait à Reed.

— Ecoute, lui dit-elle gravement, je te l'ai dit la dernière fois et je te le répète. Je suis assez grande pour faire mes choix et gérer mes émotions. Et moi aussi, je veux plus qu'une simple amitié. Alors, quoi qu'il arrive par la suite, souviens-toi que nous aurons fait ce choix ensemble.

— Parce que tu appelles cela un choix, Maddy ? répondit-il avec une pointe d'amertume. Crois-tu vraiment que nous ayons eu notre mot à dire, dans cette histoire ? J'ai voulu te repousser, t'oublier, ne plus penser à toi. C'était cela, mon choix. Mais j'ai fini par me rendre compte que mes efforts étaient inutiles. Plus je cherchais à t'éloigner et plus je me rapprochais de toi.

S'approchant d'elle, il posa les mains sur ses épaules et la regarda droit dans les yeux, la mettant au défi de le contredire.

— Tu ne me connais pas, reprit-il. Tu ne sais pas ce qui se cache au fond de moi. Il y a là des choses qui ne te plairaient pas et d'autres que tu ne comprendrais pas. Si tu es maligne, tu ferais mieux de quitter cet appartement avant que nous ne fassions une folie.

— Il faut croire que je ne suis pas si maligne que cela, alors, répondit Maddy avec un pâle sourire.

— Ainsi soit-il, murmura Reed en repoussant sa veste qui tomba à ses pieds dans un chatoiement multicolore.

Il sentait à présent la peau douce et soyeuse de Maddy sous ses doigts et sa gorge se noua.

— Tu me haïras pour cela, dit-il.

Elle posa doucement sa main sur sa joue.

— Je ne hais pas facilement, Reed. Fais-moi confiance, pour une fois.

— Cela n'a rien à voir avec la confiance ! s'exclama-t-il alors qu'une lueur de colère traversait ses yeux pendant une fraction de seconde. Rien à voir, ajouta-t-il d'un ton un peu radouci. Je te veux. Je te désire depuis des semaines, et cette envie me ronge à petit feu. Je n'en peux plus...

Maddy sentit un mélange de tristesse et de résignation l'envahir. Mais elle s'y était préparée et repoussa cette sensation. Elle était prête à s'offrir à Reed quels que soient les termes du marché. C'était la conclusion à laquelle l'avaient menée les heures qu'elle avait passées à réfléchir à la question.

— Aujourd'hui, reprit Reed d'une voix un peu rauque, j'ai décidé que je ne gagnerais jamais. Alors je veux que tu passes la nuit avec moi.

— Je le ferai, répondit la jeune femme en lui jetant un regard de défi. Pas parce que tu le veux mais parce que *je* le veux.

Reed prit la main de la jeune femme dans la sienne et la porta à ses lèvres comme pour sceller ce pacte.

— Suis-moi, murmura-t-il.

8

Seule la lampe qui brillait dans le couloir éclairait la chambre à coucher, la plongeant dans une semi-obscurité rassurante. La chaîne hi-fi était toujours allumée, dispensant une musique étouffée par la distance.

Ils s'assirent sur le lit, se dévorant de baisers. Mais, lorsque Maddy entreprit de déboutonner la chemise de Reed, ce dernier se raidit brusquement.

— Nous sommes en train de commettre une énorme erreur, lui dit-il d'une voix mal assurée.

— Chut, souffla-t-elle en posant ses lèvres sur les siennes. Nous serons logiques plus tard. Pour le moment, tout ce qui compte, c'est de profiter de l'instant présent. Je rêve de ce moment depuis que tu es venu chez moi. Je voulais savoir à quoi tu ressemblais vraiment et ce que je ressentirais lorsque je serais dans tes bras.

Elle dégrafa le dernier bouton et lui retira sa chemise, révélant son torse sur lequel elle laissa glisser ses doigts, lui arrachant un petit frisson de bien-être.

— La nuit, reprit-elle à mi-voix, je restais éveillée, les yeux ouverts dans le noir, et je me demandais si le jour viendrait où nous nous retrouverions tous les deux comme cela.

Elle suivit le contour de ses épaules, s'émerveillant du mélange de douceur et de fermeté de sa chair brûlante.

— Je n'ai pas peur de toi, Reed. Et je n'ai pas peur de ce que je ressens.

— Tu devrais.

La jeune femme pencha la tête de côté, l'observant avec un mélange d'amusement et de défi.

— Vraiment ? fit-elle. Alors, prouve-le-moi...

Reed savait qu'il aurait mieux fait de quitter cette pièce, de mettre de la distance entre Maddy et lui. Il aurait dû les préserver l'un et l'autre des déconvenues qui les attendaient. Mais il n'en avait plus la force. Son désir était à présent si puissant qu'il annihilait sa volonté, ne laissant plus en lui qu'une faim insatiable.

Attirant la jeune femme contre lui, il l'embrassa presque avec férocité. Ses mains coururent sur son chemisier de soie et il sentit qu'elle tremblait convulsivement. Cela ne fit que décupler le besoin impérieux qu'il avait d'elle, et il se fit plus ardent encore.

Une fois de plus, il se demanda si Maddy ne l'avait pas envoûté. Il se sentait aussi impuissant qu'Ulysse face à Circé. Et cela le terrifiait. Jusqu'alors, il s'était toujours vanté d'exercer un parfait contrôle sur lui-même, de dominer ses instincts les plus élémentaires.

Mais, à présent, il perdait pied. L'espace d'un instant, il fut tenté de se jeter sur elle, d'entrer en elle sans attendre pour satisfaire son désir et recouvrer un semblant de maîtrise de soi.

Cela vaudrait mieux pour eux deux, songea-t-il. Une fois qu'ils auraient évacué le besoin qu'ils avaient l'un de l'autre, ils pourraient de nouveau se conduire en adultes responsables...

Ce fut alors qu'elle murmura son nom. Et ce simple

son réduisit à néant le cynisme derrière lequel il tentait vainement de s'abriter. Comment aurait-il pu agir ainsi avec Maddy ? Elle méritait mieux que cela…

Ses mains se firent plus douces, sa bouche plus tendre. S'il ne devait faire l'amour avec elle qu'une seule fois, il voulait que ce soit à la perfection, que tous deux gardent un souvenir impérissable de ce moment.

Il se força donc à apaiser leur étreinte, bien décidé à donner autant qu'il le pourrait et à prendre autant qu'il l'oserait.

Lentement, prenant tout son temps, il la débarrassa de son chemisier de soie. Sentant le brusque changement qui s'était opéré en Reed, elle s'était immobilisée, se pliant à ce rythme nouveau.

Avec une tendresse qui le surprit lui-même, il commença à couvrir les épaules dénudées de la jeune femme de petits baisers, sentant sous sa langue le goût affolant de sa chair. Il était étrangement ému par le mélange de douceur et de force qui se dégageait d'elle.

Sous sa peau satinée, il pouvait sentir les muscles raffermis par les heures qu'elle passait à s'entraîner sans relâche. Tout comme son esprit, son corps reflétait une vivante contradiction qui ne cessait de le fasciner.

Maddy avait senti le changement qui s'était opéré en Reed. La tension qui l'habitait semblait avoir brusquement disparu, comme s'il s'était résigné à l'inéluctabilité de ce moment.

Prenant l'initiative, elle commença donc à le caresser, parcourant les courbes puissantes de ses épaules, glissant le long de ses flancs palpitants pour se poser sur ses hanches. Là, ses mains s'immobilisèrent, lui laissant le temps de réaliser ce qui était en train de leur arriver.

Mais elle comprit alors que Reed avait depuis

longtemps dépassé le point de non-retour. Après avoir dégrafé son soutien-gorge, il la repoussa doucement en arrière. Sa bouche se posa sur l'un de ses seins, lui arrachant un profond soupir. Elle sentit sa langue agacer son mamelon tandis que ses doigts caressaient son ventre palpitant.

Les yeux mi-clos, elle s'abandonna à cette exploration, guidant Reed dans la découverte de son corps. Il paraissait ne pas pouvoir s'en rassasier et elle ne tarda pas à gémir doucement tandis qu'il descendait lentement le long de ses côtes. Enfin, il lui ôta son pantalon, révélant ses longues cuisses nerveuses sur lesquelles il laissa glisser ses paumes.

Maddy tressaillit lorsque ses doigts se posèrent au bord de sa culotte de dentelle. Lentement, presque cérémonieusement, il la fit glisser le long de ses jambes, la révélant dans toute la splendeur de sa nudité. Il se figea alors, comme hypnotisé, buvant du regard ce corps qu'il avait tant désiré.

Elle était plus belle encore qu'il ne l'avait imaginé. Tout en elle n'était que grâce et harmonie. Maddy se redressa alors et, s'asseyant en face de lui, elle défit sa ceinture et l'aida à se défaire de son pantalon.

— Embrasse-moi, murmura-t-elle.

Reed s'exécuta, la reprenant dans ses bras. Le contact de leurs peaux nues allumait en eux un brasier qui les consumait. Ils commencèrent à se caresser l'un l'autre, entretenant cette envie, la décuplant.

Maddy était à présent incapable de parler, incapable de penser. Elle n'était plus que sensations. Répondant à chaque audace de Reed, elle avait l'impression d'être emportée par une lame de fond qui l'entraînait toujours plus loin. Jamais encore, elle n'avait réagi avec autant d'intensité et elle avait l'impression de faire l'amour pour la toute première fois.

Jamais aucune femme ne s'était donnée à Reed de cette façon. Elle s'offrait sans retenue à sa bouche et à ses doigts, le laissant explorer son intimité la plus secrète, la posséder pleinement.

Et plus elle s'abandonnait plus il sentait croître l'envie qu'il avait d'elle. Il lutta autant qu'il le put, faisant appel à toute sa volonté pour l'entraîner encore un peu plus loin. Puis, brusquement, il comprit que, s'il repoussait plus longtemps l'inéluctable, il risquait de perdre la raison.

Cédant à son désir, il entra en elle d'un long mouvement, pénétrant sans difficulté sa chair qui paraissait s'ouvrir pour mieux l'accueillir, se coulant dans ce fourreau plus doux que la soie.

Maddy se cambra pour venir à sa rencontre, la tête renversée en arrière. Son cri de pur bonheur fit tressaillir Reed des pieds à la tête et il craignit un instant de perdre tout contrôle. Se forçant à respirer profondément, il se mit à bouger lentement en elle.

La jeune femme noua ses jambes autour de sa taille, l'attirant plus loin encore. Il sentait ses reins se creuser pour répondre à chacune de ses impulsions. Bientôt, le rythme se stabilisa, comme s'ils avaient naturellement découvert celui qui les emporterait le plus loin.

Maddy avait l'impression que leur étreinte s'était muée en une danse primitive aussi vieille que le monde lui-même. Chaque mouvement était source de plaisir. Chaque baiser attisait leur désir. Et l'un et l'autre se mêlaient, s'alimentaient, les entraînant par-delà ce qu'elle avait cru possible.

Elle avait l'impression que son corps se disloquait

à chaque seconde pour mieux se reconstituer, qu'il pulsait au même rythme que son cœur. Elle avait l'impression de ne plus faire qu'un avec Reed et avec l'univers qui les entourait.

Puis elle le sentit accélérer encore et les sensations qui déferlèrent en elle dépassaient toute compréhension. Elle eut l'impression fugace de frôler l'absolu avant que son esprit, incapable de supporter cette extase bien trop intense, n'explose en millions de particules qui portaient le nom de joie.

Lorsque Reed ouvrit les yeux, Maddy avait disparu. Immédiatement, il sentit monter en lui une vertigineuse sensation de vide. Se redressant, il s'efforça vainement de la bannir. Dans le salon, la chaîne hi-fi était toujours allumée et il pouvait entendre la voix du speaker qui commentait les informations de ce dimanche matin.

Pourquoi ressentait-il la disparition de Maddy comme une privation ? se demanda-t-il avec une pointe d'angoisse. Il avait passé une nuit merveilleuse avec elle et, à présent, elle était partie. C'était sans doute ce qui pouvait leur arriver de mieux, la conclusion la plus sage à cette folie…

Mais, curieusement, ce raisonnement ne parvenait pas à le convaincre vraiment. A quoi s'était-il donc attendu ? A ce qu'elle patiente jusqu'à son réveil ? A ce qu'ils passent la journée ensemble ? Quel sens cela aurait-il eu puisqu'ils savaient tous deux que leur relation était condamnée d'emblée ?

En fait, il aurait dû savoir gré à Maddy de l'avoir accepté, leur évitant ainsi des adieux embarrassants.

Elle avait parfaitement compris qu'il ne changerait pas d'avis, qu'il n'aurait aucune promesse à lui offrir.

Il ne s'était agi que d'une nuit de plaisir librement donné et rendu entre deux adultes consentants et responsables. Rien de plus...

Alors pourquoi se sentait-il si seul ?

La réponse était aussi évidente qu'inquiétante, réalisa-t-il. En fait, il aurait juste voulu pouvoir la tenir dans ses bras encore un peu plus longtemps. Loin de satisfaire le besoin qu'il avait de Maddy et de l'aider à l'oublier, cette nuit n'avait fait que lui prouver à quel point elle était désirable.

Etouffant un juron, Reed se redressa et s'assit au bord de son lit dont les draps froissés portaient encore l'empreinte de leurs ébats. Comme il passait nerveusement une main dans ses cheveux, il aperçut la petite culotte que portait la jeune femme, la veille.

Fronçant les sourcils, il s'en saisit et l'observa pensivement. Avait-elle voulu lui laisser un souvenir de cette nuit ? Si tel était le cas, il éveillait en lui bien plus d'amertume que de nostalgie. Il avisa alors le pantalon de Maddy, roulé en boule au pied du lit. Cela, elle ne le lui aurait certainement pas laissé, se dit-il tandis qu'un brusque regain d'espoir montait en lui.

Il essaya en vain de dominer cette délicieuse sensation lorsqu'il entendit la porte de son appartement s'ouvrir. Jetant le pantalon sur le dossier d'une chaise, il enfila sa robe de chambre et quitta la pièce.

Il trouva la jeune femme dans la cuisine où elle venait de déposer un gros sac en kraft portant la marque de l'épicerie située au coin de la rue.

— Maddy ?

Elle sursauta, laissant échapper un petit cri de surprise.

— Reed ! s'exclama-t-elle en portant la main à son cœur. Tu m'as fait peur... Je croyais que tu dormais encore.

— Je viens tout juste de me réveiller. Qu'est-ce que tu fais ?

— Je suis allée nous chercher un petit déjeuner.

Malgré lui, Reed sentit un brusque accès de joie l'envahir. A présent, il ne se sentait plus du tout seul...

— Je pensais que tu étais partie, avoua-t-il.

— Ne sois pas ridicule ! Je ne t'aurais pas quitté sans te dire au revoir...

Elle passa une main dans ses cheveux qu'elle n'avait pas encore pris le temps de coiffer.

— Pourquoi n'irais-tu pas te recoucher ? suggéra-t-elle. Je t'apporterai ton petit déjeuner au lit.

— Maddy..., s'apprêta à protester Reed.

Mais il s'arrêta net, considérant la tenue que portait la jeune femme. Elle avait enfilé la chemise qu'il portait la veille et l'avait ajustée au niveau de la taille au moyen de sa cravate mais ses jambes étaient nues.

— Tu es sortie comme ça ? s'exclama-t-il, sidéré.

— Non, ne t'en fais pas, j'avais enfilé l'un de tes imperméables. Qu'en penses-tu ?

Elle pirouetta sur elle-même et Reed secoua la tête, incrédule.

— Tu pourrais peut-être lancer une mode...

— Je vois que tes goûts en matière d'habillement sont aussi sûrs que les miens ! Je meurs de faim, ajouta-t-elle en s'approchant de lui pour le prendre dans ses bras et l'embrasser. Alors retourne au lit et laisse-moi nous préparer un bon petit déjeuner.

Reed avait besoin d'un peu de temps pour prendre la mesure de cette situation inédite et il regagna docilement sa chambre. Ainsi, elle n'était pas partie, songea-t-il. Au lieu de cela, elle avait décidé de lui préparer son petit déjeuner comme si c'était la chose la plus naturelle du monde.

Et le plus inquiétant, c'est que cela le réjouissait. Il eut brusquement l'impression qu'un piège terrible se refermait sur lui.

— J'ai apporté de la crème chantilly en plus, au cas où nous en aurions envie, déclara la jeune femme en pénétrant dans la chambre, un plateau entre les mains.

— Qu'est-ce que c'est que ça ? s'exclama Reed en considérant d'un œil stupéfait ce qu'elle venait d'apporter.

— Des fraises à la chantilly avec des boules de glace à la vanille, expliqua-t-elle en posant son fardeau sur le lit.

Elle plongea son index dans la crème et le porta à ses lèvres d'un air gourmand.

— De la glace au petit déjeuner ? répéta Reed. Je croyais que tu te méfiais comme de la peste des calories superflues ?

— La glace est un produit laitier et les fraises sont pleines de vitamine. Que te faut-il de plus ?

— Des œufs au bacon, par exemple…

— Graisses saturées et cholestérol, déclara-t-elle d'un ton sentencieux. En plus, c'est loin d'être aussi bon et ce n'est pas un plat digne d'une célébration.

— Et que sommes-nous supposés célébrer ? demanda Reed.

La jeune femme le regarda avec stupeur. Comment pouvait-il poser une telle question ? Et, s'il ne connaissait pas la réponse, comment était-elle censée le lui expliquer ?

— Le fait que nous soyons dimanche matin, que le

soleil brille et que je sois d'excellente humeur, éluda-t-elle. Cela devrait amplement suffire.

Maddy prit une fraise couverte de chantilly et la tendit à Reed.

— Goûte, l'encouragea-t-elle. Il faut parfois savoir vivre dangereusement.

Il avala la fraise et en profita pour lécher les doigts de la jeune femme du bout de la langue, lui arrachant un frisson voluptueux.

— Moi qui pensais que tu te nourrissais exclusive-ment de pousses de soja et de germes de blé !

— C'est le cas, la plupart du temps. Et c'est bien pour cela que ce genre d'écart est si excitant. D'autant que d'ordinaire, je fais du jogging le dimanche matin…

— Vraiment ? fit Reed en goûtant un morceau de glace.

— Seulement cinq ou six kilomètres.

— Seulement, ironisa-t-il.

— Mais aujourd'hui, je suis d'humeur décadente.

— Vraiment ? demanda Reed en effleurant le genou de la jeune femme.

— Absolument ! Et comme je devrai le payer demain, il vaut mieux que cette journée en vaille le coup.

— Tu as donc l'intention de rester ici et d'en profiter ?

— A moins que tu ne préfères me voir partir…

Sans même s'en rendre compte, Reed prit la main de la jeune femme dans la sienne.

— Non, lui dit-il. Je ne veux pas que tu t'en ailles.

Un sourire illumina le visage de la jeune femme.

— Tu sais que je peux devenir vraiment très déca-dente…

— J'y compte bien.

— Tu pourrais être choqué, insista-t-elle en léchant

une fraise couverte de crème chantilly du bout de la langue de façon très sensuelle.

Reed sentit les battements de son cœur s'accélérer tandis que son désir renaissait, impérieux.

— Moi qui me demandais à quoi tu ressemblerais au réveil, murmura-t-il, captivé.

— Alors ? Tes conclusions ?

— Tu es presque encore plus séduisante que durant la journée… Encore que je ne sache pas si c'est possible.

— Excellente réponse ! déclara Maddy en grignotant sa fraise du bout des dents.

— Au fait, tu sais que tu ne m'as pas demandé si tu pouvais emprunter ma chemise, lui dit Reed d'une voix suggestive.

— C'est vrai, approuva-t-elle vivement. Et c'était très mal élevé de ma part…

— J'aimerais beaucoup la récupérer.

— Maintenant ?

— Oui, maintenant.

— Comme tu voudras…

La jeune femme s'agenouilla et entreprit de dénouer lentement la cravate qu'elle portait autour de la taille. Elle la tendit à Reed avant de déboutonner sa chemise en prenant tout son temps, révélant progressivement la naissance de ses seins, une épaule, puis l'autre.

Finalement, elle laissa doucement glisser le vêtement contre son dos, révélant son torse dénudé au regard avide de son compagnon. Récupérant la chemise, elle la lui tendit.

— Ceci est à toi, je crois.

— Je crois que, finalement, je suis plus intéressé par ce qu'il y a à l'intérieur, déclara-t-il d'une voix un peu rauque.

Maddy lui prit la main et la posa sur un de ses seins.

— Je suis à ton entière disposition, répondit-elle.

Cette fois, ils firent l'amour avec beaucoup plus de douceur. Ils ne se laissèrent pas emporter par l'urgence de la découverte, comme la première fois, mais prirent le temps d'explorer chacune de leurs envies, chacun de leurs fantasmes.

Ils alternèrent les caresses langoureuses et les étreintes passionnées, s'arrêtant de temps à autre pour laisser refluer leur désir et pouvoir repartir plus loin encore. Chaque fois, ils s'élevaient un peu plus haut, escaladant un à un les degrés de la passion, se guidant l'un l'autre vers les cimes de l'extase.

Pendant ce qui leur parut une éternité, ils parvinrent à repousser encore et encore ce moment ultime, jusqu'à ce que le plaisir confine à la douleur, jusqu'à ce que leurs corps brisés appellent la délivrance.

Alors, Reed entra de nouveau en elle et ils roulèrent sur le lit, s'agrippant l'un à l'autre, s'arquant pour mieux se sentir fusionner dans ce chaos de corps et de cris qui était devenu la seule réalité, leur unique vérité.

Lorsqu'ils retombèrent enfin côte à côte sur les draps froissés et moites de sueur, Maddy comprit que jamais un autre homme ne lui offrirait tant de bonheur. Brisée, rassasiée, elle tourna la tête vers Reed.

— Je t'aime, murmura-t-elle avant même de réaliser ce qu'elle venait de dire.

A ces mots, Reed se raidit, brusquement, s'écartant d'elle comme s'il s'était brusquement réveillé au côté d'un serpent. Dans ses yeux, la passion avait cédé la place à une défiance si profonde, si évidente, que Maddy sentit son cœur se briser tandis qu'un froid glacial semblait se répandre dans chacun de ses membres.

Se redressant, elle le contempla en silence, luttant contre les larmes qui l'étranglaient.

— Je suis désolée, souffla-t-elle d'une voix tremblante. Pas de t'avoir dit ce que je ressens. Pas parce que je le ressens. Mais parce que tu ne veux pas l'entendre.

— Je ne crois pas à ce genre de formule passe-partout, répondit-il durement.

— C'est vraiment ce que tu crois ? Que l'amour est un cliché, tout juste bon pour les mauvais romans et les films mièvres ?

— Oui. Et je ne veux pas gâcher ce que nous vivons en ce moment, Maddy. Je ne veux pas que nous nous abritions derrière des mensonges.

— Mais je ne mens pas, protesta-t-elle.

— Peut-être pas des mensonges, alors… Des chimères.

— Tu ne crois donc pas que je puisse être tombée amoureuse de toi ?

— L'amour n'est qu'un mot, répliqua-t-il en se redressant à son tour.

Il se leva et passa sa robe de chambre comme pour mieux marquer le gouffre qui les séparait à présent.

— Je crois à l'amour d'un père pour son fils, poursuivit-il. D'une mère pour sa fille ou d'un frère pour sa sœur… Mais pas entre un homme et une femme que rien ne lie. Ils peuvent éprouver de l'attirance, bien sûr. De la passion ou même de l'obsession… Mais ce sont des sentiments qui ne durent pas.

— Tu ne crois pas vraiment ce que tu dis ? murmura-t-elle, effondrée.

— Ce n'est pas une histoire de croyance. Je le *sais*. Les couples se forment parce qu'ils y ont un intérêt. Lorsque cet intérêt disparaît, ils se séparent. En attendant, toutes leurs promesses, tous leurs engagements ne sont que du vent.

Glacée par ces paroles, Maddy remonta le drap sur son corps dénudé.

— Je suppose que cela ne changera rien si je t'avoue que je n'avais encore jamais dit à personne que je l'aimais ? articula-t-elle.

— Non, répondit Reed. Je ne veux pas de mots ou de serments que je ne puisse te rendre.

Maddy prit une profonde inspiration, bien décidée à ne pas pleurer devant lui.

— Ce que je voudrais savoir, lui dit-elle, c'est pourquoi. Que t'est-il donc arrivé pour que tu refoules tes émotions à ce point ? Je ne t'ai pas dit que je t'aimais pour t'arracher je ne sais quelle promesse ou déclaration. Je te l'ai dit parce que c'est la vérité. Parce que c'est ce que j'éprouve. Si tu y vois un mensonge, c'est parce que ton propre regard est déformé…

Elle s'interrompit un instant, luttant contre la colère qui remplaçait subrepticement son désespoir.

— Pourrais-tu me regarder dans les yeux et m'affirmer que tu n'as rien ressenti, pendant que nous faisions l'amour ? Qu'il ne s'agissait que d'une banale histoire de sexe ?

Reed se tourna vers elle et la contempla fixement.

— Je n'ai rien d'autre à t'offrir, Maddy. C'est à prendre ou à laisser.

Le silence qui suivit parut durer une éternité.

— Je vois, murmura enfin la jeune femme, anéantie.

— J'ai besoin d'un café…

Reed se leva et gagna la cuisine. La scène qu'il venait de vivre l'avait littéralement vidé. Il avait l'impression d'avoir perdu toute son énergie et tremblait convulsivement. Jamais, au cours de sa vie, il n'avait mené pareil combat contre lui-même.

Lorsque Maddy lui avait avoué qu'elle l'aimait, il avait compris que le moment qu'il avait redouté depuis qu'il l'avait rencontrée était arrivé. Car, tout au fond de lui, il avait alors ressenti une joie sourde. Il avait presque été tenté de lui répondre qu'il l'aimait aussi.

Heureusement, l'instinct de survie le plus élémentaire avait pris le relais. Il ne pouvait pas se permettre de faiblir, de se réfugier dans une douce et réconfortante illusion. Car, tôt ou tard, elle aurait volé en éclats.

Il le savait. Il avait été aux premières loges lorsqu'une telle chose était arrivée à son propre père. Et il avait pris alors toute la mesure de sa douleur. A ce moment-là, il s'était juré de ne jamais commettre la même erreur, de ne jamais tendre la gorge au bourreau.

C'était devenu un élément constitutif de sa personnalité, l'une des seules vérités qu'il tenait pour acquises. Et il avait failli la perdre des yeux à cause de Maddy.

Loin, très loin, il entendit claquer la porte de l'appartement. Mais il se força à rester immobile, le regard fixé sur la machine à café qui gargouillait devant lui.

Essayant d'ignorer la sensation de vide atroce qui venait de se creuser dans sa poitrine…

9

— Je me fiche de savoir si tu avais prévu de conquérir le monde, d'effectuer ta première opération à cœur ouvert ou de piloter un jet ! s'exclama Wanda avec fougue. Il est hors de question que tu n'assistes pas à cette soirée.

— Mais qu'est-ce que ça peut bien te faire ? protesta Maddy avec une pointe d'agacement.

— A moi ? Rien, répondit son amie en enfilant le T-shirt qu'elle lui avait offert. Mais toi, tu vas rentrer bien sagement chez toi, enfiler ta plus belle robe et venir faire la fête.

— Je t'ai dit que je n'en avais pas la moindre envie.

— Et moi, je dis que tu ne peux pas continuer à bouder éternellement.

— Je ne boude pas, répliqua Maddy d'un air de défi.

— Au contraire, tu es passée maître en la matière !

— Arrête de me harceler de cette façon, Wanda. Je ne suis vraiment pas d'humeur à le supporter.

Wanda la dévisagea d'un air amusé. Même lorsqu'elle était en colère, la jeune femme ne paraissait pas bien menaçante.

— Ecoute, si tu as besoin de parler de ton imbécile

de petit ami, vas-y. Je préférerais que tu déverses ta rage contre lui que contre toi-même.

— Ce n'est pas mon petit ami! s'exclama Maddy.

— Vraiment?

— Oui, vraiment! Je n'ai pas de petit ami, Wanda. Je ne veux pas de petit ami. Alors quelle que soit la personne dont tu parles, il ne peut pas être le mien!

— Je vois, concéda Wanda en examinant ses ongles d'un air songeur. Eh bien, disons que ce type qui n'est pas ton petit ami, est un sale con.

Maddy soupira, vaincue par la sympathie dont Wanda ne cessait de faire preuve à son égard malgré les nombreuses rebuffades qu'elle lui opposait.

— Je suis d'accord, déclara-t-elle en souriant. C'est un sale con.

— Et tu sais quoi, ma chérie? Ils le sont tous. Mais cela ne change rien au fait que M. Valentine organise une fête en l'honneur de notre comédie musicale et que la star de la pièce ne peut se permettre de rester chez elle à faire la tête au fond de son lit.

— A vrai dire, je pensais plutôt bouder dans ma baignoire...

Wanda observa Maddy tandis qu'elle finissait de nouer les lacets de ses baskets.

— Si tu ne viens pas, je dirai à tous les membres de la compagnie que tu te trouves beaucoup trop bien pour faire la fête avec eux.

— Ils ne te croiront pas.

— En es-tu si sûre? Après tout, tu ne seras pas là pour te défendre.

Maddy entreprit de coiffer ses cheveux encore humides.

— Pourquoi est-ce que tu insistes tant pour que je vienne ? demanda-t-elle.

— Parce que je t'aime bien et que tu me manqueras si tu n'es pas là.

— C'est gentil. Mais je suis trop fatiguée…

— Je n'en crois pas un mot. Je t'ai vue travailler depuis que nous avons commencé les répétitions et je sais que tu es increvable.

Maddy rangea sa brosse à cheveux en soupirant.

— Peut-être. Mais ce soir, je suis vraiment épuisée.

— Maddy…

— Bon, très bien ! Si tu tiens vraiment à me l'entendre dire : tu as raison. Reed assistera à cette soirée et je ne suis pas sûre de pouvoir le supporter.

L'expression narquoise de Wanda céda aussitôt la place à la compassion et elle passa un bras autour des épaules de son amie.

— Il t'a vraiment fait du mal, n'est-ce pas ?

— Oui, avoua Maddy. Beaucoup…

— Est-ce qu'au moins tu as pleuré un bon coup depuis que vous vous êtes séparés ?

— Non. Je ne tenais pas à me montrer plus stupide que je ne l'ai déjà été.

— Ce qui serait stupide, ma chérie, ce serait de ne pas pleurer. Pose ta tête sur mon épaule et laisse-toi aller. En luttant contre toi-même, tu ne peux que te faire du mal. Tu es une danseuse, tu devrais savoir ce genre de choses…

— Je ne pensais pas que ce serait si douloureux, murmura Maddy dont les yeux commençaient à se remplir de larmes trop longtemps contenues.

— C'est toujours comme ça, soupira Wanda en lui tapotant l'épaule. D'ailleurs, si nous connaissions à l'avance les risques que nous prenons, nous resterions toujours à distance respectueuse des hommes. Mais c'est plus fort que nous : il nous faut toujours tenter notre chance en espérant que, pour une fois, les choses tourneront différemment.

— Mais ça ne marche jamais...

— Parfois si. Et alors, c'est la plus belle chose qui soit au monde.

— Reed ne vaut vraiment pas la peine que je me mette dans un état pareil, déclara Maddy en s'essuyant les yeux du revers de la main.

— Aucun homme n'en vaut la peine. Sauf lorsque l'on a finalement rencontré le bon.

— Je l'aime, Wanda.

— Pour de vrai ?

— Oui, soupira son amie. Mais lui ne m'aime pas. Il ne veut même pas accepter mon amour. Je crois que je m'étais toujours dit que, lorsque je rencontrerais la bonne personne, elle éprouverait les mêmes sentiments que moi et que nous pourrions vivre heureux pour le reste de nos jours, comme dans les contes de fées. Mais Reed refuse même d'admettre que l'amour puisse exister.

— C'est son problème, pas le tien.

— Tu te trompes. Cela fait des jours et des jours que j'essaie de l'oublier, de tourner la page, mais j'en suis incapable. Alors je ne veux vraiment pas courir le risque de le revoir ce soir.

— Et c'est bien là que tu te trompes ! Il faut au contraire que tu le revoies.

— Wanda...

— Ecoute, ma chérie, si tu te contentes de rentrer

chez toi et de t'enfouir la tête dans le sable, tu te réveilleras demain exactement dans le même état.

Wanda la regarda gravement, une expression de défi brillant au fond de ses beaux yeux noirs.

— Comment réagis-tu lorsque tu es sur scène et que les spectateurs ont aussi peu de réactions qu'une bande de zombis ?

— J'ai envie de courir me cacher dans ma loge.

— Mais qu'est-ce que tu fais, en réalité ?

— Je reste sur scène et je donne tout ce que j'ai, reconnut Maddy à contrecœur.

— Bien ! Et c'est exactement ce que tu vas faire ce soir. Si Reed est aussi indifférent qu'il te l'a dit, ce sera peut-être douloureux mais tu pourras tirer un trait sur lui. Seulement, je n'y crois pas un seul instant. J'ai bien vu la façon dont il te regardait lorsqu'il est venu assister à la répétition avec son père et je suis sûre qu'il va finir par craquer tôt ou tard. En attendant, tiens le coup !

Maddy se prépara à revoir Reed comme elle se serait préparée à affronter un public exigeant. Elle se répéta qu'elle connaissait parfaitement son texte et que, si elle commettait la moindre erreur, elle parviendrait bien à faire diversion.

Dans son armoire, elle choisit une belle robe dont le bustier moulait son ventre plat et révélait la naissance de sa poitrine. La jupe était fendue jusqu'à mi-cuisse. Au moins, songea-t-elle avec une pointe d'ironie, si l'expérience se soldait par un flop retentissant, elle l'affronterait en beauté…

Malgré toutes ces bonnes résolutions et le détachement dont elle s'efforçait de faire preuve, en arrivant devant la maison d'Edwin Valentine, Maddy fut tentée de faire demi-tour et de rentrer directement chez elle.

S'obligeant à avancer jusqu'à la porte d'entrée, elle frappa, se répétant qu'elle était prête à revoir Reed, à conserver son calme et à faire preuve d'un parfait self-control. Malheureusement, la seule chose à laquelle elle ne s'était pas préparée, c'était à le voir ouvrir la porte lui-même.

Lorsqu'il le fit, elle sentit monter en elle une vague de sentiments contradictoires qui déferla sur son esprit, la plongeant dans la plus incoercible panique.

— Bonsoir, Maddy, articula Reed qui serrait si fort son verre de whisky qu'il craignit un instant qu'il n'explose entre ses doigts.

— Reed, souffla-t-elle sans parvenir à trouver l'énergie de lui décocher le sourire décontracté qu'elle avait tant travaillé.

Au moins, songea-t-elle, elle était parvenue à ne pas s'effondrer sur place.

— J'espère que je ne suis pas en avance…

— Pas du tout. En fait, mon père attend ton arrivée avec impatience.

— Dans ce cas, je ferais mieux d'aller le saluer directement.

Une trompette se fit entendre, provenant d'une pièce s'ouvrant un peu plus loin dans le hall.

— Je suppose que je le trouverai sans peine, dit-elle en se faufilant à l'intérieur.

— Maddy…

La jeune femme se retourna à demi vers lui, le cœur battant à tout rompre.

— Oui ?

— Est-ce que… Comment vas-tu ?

— J'ai été très occupée, ces derniers temps, répondit-elle comme il refermait la porte derrière eux.

A cet instant, quelqu'un sonna.

— Mais je vois que c'est également ton cas, reprit-elle. Nous nous verrons sans doute plus tard.

Sur ce, elle s'éloigna à grands pas en direction de la fête qui battait déjà son plein. En se retrouvant au milieu des membres de la compagnie, la jeune femme sentit la tension nerveuse qui l'habitait refluer légèrement. Elle embrassa certains de ses camarades et échangea quelques plaisanteries avec d'autres.

— Je commençais à croire que tu t'étais dégonflée, déclara Wanda en la rejoignant.

— Sûrement pas. Les O'Hurley ne sont pas des lâches, répliqua son amie avec plus de conviction qu'elle n'en éprouvait réellement.

— Tu seras peut-être heureuse d'apprendre que Reed Valentine a passé la majeure partie de son temps à fixer la porte…

— Vraiment ? fit Maddy d'une voix emplie d'espoir.

Mais elle se reprit, songeant qu'elle ne pouvait pas se permettre de nourrir de nouvelles illusions.

— Peu importe, au fond, dit-elle en haussant les épaules. Allons boire un verre. Y a-t-il du champagne ?

— Plein. M. Valentine a bien fait les choses. C'est un homme adorable, tu sais. Pour quelqu'un d'aussi riche, il est étonnamment simple et naturel. Et il nous traite comme des gens normaux…

— Nous sommes des gens normaux.

— Ne le crie pas trop fort. La plupart des artistes se sentiraient insultés que tu penses une telle chose.

Wanda aperçut par-dessus l'épaule de Maddy quelque chose qui fit briller dans ses yeux une lueur de malice.

— Voilà Phil, dit-elle. J'ai décidé de lui laisser une chance de me prouver que ses intentions à mon égard étaient sérieuses. Note bien que je dis « sérieuses », pas « honorables ».

Amusée, Maddy se retourna et observa le danseur qui jouait le partenaire de Wanda dans la pièce.

— Tu crois que c'est le cas ? demanda-t-elle, curieuse.

— Peut-être, peut-être pas… Tout l'intérêt est de le découvrir.

Maddy aurait aimé partager cette analyse des rapports entre les hommes et les femmes mais il lui faudrait probablement encore quelque temps avant de retrouver cette légèreté. Elle décida donc de laisser Wanda flirter avec Phil et de gagner le buffet.

Là, tandis qu'elle hésitait entre un morceau de quiche et un alléchant pâté, elle fut rejointe par Edwin.

— Bonsoir, Maddy, lui dit-il avec un sourire affectueux.

— Bonsoir, monsieur Valentine. Votre fête est très réussie.

— Appelez-moi Edwin, protesta-t-il en prenant sa main pour la porter galamment à ses lèvres. Je vous rappelle que vous m'avez promis une danse.

— Bien sûr. Et je vous l'accorderai avec plaisir.

Joignant le geste à la parole, Maddy posa la main sur l'épaule d'Edwin et ils commencèrent à évoluer lentement au rythme de la musique.

— J'ai réussi à contacter mes parents, déclara la jeune femme. Ils sont actuellement à La Nouvelle-Orléans mais ils devraient venir assister à la première à Philadelphie. Vous pourrez les y rencontrer si vous y allez.

— Je ne raterais cela pour rien au monde, déclara

Edwin avec son enthousiasme coutumier. Vous savez, Maddy, produire cette pièce est ce que j'ai fait de mieux depuis de longues années. Je crois que je suis en train de vieillir.

— C'est la chose la plus absurde que je vous aie jamais entendu dire.

— Vous êtes encore jeune et vous ne pouvez pas comprendre. Attendez d'avoir soixante ans. Vous verrez qu'à partir de cet âge, on commence à se ménager presque malgré soi. Mais je ne regrette rien. Je crois qu'il était grand temps que je commence à m'occuper un peu de moi.

— Vous le pensez vraiment ?

— Oui. Même si je regrette de ne pas voir Reed aussi souvent que je le souhaiterais. Il est autant mon meilleur ami que mon fils, vous savez. Et c'est la plus belle chose qu'un homme puisse souhaiter.

— Il vous aime beaucoup…

— Oui. Et la réciproque est vraie. C'est pour cela que je lui ai légué l'entreprise sans hésiter. Et je n'ai pas été déçu. Il a parfaitement réussi à la faire prospérer. Mais, pour cela, il y a investi toute sa vie et je crois que c'est une erreur.

— Lui ne le pense pas, remarqua Maddy en s'efforçant d'adopter un ton dégagé.

— Je n'en suis pas si sûr. En tout cas, depuis que Reed est en charge des affaires, j'ai eu beaucoup de temps pour moi. Au début, je l'ai principalement passé à jouer au golf, un sport que j'adore. Mais je me suis rendu compte que cela ne suffisait pas vraiment… Et puis, il y a eu cette pièce et je crois que j'ai trouvé un nouveau but.

— Vous voulez en produire d'autres ? demanda Maddy, curieuse.

— Exactement. Une fois que celle-ci tournera, je commencerai à chercher un nouveau projet. Mais j'ai pensé que j'aurai besoin pour cela de quelqu'un qui puisse me conseiller. Quelqu'un qui connaisse bien le sujet et en qui je puisse avoir confiance...

Maddy avisa la question muette qui se lisait dans les yeux d'Edwin et, après une infime hésitation, elle hocha la tête.

— Je serais heureuse de vous aider, répondit-elle gravement. J'ai toujours été douée pour jouer l'avocat du diable...

— Je savais que je pouvais compter sur vous ! s'exclama Edwin, réjoui. Vous savez, j'ai passé ma vie à produire et à organiser des spectacles et je crois qu'aucune partie de golf ne pourra jamais remplacer quelque chose d'aussi excitant. Mais ne parlons plus de travail, pour le moment, et allons plutôt nous chercher quelque chose à manger.

— Avec plaisir, répondit la jeune femme.

Ils regagnèrent le buffet alors que la musique changeait brusquement de registre. Les instrumentistes de la pièce se lancèrent dans un pot-pourri endiablé des grands morceaux de Broadway.

Phil prit la main de Wanda et l'entraîna sur scène pour offrir à la troupe une démonstration particulièrement acrobatique. Un tonnerre d'applaudissements se fit entendre et les deux danseurs se mirent à défier quiconque de faire mieux.

Terry s'approcha de Maddy et lui prit la main.

— Viens ! l'encouragea-t-il. On ne va tout de même pas les laisser frimer de cette façon !

— Bien sûr que si, répondit-elle en faisant mine de se servir de la quiche.

— Pas question ! Nous avons une réputation à défendre. Tu te souviens de notre duo dans *Within Reach* ?

— Je crois bien que c'est la plus mauvaise pièce dans laquelle j'aie jamais joué, remarqua Maddy en riant.

— C'est vrai. C'était une véritable catastrophe. Mais les parties dansées étaient géniales et elles nous ont valu notre part de bonnes critiques. Allez, viens, Maddy ! En souvenir du bon vieux temps…

Incapable de résister, la jeune femme renonça une fois de plus au buffet et le rejoignit au centre de la piste sous les vivats des autres membres de la compagnie. Ils commencèrent à danser et Maddy retrouva instinctivement les enchaînements qu'elle avait appris par cœur à l'époque.

Les mouvements lui revenaient naturellement. Il s'agissait d'un duo assez lent mais qui nécessitait une parfaite coordination entre les deux partenaires. Il y avait notamment plusieurs portés assez impressionnants.

Maddy ne tarda pas à s'abandonner à ce bonheur simple que lui inspirait toujours la danse, retrouvant la complicité qui l'unissait à Terry.

— Peut-être n'était-ce pas une si mauvaise pièce que cela, lui dit-elle au bout d'un moment.

— Elle était atroce, lui répondit-il en riant tandis que les autres danseurs les rejoignaient.

Reed avait assisté à leur démonstration avec un mélange d'admiration et de jalousie. Il aurait voulu pouvoir partager de tels moments avec Maddy mais s'en savait parfaitement incapable.

Une chose, au moins, était certaine : la jeune femme

lui manquait terriblement. Lorsqu'elle quitta enfin la piste de danse et se dirigea vers la porte-fenêtre qui s'ouvrait sur le jardin, il la suivit au mépris de toutes ses bonnes résolutions.

Dehors, l'air chaud de ce début de soirée se chargeait de la senteur envoûtante des nombreux massifs de fleurs plantés le long de la pelouse. Maddy était accoudée à la balustrade de la terrasse, les yeux mi-clos.

La voyant se raidir légèrement, Reed comprit qu'elle l'avait senti approcher.

— Si tu préfères ne pas me voir, n'hésite pas à le dire tout de suite, lui dit-il.

La jeune femme se retourna, le cœur battant, et le dévisagea pensivement.

— Non, répondit-elle enfin. Tu peux rester...

— Es-tu toujours aussi généreuse ou bien suis-je le seul à bénéficier de tant d'indulgence ?

— Je ne sais pas... A vrai dire, je ne m'étais jamais fait repousser aussi souvent par le même homme.

Reed la rejoignit et s'appuya contre la balustrade sans la quitter des yeux.

— Tu m'as manqué, avoua-t-il.

— C'est ce que j'espérais.

Levant les yeux, elle observa les étoiles qui brillaient au-dessus d'eux comme pour y chercher une réponse aux questions qui la hantaient.

— Lorsque j'ai décidé de venir à cette soirée, reprit-elle, je voulais me montrer détachée et désinvolte. Mais je ne crois pas en être capable.

— Je t'ai observée pendant que tu dansais avec mon père et sais-tu ce que j'ai compris ?

Elle secoua la tête et il tendit la main pour caresser

une mèche de ses cheveux. Plus que jamais, il avait besoin de la sentir, de la toucher.

— Nous n'avons jamais dansé ensemble.

— Tu ne me l'as jamais demandé, remarqua-t-elle en se détournant légèrement.

— Je te le demande maintenant.

Il lui tendit la main, lui laissant le choix d'accepter ou de refuser cette proposition. Elle le suivit sans hésiter et ils commencèrent à évoluer lentement sur la terrasse.

— Lorsque tu es partie, la semaine dernière, je me suis dit que c'était la meilleure solution, avoua-t-il.

— Moi aussi.

— Mais je me trompais. Il ne s'est pas passé un seul jour depuis sans que je ne pense à toi, sans que j'aie envie de toi.

Maddy ne dit rien mais ses yeux trahirent la réponse qu'elle n'avait pas le courage de formuler à haute voix. Lentement, il abaissa son visage vers le sien et posa ses lèvres sur celles de la jeune femme. Elle ne chercha pas à se détourner, lui rendant son baiser avec une infinie tendresse.

Son corps se pressait doucement contre le sien, éveillant en lui mille désirs qui le terrifièrent. Mais il se força à dominer sa propre panique.

— Maddy, articula-t-il enfin, je voudrais que tu reviennes.

— Moi aussi, je le voudrais, répondit-elle en posant doucement une main sur sa joue. Mais je ne le peux pas.

— Pourquoi ? demanda Reed qui sentait monter en lui une indicible angoisse.

— Parce que je ne peux pas accepter de le faire selon tes conditions. Je ne peux pas m'empêcher de t'aimer et toi tu ne veux pas envisager de m'aimer.

— Bon sang, Maddy ! Tu m'en demandes trop...

— Non, répondit-elle gravement. Je ne te demande rien. Mais je refuse de faire semblant. Je t'aime, Reed. Si nous sortions de nouveau ensemble, je ne pourrais pas m'empêcher de te le dire. Et toi, tu te boucherais les oreilles ou tu te mettrais à paniquer.

— Peut-être. Mais cela ne nous empêcherait pas de sortir ensemble...

— Et avec quel espoir ? Avec quelles perspectives ? Je ne veux pas d'une simple cohabitation, Reed. Je veux que nous soyons vraiment l'un à l'autre.

— Tu veux te marier, Maddy ? C'est bien cela ?

— Ce n'est pas le mariage qui compte, c'est ce qu'il symbolise.

— Et que symbolise-t-il, selon toi ?

— L'union de deux êtres qui s'engagent l'un envers l'autre et se jurent de tout partager.

— Pour le meilleur et pour le pire, je sais. Mais combien durent vraiment ?

— Seulement ceux qui unissent des gens prêts à faire des efforts, je suppose.

— Peut-être... Mais la plupart se soldent par un échec. Cette institution est complètement dépassée. Il ne s'agit plus que d'un simple contrat que l'on peut rompre quand on le désire et enfreindre aussi souvent qu'on le souhaite.

— C'est vrai. Mais tu parles de la lettre et non de l'esprit. Ce qui compte, c'est ce que le mariage représente aux yeux de ceux qui s'engagent.

— Très bien. Alors cite-m'en un qui soit réussi, qui dure vraiment ?

— Reed, c'est ridicule...

— Un seul, l'interrompit Reed.

— Mais il y en a plein. Celui de mes voisins, les Gianelli, par exemple…

— Ceux qui passent leur temps à s'insulter et à se lancer des assiettes au visage ?

— Ils aiment ça. C'est leur façon de fonctionner et ça les rend heureux. Sinon, ils auraient déjà divorcé, justement. Mais il y a d'autres exemples. Sean Connery est marié depuis une éternité. La Reine Elizabeth et le Prince Philippe, par exemple. Ma grand-tante Jo qui a été mariée pendant cinquante-cinq ans. Mes parents qui sont toujours aussi amoureux l'un de l'autre…

— D'accord, concéda Reed avec cynisme. Mais pour ces quelques exemples, combien peux-tu m'en citer qui ont échoué lamentablement ?

— Des centaines, c'est évident. Mais ce n'est pas une raison pour condamner le mariage. D'ailleurs, je ne t'ai jamais demandé de m'épouser. Je veux juste savoir ce que tu ressens pour moi.

Reed hésita, cherchant visiblement ses mots.

— Je t'admire, dit-il enfin, autant comme femme que comme artiste. Je suis très attiré par toi. Et j'ai besoin de toi…

— Toutes ces choses sont importantes, Reed. Mais elles ne durent qu'un temps. Bien sûr, si je n'étais pas tombée amoureuse de toi, nous pourrions nous en contenter et prendre la vie comme elle vient. Mais, malheureusement, les choses ne sont plus aussi simples, à présent. Alors, je t'en prie, va-t'en.

Reed n'avait pas la force de se battre contre elle alors qu'il devait en même temps lutter contre ses propres démons. A vrai dire, il ne savait plus trop où il en était ni ce qu'il attendait de la jeune femme ou de leurs relations. Il ne pouvait vivre sans elle mais ne pouvait lui mentir en affirmant qu'il l'aimait.

Comprenant que le dilemme était sans issue, il s'écarta d'elle.

— Ce n'est pas fini, tu sais, lui dit-il doucement. Même si nous préférerions tous deux que ce le soit, ce n'est pas fini…

— Peut-être pas. Mais je suis lasse de me conduire comme une imbécile et je préférerais que tu me laisses seule, à présent.

Reed hocha la tête et s'éloigna, la tête baissée. Maddy resta longuement immobile, luttant contre les larmes qui montaient en elle. Elle était bien décidée à se ressaisir avant d'aller prendre congé d'Edwin et des autres, puis de rentrer chez elle.

— Maddy ?

Se retournant, la jeune femme se retrouva face à Edwin qui la regardait avec une infinie compassion.

— J'ai entendu une grande partie de votre conversation, avoua le vieil homme. Je sais que je n'avais pas à le faire et vous avez le droit d'être en colère contre moi. Mais Reed est mon fils et je l'aime.

— Je ne suis pas en colère, soupira-t-elle. Mais je pense qu'il est temps pour moi de rentrer…

— Je vous raccompagne.

— Mais vous avez des invités, protesta-t-elle. Je peux très bien prendre un taxi.

— Ne vous en faites pas. Personne ne s'apercevra de mon départ. Et j'ai une histoire à vous raconter. Je crois qu'il est temps que vous l'entendiez…

Sur le chemin du retour, Edwin et Maddy parlèrent peu. Le vieil homme paraissait perdu dans ses pensées et la jeune femme n'avait pas le courage d'entretenir la conversation. Lorsqu'ils atteignirent enfin son immeuble, Edwin considéra d'un œil critique les alentours.

— Ce quartier n'a pas l'air très sûr, observa-t-il. Or vous êtes en train de devenir une star, Maddy. Il y a un prix à payer pour cela et vous devriez peut-être envisager de déménager…

Maddy réfléchit à la question. Jusqu'alors, elle n'avait jamais considéré la question sous cet angle. Elle avait toujours eu le sentiment d'appartenir à ce monde un peu mélangé, un peu bohème.

Mais elle savait qu'Edwin avait raison. Son statut avait changé et, tôt ou tard, elle devrait en tirer les conséquences.

— Je vais nous préparer du thé, dit-elle lorsqu'ils eurent atteint son appartement.

— J'aime beaucoup cet endroit, commenta Edwin en regardant la pièce dans laquelle il se trouvait. Il vous ressemble : chaleureux, accueillant et joyeux… Je ne voudrais pas vous embarrasser mais je dois vous dire que j'admire beaucoup la façon dont vous menez votre vie.

— Cela ne me gêne pas, répondit la jeune femme en souriant. En fait, je suis flattée que vous le pensiez.

— J'ai connu bien des artistes talentueux, vous savez. Et je sais que cela ne suffit pas. La plupart d'entre eux se perdent en route parce qu'ils n'ont ni la volonté ni la confiance en soi qu'il faut pour atteindre le sommet. Vous, vous y êtes déjà, même si vous ne le savez pas encore.

— Je ne sais pas si je suis au sommet, comme vous dites. Mais je suis heureuse là où je suis.

La jeune femme versa l'eau qu'elle venait de faire bouillir dans la théière et posa celle-ci sur un plateau avec deux tasses et une sucrière. Elle porta le tout sur la table basse qui se trouvait au pied du canapé.

— C'est là que réside votre force, déclara Edwin. Vous aimez ce que vous faites et vous vous aimez vous-même. Et c'est pour cela que Reed a besoin de vous.

— Dans un certain sens, c'est probablement vrai, concéda-t-elle en s'efforçant de dominer le sentiment de frustration que lui infligeait ce constat. Mais moi, je ne peux m'en satisfaire.

— Lui non plus, je vous assure. Simplement, il est trop têtu et trop effrayé pour l'admettre.

— Têtu, je le conçois. Mais je ne comprends pas d'où vient cette peur qui le ronge et l'empêche d'être lui-même. Cela n'a aucun sens.

— Il ne vous a donc pas parlé de sa mère ?

— Non. Visiblement, c'est l'un des sujets qu'il se refuse à aborder.

— Exact. Mais je considère que vous avez le droit de connaître la vérité à ce sujet.

Edwin avala une longue gorgée de thé et Maddy devina qu'il existait en lui une fêlure, une tristesse sourde et profonde qu'il s'efforçait d'ordinaire de dissimuler sous une attitude bonhomme et sympathique.

— Sachez que je ne vous parlerais jamais de ceci si je ne pensais pas que vous tenez réellement à Reed et que vous êtes la femme qu'il lui faut.

— Je ne sais pas si c'est une bonne idée, protesta la jeune femme, inquiète. Reed n'aimerait certainement pas que vous me racontiez tout cela.

— C'est justement parce que vous vous souciez de ce genre de choses que je vais vous le dire.

Il se tut et prit une profonde inspiration, paraissant rassembler son courage.

— La mère de Reed était une femme magnifique, déclara-t-il enfin. Je suis certain qu'elle l'est toujours, d'ailleurs, même si je ne l'ai pas revue depuis de nombreuses années.

— Et Reed ?

— Lui non plus. Il s'y refuse absolument.

— Il refuse de voir sa propre mère ? s'exclama-t-elle, sidérée. Mais pourquoi ?

— Lorsque je vous aurai tout expliqué, vous le comprendrez sans doute.

Il y avait dans la voix d'Edwin tant de tristesse que la jeune femme sentit son cœur se serrer.

— J'ai épousé Elaine alors que nous étions encore très jeunes, tous les deux. J'avais un peu d'argent que m'avait légué ma famille. Elle, c'était une chanteuse débutante qui luttait pour s'en sortir.

— Je vois, acquiesça Maddy.

— Elle avait réellement du talent. Rien d'exceptionnel mais un joli brin de voix et des idées de paroles intelligentes. J'ai décidé de devenir son manager. Puis les choses ont suivi leur cours et nous nous sommes mariés. Pendant un an ou deux, tout était pour le mieux dans le meilleur des mondes. Je crois qu'elle se sentait vraiment reconnaissante de ce que j'avais fait pour elle. Quant à moi, j'étais heureux d'avoir une aussi belle épouse. Je l'aimais et je faisais tout mon possible pour assurer sa réussite professionnelle. Mais Elaine était une femme impatiente…

Edwin s'interrompit quelques instants et avala une nouvelle gorgée de thé, les yeux perdus dans le vague.

— Elle était jeune, reprit-il, sachant que ce n'était pas une excuse suffisante. Elle voulait jouer dans de plus grandes salles. Et elle supportait de moins en moins mes conseils, me soupçonnant de vouloir me servir d'elle pour asseoir ma propre carrière.

— Vous connaissait-elle donc si mal que cela ? demanda Maddy en secouant la tête.

Edwin sourit, un peu rasséréné par la confiance de la jeune femme.

— A vrai dire, nous ne nous connaissions pas vraiment l'un et l'autre... J'en étais même arrivé à l'inévitable conclusion que notre mariage était condamné et je m'y étais résigné. Mais c'est alors qu'Elaine m'a annoncé qu'elle était enceinte. J'avais toujours voulu avoir des enfants mais ce n'était pas son cas, loin de là...

— Elle a décidé d'avorter ? demanda Maddy, suspendue à ses lèvres.

— Non. Elle a gardé l'enfant. Rétrospectivement, je crois que c'est surtout parce que j'avais réussi à obtenir pour elle un contrat qui lui assurait la réalisation d'au moins un disque. Elle savait que je désirais un enfant et a dû considérer qu'il s'agissait en quelque sorte d'un échange de bons procédés.

— Mais à ce moment-là, l'aimiez-vous toujours ?

— J'éprouvais toujours quelque chose pour elle, c'est certain. Et il y avait le bébé. Quand Reed est né, j'ai eu l'impression que c'était le plus beau cadeau que m'ait jamais fait la vie. Quelqu'un que je puisse aimer et qui me rendrait cet amour sans conditions, sans arrière-pensées... Ma vie a changé du tout au tout. Son bonheur devenait ma priorité la plus absolue. Je crois que j'avais enfin trouvé un véritable but, bien plus important que mon travail ou mes ambitions personnelles...

— Je crois en effet que les enfants aident leurs parents à relativiser, à comprendre ce qui compte le plus à leurs yeux.

— C'est juste. En tout cas, sachez que Reed a toujours comblé toutes mes attentes, me donnant une joie immense tout au long de ma vie.

— Vous n'aviez pas besoin de me le dire, lui assura Maddy en souriant. Il suffit de vous regarder lorsque vous êtes ensemble pour le comprendre.

Edwin hocha la tête.

— Alors que Reed avait seulement cinq ans, j'ai eu un accident de voiture assez grave. Lorsque j'étais à l'hôpital, les médecins ont fait toutes sortes de tests. Et l'un d'eux m'a appris que j'étais stérile.

— A cause de l'accident? demanda la jeune femme en fronçant les sourcils.

— Pas du tout. Je ne peux pas avoir d'enfants et je n'ai jamais pu en avoir...

Maddy sentit un frisson la parcourir, réalisant ce que cela signifiait.

— Reed n'était pas mon fils, reprit Edwin d'un ton douloureux. Vous ne pouvez pas imaginer le choc que cela m'a fait...

— Oh, Edwin, murmura la jeune femme en se penchant vers lui pour lui prendre la main.

— Je suis allé trouver Elaine. Elle n'a même pas pris la peine de nier. Je crois qu'elle en avait assez de ses propres mensonges... Notre mariage était un échec, et elle savait qu'elle ne deviendrait jamais une grande chanteuse. Elle m'a avoué qu'il y avait eu un autre homme et qu'il l'avait laissée tomber lorsqu'il avait appris qu'elle était enceinte. Elle avait alors compris que je n'imaginerais jamais que je n'étais pas le père. Elle savait aussi que, sans moi, elle n'arriverait jamais à percer. Alors elle avait décidé de rester et de se taire…

— Ce devait être une femme très malheureuse.

— Insatisfaite, surtout. Elaine n'était jamais contente de ce qu'elle faisait. Elle aspirait toujours à mieux, à plus. Et, chaque fois qu'elle l'obtenait, le schéma se reproduisait. En tout cas, lorsque je suis finalement sorti de l'hôpital, elle était partie. Elle avait confié notre fils à l'un de nos voisins, avait fait ses bagages et avait quitté la ville. Mais le pire, c'est qu'elle avait tout raconté à Reed…

— Mon Dieu! murmura Maddy, horrifiée. Comment a-t-elle pu faire une chose pareille?

— J'ai bien peur de ne pas avoir été beaucoup plus brillant, soupira Edwin.

Il passa une main dans ses cheveux. A présent, il lui devenait plus facile de parler et il se demandait pourquoi il avait attendu si longtemps pour se confier ainsi à quelqu'un.

— Il fallait que je réfléchisse à tout ça alors j'ai laissé Reed chez notre voisin. Je suis parti pendant plus d'un mois pour réunir les fonds qui me permettraient par la suite de fonder Valentine Records. C'est à ce moment-là que j'ai rencontré vos parents. Jusqu'alors, je n'étais pas sûr de jamais revenir chercher Reed…

— Vous souffriez, Edwin, lui rappela-t-elle. Vous aviez besoin de temps…

— Mais Reed était aussi traumatisé que moi. Plus encore puisqu'il n'était qu'un enfant. Si j'avais réalisé l'impact qu'aurait sur lui cette période de sa vie, je ne l'aurais jamais laissé ! Hélas, j'étais tellement occupé par la création de mon entreprise que je ne me suis aperçu de rien. Puis j'ai rencontré les O'Hurley et j'ai compris ce que le mot « famille » signifiait vraiment.

— Simplement parce que vous avez dormi dans leur chambre ? s'étonna Maddy.

— Oui. J'ai vu la façon dont ils prenaient soin l'un de l'autre et dont ils s'occupaient de vous. Alors je me suis rappelé combien Reed avait compté pour moi depuis sa naissance, combien je l'avais aimé. Votre père a dû sentir que quelque chose n'allait pas et il m'a emmené dans un bar. Là, je lui ai tout raconté, Dieu sait pourquoi...

— Papa a toujours cet effet sur les gens. Je crois que c'est parce qu'il sait les écouter vraiment.

— C'est vrai. Il m'a écouté et a fait preuve de sympathie. Mais pas autant que je ne pensais en mériter.

Edwin eut un petit rire sans joie.

— Il a vidé son verre de whisky d'un trait, m'a asséné une claque sur l'épaule et m'a dit que j'avais un fils qui m'attendait et qu'il était temps de rentrer chez moi. J'ai compris qu'il avait raison et tout est devenu clair dans ma tête. C'est pour cette raison que je n'ai jamais oublié vos parents.

— Et Reed ?

— Il est mon fils. Il l'a toujours été et le sera toujours. J'ai été idiot de penser qu'il pourrait en être autrement.

— Vous ne l'aviez pas oublié, lui assura Maddy sans hésiter.

— Non, je suppose que vous avez raison. Au fond de moi, je le savais. Alors, je suis rentré à la maison et je l'ai vu jouer tout seul sur la pelouse du voisin...

Il n'avait que six ans mais le regard qu'il m'a jeté était déjà celui d'un adulte.

Edwin fut parcouru d'un frisson à ce souvenir.

— Je n'ai jamais réussi à oublier ce regard. Je crois que c'est là que j'ai vraiment compris tout le mal que sa mère lui avait fait.

— Mais ce n'est pas votre faute. Je vous ai vu avec lui et je sais que vous n'avez rien à vous reprocher.

— Vous êtes généreuse, Maddy... En tout cas, j'ai essayé de réparer les dégâts autant que je l'ai pu, de lui offrir une vie normale. J'ai même fini par oublier ce que sa mère m'avait fait mais lui ne lui a jamais pardonné. C'est cette amertume qui le ronge encore aujourd'hui et l'empêche de faire confiance à qui que ce soit...

— Je vois, soupira la jeune femme en soupirant. Je crois que je commence à le comprendre un peu mieux. Mais je ne sais pas si je peux faire grand-chose pour l'aider, Edwin.

— Vous l'aimez, n'est-ce pas ?

— Oui, répondit-elle sans hésiter.

— Et vous lui avez donné quelque chose. Ne le lui retirez pas alors qu'il commence malgré lui à vous faire confiance.

— Mais il ne veut pas de ce que je lui offre, objecta-t-elle.

— Si. Et il finira par l'admettre. Tâchez seulement de ne pas perdre la foi.

S'approchant du vieil homme, Maddy le serra affectueusement dans ses bras.

— Etes-vous certain que c'est de moi qu'il a besoin ? lui demanda-t-elle enfin.

— Je le sais, répondit-il avec fougue. Parce que Reed est mon fils...

Reed ne parvenait pas à trouver le sommeil. Après s'être retourné dans son lit durant des heures, il avait été tenté de vider une bouteille de whisky pour noyer la douleur qui le taraudait. Mais il savait que ce n'était pas une solution à ses problèmes et il s'était relevé.

Il avait perdu Maddy. Il l'avait perdue parce que ni l'un ni l'autre n'avaient été capables de s'accepter comme ils étaient...

Bien sûr, c'était la meilleure solution. A terme, ils n'auraient pu que se faire du mal, c'était évident. Et pourtant, elle était ce qui lui était arrivé de mieux de toute sa vie. Savoir qu'il ne la reverrait pas, qu'il ne la tiendrait plus dans ses bras lui déchirait le cœur.

Serrant les dents, il essaya vainement de chasser cette souffrance qui le rongeait impitoyablement. Le mieux serait de confier à son père l'entière gestion de la comédie musicale. Ainsi, il n'aurait plus besoin d'avoir affaire à la jeune femme.

Alors qu'il s'approchait de la fenêtre, il se rappela brusquement combien Maddy aimait regarder la ville qui s'étendait en contrebas. Il s'éloigna, furieux que tout paraisse le ramener à elle et se remit à faire les cent pas.

Lorsqu'il entendit retentir la sonnette de la porte d'entrée, il fronça les sourcils, stupéfait. Il n'avait guère l'habitude de recevoir des visites à une heure si avancée de la nuit. D'ailleurs, il n'avait aucune envie de discuter avec qui que ce soit.

Mais son mystérieux visiteur ne paraissait pas disposé

à se décourager facilement. Il continua à sonner avec insistance. Reed finit par aller ouvrir la porte à la volée, bien décidé à faire comprendre à cet importun ce qu'il pensait de cette intrusion.

Maddy se tenait sur le seuil, son sac de danse sur l'épaule et les mains plongées dans les poches de sa veste en jean.

— Salut, lui dit-elle.

— Maddy…, murmura-t-il, abasourdi par cette apparition inattendue.

— Je passais dans le coin, lui dit-elle en pénétrant dans l'appartement. Alors j'ai décidé de venir te rendre une petite visite. Je ne te réveille pas, au moins ?

— Non, je…

— Tant mieux. Moi, ça me fiche toujours en rogne quand quelqu'un me réveille au beau milieu de la nuit.

Elle jeta son sac sur un fauteuil d'un geste désinvolte.

— Tu as quelque chose à boire ?

— Maddy, qu'est-ce que tu fais là ?

— Je te l'ai dit : j'étais dans le quartier…

S'approchant d'elle, Reed la prit par les épaules et la regarda droit dans les yeux.

— Qu'est-ce que tu fais là ? répéta-t-il.

— Je ne pouvais pas rester loin de toi, lui dit-elle avec un petit sourire.

Avant même qu'il ait pu retenir son geste, Reed posa la main sur sa joue. Mais il la retira aussitôt en secouant la tête.

— Maddy, il y a seulement quelques heures…

— Je sais, le coupa-t-elle. J'ai dit beaucoup de choses. Et toutes étaient vraies. Je t'aime, Reed. Je veux me marier avec toi. Et je crois que, contrairement à ce que tu penses, cela pourrait marcher. Mais je sais aussi que tu n'es pas prêt à cela. Alors j'attendrai.

— Tu as tort.

— Arrête de me dire ce que je dois faire ou penser, protesta-t-elle. Si nous étions mariés, je pourrais à la limite le supporter. Mais, étant donné les circonstances, je suis la seule habilitée à prendre des décisions en ce qui concerne ma propre vie. Et, pour le moment, ce que je veux, c'est quelque chose à boire. Tu as du jus d'orange ?

— Non.

— Un whisky, alors ? Tu sais que ce n'est pas très poli de refuser un verre à un invité.

Reed ne fit pas mine de lui servir à boire. Pendant ce qui lui parut une éternité, il resta immobile, son regard plongé dans celui de la jeune femme. Puis il posa doucement son front contre le sien.

— J'ai besoin de toi, Maddy, soupira-t-il, vaincu.

— Je sais, lui dit-elle en posant ses mains fraîches sur ses joues. Et je suis heureuse que tu le saches aussi.

Si seulement je pouvais te donner tout ce que tu veux…

— Nous en avons assez parlé comme cela. De toute façon, je pars demain pour Philadelphie.

— Le spectacle doit continuer. C'est la règle d'or du show-business…

— Exactement. Et je compte bien me donner à fond. Je ne veux donc pas perdre mon énergie en discussions inutiles ce soir.

— Très bien, acquiesça Reed. Je vais nous servir un verre.

Il se dirigea vers le bar et joignit le geste à la parole.

— Tu sais, Reed, cela me fait toujours bizarre de me déshabiller sur scène.

— J'imagine ! concéda-t-il en riant.

— C'est un acte qui paraît tellement contre nature…

Lorsque Reed leva les yeux vers elle, il constata qu'elle s'était débarrassée de sa veste en jean et commençait à déboutonner son chemisier.

— Ce dont j'aurais besoin, reprit-elle, c'est d'un avis objectif pour savoir comment je m'en tire. Le strip-tease est un art, tu sais.

Ecartant les pans du chemisier, elle laissa glisser sa main entre ses seins et sur son ventre. Reed sentit sa gorge se nouer alors qu'un désir irrépressible montait en lui. Elle se retourna alors et dénuda l'une de ses épaules.

— Il faut savoir promettre sans tout offrir, poursuivit-elle d'une voix un peu rauque.

Tournant la tête vers lui, elle lui sourit et laissa le chemisier glisser le long de son corps. Il retomba doucement à ses pieds, révélant son dos nu.

— Il faut éveiller la curiosité. Comment est-ce que je m'en sors ?

— Très bien jusqu'ici, répondit Reed d'une voix étranglée.

— Je veux juste être sûre que ce sera réaliste.

Elle dégrafa lentement la fermeture de sa jupe qui ne tarda pas à rejoindre le chemisier par terre. Faisant de nouveau face à Reed, elle le laissa admirer son corps que ne dissimulaient plus qu'une fine culotte de dentelle noire et une paire de bas retenus par des porte-jarretelles. Craignant de lâcher le verre qu'il tenait à la main, il le reposa précautionneusement sur le bar.

— Je ne t'ai jamais vue porter quelque chose dans ce goût-là, observa-t-il.

— Ceci ? fit-elle en jouant avec l'élastique. Ce n'est pas vraiment mon genre. Franchement, ce type de sous-vêtements n'est pas très confortable.

Se plaçant de profil, elle se pencha en avant pour dérouler lentement l'un des bas le long de sa jambe toujours tendue, ce qui souligna de façon très suggestive la courbe de ses reins.

— Mais on ne peut aller contre la tradition, poursuivit-elle en se redressant.

Fermant les yeux, elle passa les mains dans ses cheveux roux, se cambrant légèrement en arrière.

— Tu trouves que je suis crédible ?

— Je pense que si tu portes ce genre de tenue sur scène, il risque d'y avoir une émeute.

En riant, elle se pencha de nouveau et se défit de son autre bas, caressant sa jambe au passage avec une sensualité qui fit frissonner Reed de la tête aux pieds.

— Je suis heureuse de te l'entendre dire, déclara-t-elle. Cela nous fera un peu de publicité gratuite… Je regrette juste de ne pas avoir une silhouette plus voluptueuse.

— Celle-ci fera parfaitement l'affaire, je t'assure.

— Tu penses vraiment ? demanda-t-elle en posant les mains sur ses seins comme pour jauger leur taille. Reed, je sais que j'insiste, mais tu ne m'as toujours pas offert à boire…

— Désolé, marmonna-t-il en s'approchant pour lui apporter son verre.

Maddy le lui prit des mains et le leva dans sa direction.

— Je bois à la santé de ton père, déclara-t-elle.

— Pardon ? fit Reed, médusé qu'elle pense à lui en un moment pareil.

— Ne cherche pas à comprendre…, répondit-elle avant de vider son whisky d'un seul trait. Que penses-tu du spectacle, jusqu'ici ? Est-ce que ça valait le prix du ticket ?

Reed plongea ses mains dans les cheveux de la jeune femme comme il rêvait de le faire depuis qu'elle avait franchi le seuil de l'appartement. Il aurait voulu faire preuve de douceur, lui montrer combien il lui était reconnaissant d'être revenue vers lui. Mais la passion qui l'habitait était bien trop forte.

— Je ne t'ai jamais autant désirée, lui dit-il.

Elle pencha la tête et laissa son verre vide tomber sur le sol recouvert de moquette.

— Prouve-le-moi, répondit-elle.

Il l'attira contre lui et l'embrassa avec ferveur. Sa langue avait le goût du whisky. Elle l'enserra de ses bras d'un geste possessif, presque rageur. Cette fois, réalisa Maddy, il ne cherchait plus à contrôler l'envie qu'il avait d'elle. Son cœur se mit à battre la chamade alors que son sang paraissait se changer en lave.

Lorsqu'il l'attira à même le sol, elle se laissa faire, exaltée. Elle sentit ses mains et sa bouche courir sur sa peau, éveillant mille brasiers que lui seul saurait éteindre. Incapable de réfléchir, elle lui rendit chacune de ses caresses, entretenant le feu qui les consumait.

Lorsqu'ils n'en purent plus, Reed la débarrassa de ses vêtements et lui ôta sa culotte. L'odeur de sa chair emplissait à présent les narines de Maddy, plus capiteuse que le plus puissant des aphrodisiaques.

Elle le sentit alors entrer en elle en murmurant son nom d'une voix rauque. Jamais encore, ils ne s'étaient aimés de façon aussi violente, aussi primaire. Ils ne cherchaient plus à canaliser l'ardeur qui les habitait, les jetant l'un contre l'autre.

Maddy avait l'impression de chevaucher une vague de plaisir qui ne cessait d'enfler, balayant toute pensée, toute volonté consciente. Son corps était parcouru de spasmes délicieux qui se communiquaient à chacun de ses membres.

En cet instant, elle réalisa qu'Edwin avait raison, que le besoin sauvage que Reed avait d'elle était déjà une forme d'amour. Et, tandis qu'ils escaladaient ensemble les degrés de la passion, elle pria pour qu'il finisse par le comprendre et l'accepter enfin.

10

— Nous irions aussi vite en marchant, déclara
Wanda.

— Allons! protesta Maddy en ralentissant pour
éviter de percuter la voiture qui les précédait. Où est
passé ton sens de l'aventure?

— Je crois que je l'ai perdu il y a environs vingt
kilomètres, lorsque nous avons failli basculer dans
ce fossé.

— Ce n'était pas un fossé, s'exclama son amie en
riant. Regarde plutôt par la fenêtre et dis-moi si tu
aperçois un bâtiment intéressant.

— Je ne sens plus mes jambes, soupira Wanda en se
tortillant pour trouver une position moins inconfortable.
Pourquoi a-t-il fallu que tu loues cette Jeep minuscule
qui n'arrête pas de rebondir dans tous les sens? Si les
immeubles continuent à sauter comme ça, je crois que
je vais finir par avoir le mal de mer.

— Ce ne sont pas les immeubles qui sautent mais
la voiture.

— Peu importe. Pourquoi as-tu loué cette épave?

— Parce que je n'ai jamais l'occasion de conduire
lorsque je suis à New York.

— Nous aurions au moins pu éviter de prendre toutes ces petites routes défoncées.

— Je tenais à profiter du paysage. C'était tout de même plus exaltant que l'autoroute.

— Exaltant ? Tu parles ! On a failli se perdre une bonne dizaine de fois, tomber en panne d'essence et verser dans un fossé.

— Ce n'était pas un fossé, répéta Maddy. Eh ! Ce n'est pas le hall de l'indépendance ?

— Ma chérie, tu devrais regarder la route au lieu d'admirer les bâtiments si tu veux que nous ayons une chance de revoir New York un jour.

— J'adore conduire ! s'exclama Maddy, aux anges.

— Remarque que ça pourrait être pire. Certaines personnes aiment sauter des avions en plein vol…

— Arrête de bougonner et dis-moi plutôt combien de temps il nous reste.

— Quinze minutes, répondit Wanda en s'agrippant au tableau de bord au moment où son amie accélérait de nouveau. Je sais que j'aurais mieux fait de te poser la question avant de monter à bord de cet engin mais depuis combien de temps n'as-tu pas conduit, exactement ?

— Oh, je ne sais plus. Un an, peut-être deux. Je crois que j'irai faire un tour dans ces petits magasins après la répétition générale !

— Si nous sommes encore vivantes, soupira son amie avant de fermer les yeux tandis que Maddy dépassait à toute vitesse un énorme break. J'ai l'impression que je n'ai jamais vu quelqu'un planer à ce point sans avoir eu recours auparavant à une substance illicite !

— Ça se voit tant que cela ? demanda Maddy avec un sourire réjoui.

— Même un aveugle s'en rendrait compte. J'en déduis que tu as recollé les morceaux avec M. Parfait ?

— Si on veut... J'ai décidé de prendre les choses comme elles viennent.

— Toi ? Je n'aurais jamais pensé que tu en sois capable. Je croyais qu'avec lui, c'était « à la vie, à la mort » ou rien...

— Sauf que j'ai découvert entre-temps qu'il avait une bonne raison de se méfier des relations durables.

— La belle affaire ! Je ne vois pas en quoi cela va changer quelque chose à ce que tu ressens, toi.

— Tu as raison. Mais je crois que je suis en train de découvrir que la vie est un peu plus compliquée que ce que j'ai toujours voulu croire. Arrête-moi si je suis indiscrète mais tu as bien été mariée. Pensais-tu que cela durerait toujours ?

— On peut dire que je le pensais et lui, non.

— Et si tu rencontrais quelqu'un à qui tu tiennes vraiment, est-ce que tu te marierais ?

— Si je pense vraiment que c'est le bon choix, oui peut-être. Mais, cette fois, je réfléchirais un peu plus longtemps avant de m'engager...

Elle s'interrompit et éclata de rire.

— Qui suis-je en train de duper ? Si je pensais vraiment une telle chose, je replongerais sans hésiter !

— Pourquoi ?

— Parce que, de toute façon, il n'y a jamais de garantie. C'est comme la loterie... Si je croyais qu'il y a une chance pour que ça marche, je jouerais. Dis, tu n'étais pas censée tourner à droite ?

— Mince ! s'exclama Maddy en prenant la rue suivante. Maintenant, nous allons vraiment être en retard !

— Ce n'est pas grave. Dis-moi plutôt ce qui te tracasse. Sinon, ça va te miner pendant toute la répétition.

— A vrai dire, j'espérais qu'il viendrait avec moi. Je sais qu'il ne pourrait pas rester une semaine entière ici mais il aurait au moins pu passer un jour ou deux.

— Il a peut-être du travail.

— C'est ce qu'il a dit.

— Dans ce cas, tu ne peux pas lui en vouloir.

Maddy hocha la tête sans conviction et manœuvra pour pénétrer dans le petit parking du théâtre. Elle se gara, et les deux jeunes femmes descendirent de la Jeep.

— Plus qu'une répétition et c'est le grand plongeon, remarqua-t-elle en observant le majestueux bâtiment où devait avoir lieu la première.

— Ne m'en parle pas! Chaque fois que j'y pense, j'ai la gorge si serrée que j'ai l'impression de m'étrangler.

— Ne t'en fais pas trop. Je suis certaine que tu seras parfaite.

Elles traversèrent le parking et Maddy avisa un marchand de fleurs ambulant qui avait installé son petit chariot devant le théâtre. Elle se promit de s'offrir un bouquet à la fin de la répétition pour se récompenser.

— J'espère que tu as raison, soupira Wanda. La dernière pièce dans laquelle j'ai joué n'a connu que deux représentations avant que le producteur ne jette l'éponge. J'ai failli me coller la tête dans le four.

— Qu'est-ce qui t'en a empêchée? demanda Maddy en riant.

— Il était électrique.

— Ecoute, je te promets que si notre pièce fait un flop, tu pourras utiliser le mien. Il est au gaz.

— Merci beaucoup.

— Eh! Il faut bien que les amis servent à quelque chose, répondit Maddy en poussant la porte du théâtre.

Stupéfaite, elle s'arrêta avant de pousser un cri de joie. Curieuse, Wanda la regarda se précipiter vers un petit groupe de gens qui attendaient dans le hall.

— Vous êtes là! s'exclama-t-elle, aux anges. Vous êtes tous là!

— Tu ne croyais tout de même pas que tu allais te débarrasser de nous si facilement, répondit Frank O'Hurley en la serrant affectueusement dans ses bras.

Lorsqu'il la reposa enfin, Maddy alla embrasser sa mère.

— Tu as une mine splendide, remarqua Molly en souriant.

— Toi aussi, maman… Oh, Abby! ajouta-t-elle en se tournant vers sa sœur. Je ne pensais pas que tu pourrais venir.

— Je n'aurais manqué ça pour rien au monde. D'ailleurs, la ferme peut bien attendre mon retour. Par contre, ce n'est pas tous les jours que j'ai l'occasion de voir la première d'une de tes pièces.

— Merci de l'avoir amenée, Dylan, dit la jeune femme en se tournant vers son beau-frère.

— C'est plutôt elle qui m'a emmené. Mais je ne regrette pas, Maddy. Je suis heureux de te revoir.

— Dommage que vous n'ayez pu venir avec les garçons…, dit-elle en adressant un clin d'œil à sa sœur.

— Eh, on est là! protestèrent vertement les deux enfants.

— On est venus aussi, confirma l'un d'eux.

— Et on va même visiter New York! ajouta l'autre.

Maddy les observa en fronçant les sourcils. Puis elle secoua la tête de façon théâtrale.

— Impossible ! décréta-t-elle. Vous ne pouvez pas être mes neveux. Ben et Chris sont des enfants et vous êtes beaucoup trop grands.

— C'est parce qu'on a grandi, affirma Chris.

Prenant son temps, Maddy les étudia tour à tour.

— Allez, Maddy, insista Ben. Tu sais bien que c'est nous...

— Il va falloir me le prouver. Venez m'embrasser.

Elle se pencha vers eux et ils la serrèrent dans leurs bras.

— Nous sommes venus en avion, expliqua Chris. Et j'étais assis près de la fenêtre.

— Mademoiselle O'Hurley ? appela l'un des techniciens. On vous demande en coulisses.

— Mince, s'exclama Maddy en se redressant. Dites-moi, où avez-vous réservé ?

— Nous sommes au même hôtel que toi, répondit Molly. Maintenant, file. Tu as du travail...

— D'accord. Est-ce que vous assisterez à la répétition ?

— Tu crois vraiment que quelqu'un pourrait nous en empêcher ? demanda Frank.

— Tant mieux ! Lorsque ce sera fini, nous irons fêter ces retrouvailles comme il se doit. C'est moi qui invite !

Frank passa affectueusement le bras autour des épaules de sa femme.

— Si elle croit que je vais la contredire sur ce point, elle se trompe. Venez, allons nous installer au premier rang avant que la pièce ne commence !

— M. Selby est arrivé, déclara Hannah avant de s'effacer pour laisser entrer ce dernier dans le bureau de Reed.

— Merci. Prenez mes appels pendant que nous serons en réunion.

Aujourd'hui, songea Reed, à en juger par l'expression réprobatrice de sa secrétaire, il n'y aurait ni café ni petits gâteaux. Visiblement, elle ne portait pas plus que lui Selby dans son cœur.

— Assieds-toi, dit-il à son visiteur en désignant l'une des chaises qui lui faisaient face.

Selby prit place et laissa son regard errer sur les murs auxquels étaient accrochés plusieurs disques d'or.

— Ton père doit être fier de toi, déclara-t-il. Tu as réussi à maintenir Valentine Records au sommet. Encore que j'aie entendu dire que tu avais signé avec ce petit groupe de Washington. C'est un pari risqué…

Reed ne releva pas. Il savait que Galloway Records avait offert audit groupe un contrat. Mais Valentine avait surenchéri.

— Il faut bien prendre quelques risques de temps en temps, répondit-il enfin. C'est comme ça qu'on fait des découvertes intéressantes.

— C'est vrai. Mais il est toujours difficile de convaincre les radios de diffuser les jeunes groupes. Sans une promotion solide, ils sont condamnés à une mort certaine.

Selby sortit de sa poche intérieure un petit cigare qu'il alluma sans prendre la peine de demander à Reed si cela l'ennuyait ou même s'il en voulait un.

— C'est pour ça que je suis ici, reprit-il en tirant une profonde bouffée. J'ai pensé que ce serait sage avant que nous assistions à cette réunion avec les pontes de l'industrie du disque.

Reed hocha la tête. Il savait que Selby avait sollicité cette entrevue parce qu'il avait peur. L'Association

Américaine de l'Industrie du Disque devait en effet se réunir pour discuter de l'opportunité d'ouvrir une enquête sur les activités des labels indépendants.

Or nombre de grosses compagnies comme Galloway utilisaient ceux-ci pour dissimuler leurs petits trafics à l'abri des regards. Aujourd'hui, Selby devait sentir le vent tourner et redouter les répercussions que d'éventuelles investigations pourraient avoir sur son entreprise.

— Ecoute, Reed, déclara-t-il gravement. Ni toi ni moi ne sommes nés de la dernière pluie. Nous savons très bien à quoi nous en tenir : tout ce qui compte vraiment, dans notre métier, c'est la diffusion radio. Sans elle, un disque ne se vend pas.

Reed remarqua que Selby transpirait abondamment. Il était visiblement à cran, ce qui confirmait ses soupçons : quoi que Galloway ait à cacher, ce ne devait pas être beau à voir.

— J'ai toujours pensé qu'acheter les radios pour obtenir une meilleure diffusion était une erreur, déclara Reed d'une voix posée. On ne peut pas mentir éternellement au public. D'autre part, le procédé est illégal et, tôt ou tard, il finit par se retourner contre celui qui y a recours.

— Je ne vois pas le mal qu'il y a à glisser quelques billets à un responsable de la programmation. Tout le monde a toujours fonctionné de cette façon.

— Pas tout le monde. Et plus rares sont ceux qui vont jusqu'à menacer ces programmateurs pour obtenir ce qu'ils veulent.

— Personne ne ferait une chose pareille, protesta Selby.

Mais son regard venait de le trahir.

— Dans ce cas, nous n'avons pas à craindre l'ouverture de cette enquête, répondit Reed avec un sourire aimable. De toute façon, nous n'utilisons quasiment pas d'indépendants chez Valentine Records.

— Cela ne change rien au fait que seules les radios confèrent à un disque sa légitimité. Si nous ne pouvons plus traiter avec elles, c'est la mort de l'industrie.

— Je ne pense pas. Il faudra simplement trouver de nouvelles méthodes pour travailler avec elles. Et un peu de transparence ne fera pas de mal au petit monde de la production, si tu veux mon avis…

— Je vois que tu es aussi étroit d'esprit que l'était ton père, cracha Selby, incapable de dissimuler le dépit qu'il éprouvait en cet instant.

— Merci, répondit gracieusement Reed. Je prends cela pour un compliment.

— Oh, je suppose que c'est facile, pour toi. Tu es assis dans ton petit bureau bien à l'abri. Tu n'as pas à te salir les mains parce que ton père l'a fait pour toi.

— Tu te trompes, Selby. Les mains de mon père sont aussi propres que les miennes. Les Valentine n'ont jamais eu recours aux méthodes quasi mafieuses qui prévalent malheureusement dans notre profession.

— Tu n'es pas blanc comme neige, Valentine.

— Le fait que je m'apprête à voter en faveur de ces investigations devrait te prouver le contraire.

— La motion ne passera jamais, répondit Selby.

Mais il était loin d'en être convaincu, songea Reed. Dans le cas contraire, il ne serait pas venu plaider sa cause chez l'un de ses plus féroces concurrents. Tous deux savaient que le pouvoir et la réputation de Valentine Records pouvait très bien suffire à faire pencher la balance d'un côté ou de l'autre.

— La plupart des labels indépendants savent qu'ils

n'auraient pas une chance de survivre sans les majors. Même si la motion passe, ils ne témoigneront jamais contre nous. Quelques têtes tomberont pour la forme mais certainement pas la mienne. Il y a moins de dix ans, Galloway était dans le rouge. Aujourd'hui, c'est l'une des sociétés les plus cotées du marché. Et c'est grâce à moi ! Lorsque la poussière retombera, Valentine, je serai toujours là.

— J'en suis certain, murmura Reed tandis que Selby se levait d'un bloc et quittait son bureau à grands pas, claquant la porte derrière lui.

Il n'ignorait pas, hélas, que les hommes comme lui n'étaient jamais ceux qui payaient pour leurs erreurs. Ils s'arrangeaient pour trouver des boucs émissaires en cas de problème.

Si Reed avait voulu mener une vendetta personnelle contre Selby, il n'aurait pas eu d'autre choix que de prendre l'enquête en main. Il disposait déjà d'un certain nombre d'éléments compromettants, comme l'histoire de ce disc-jockey qui avait été battu comme plâtre parce qu'il refusait de passer certaines des productions Galloway.

Il avait également entendu parler d'un directeur de programmation du New Jersey dont la femme avait été menacée. Il y en avait beaucoup d'autres qui, moins regardants, bénéficiaient régulièrement de voyages tous frais payés à Las Vegas où Galloway ouvrait pour eux une ligne de crédit…

Mais Reed ne tenait pas à entrer dans ce jeu dangereux. Après tout, il n'avait rien personnellement contre Selby. Ce type était une véritable ordure, c'était certain. Mais lui-même n'était pas en position de le condamner.

Il avait hérité de l'entreprise de son père et n'avait

eu qu'à la faire prospérer. Aurait-il été aussi droit et honnête s'il avait dû la créer de ses propres mains ? Aurait-il pris l'un de ces raccourcis que Selby n'hésitait jamais à employer ?

Il ne le pensait pas mais n'avait aucun moyen d'en être certain. Aussi laisserait-il la commission se charger de cette affaire. En attendant, la réunion serait probablement houleuse...

Quittant son bureau, il alla trouver Hannah.

— Vous pouvez y aller, lui dit-il. Je ne pense pas que je repasserai.

— Bonne chance, monsieur Valentine. Au fait, vous avez reçu plusieurs coups de téléphone pendant que vous étiez en réunion avec cet homme.

Le ton méprisant de son assistante ne manqua pas de lui arracher un sourire.

— Rien d'important ?

— Non. Par contre, Mlle O'Hurley a appelé.

Hannah lui lança un petit sourire en coin, attendant une réaction de sa part. Son hésitation dut confirmer ses soupçons.

— Si elle téléphone de nouveau, dites-lui...

— Oui, monsieur Valentine ?

— Dites-lui que je la rappellerai.

La déception de sa secrétaire ne lui échappa pas.

— Monsieur Valentine ?

— Oui ?

— Je me demandais si vous iriez à Philadelphie pour la première ou si vous vouliez que j'envoie des fleurs de votre part.

Reed songea à la confusion qui l'habitait depuis plusieurs jours. Il n'était plus très sûr de ses propres sentiments, de ses propres besoins et avait l'impression de naviguer à vue en terrain miné. Jamais il ne s'était senti aussi désemparé.

— Mon père doit assister à la première, répondit-il enfin. Même si je n'y vais pas, nous serons donc représentés.

— Je vois, répondit Hannah d'un ton réprobateur.

— Quant aux fleurs, je peux m'en occuper moi-même.

— Tâchez de ne pas oublier, murmura-t-elle tandis qu'il se dirigeait vers la porte.

Il feignit de n'avoir pas entendu.

La répétition avait été un succès, songea Maddy en se jetant sur le lit de sa chambre d'hôtel, vidée. Elle savait à présent qu'elle était au point, qu'elle ne commettrait aucune erreur. Mais pour rien au monde elle ne l'aurait affirmé à voix haute. Elle était bien trop artiste pour ne pas être superstitieuse.

Demain soir, à la même heure, songea-t-elle le cœur battant, elle serait dans sa loge, confiant son visage aux bons soins de la maquilleuse. Il ne lui restait plus que vingt-quatre heures avant de découvrir si ces mois de travail acharné avaient valu le coup.

Se retournant, la jeune femme contempla le plafond de la pièce. La question était juste de savoir comment elle survivrait à cette tension. Le pire, c'est que Reed ne l'avait pas rappelée. Se tournant vers le téléphone, elle hésita à composer son numéro.

En partant pour Philadelphie, elle avait compris qu'elle lui laisserait suffisamment de temps pour prendre de la distance, pour se détacher d'elle. Hélas, elle n'avait pas eu le choix. Qui sait ? se dit-elle. Il y était peut-être parvenu…

En tant que danseuse, la douleur ne lui était pas étrangère. C'était une sensation familière qu'il fallait savoir cerner si l'on voulait travailler dessus et la dominer. Evidemment, dans le cas d'une peine de cœur, les choses n'étaient pas aussi simples.

Il ne s'agissait pas d'un simple muscle tétanisé, d'un tendon un peu trop sollicité. Mais elle était suffisamment forte pour ne pas se laisser submerger, pour survivre malgré tout. Et puis, sa famille serait toujours à ses côtés.

Se redressant, la jeune femme gagna son armoire et entreprit de choisir les vêtements qu'elle porterait ce soir-là. Elle voulait faire bonne figure devant ses proches, leur présenter un visage heureux et décontracté pour ne pas les inquiéter inutilement.

Après tout, elle n'était pas si à plaindre que cela. Elle était aimée, soutenue et admirée. Sa carrière connaissait un bel essor. Même si elle commettait une erreur, elle avait suffisamment d'expérience et de bagage technique pour retrouver du travail. Et elle savait toujours se contenter de ce qu'elle avait.

Maddy n'avait pas besoin d'un homme pour se sentir complète. Elle n'avait besoin ni de faire-valoir, ni de chevalier servant, ni de substitut paternel. Elle assumait parfaitement qui et ce qu'elle était.

Si Reed reculait, s'il s'effaçait de sa vie, elle le supporterait. Ce serait difficile, terrible, même, mais elle survivrait.

Toute la question était de savoir à quel prix...

Comme elle en était là de ses réflexions, la jeune femme entendit quelqu'un frapper à sa porte.

— Qui est-ce ? demanda-t-elle.

— Abby !

Maddy alla lui ouvrir sans attendre et constata que sa sœur s'était changée pour enfiler une belle robe blanche.

— Tu es déjà prête ? s'exclama-t-elle.

— Je me suis habillée en vitesse parce que je voulais te parler en tête à tête avant que nous ne sortions tous ensemble.

— Avant tout, je tiens à te dire que je ne t'ai jamais vue aussi radieuse ! Je ne sais pas si c'est grâce à Dylan ou à l'air de la campagne mais tu es splendide.

— Ce doit être à cause de ma grossesse.

— Pardon ?

— Oui, je l'ai appris juste avant de partir.

Elle prit Maddy par les épaules, les yeux brillant de joie.

— Je vais avoir un autre bébé ! s'exclama-t-elle avec enthousiasme.

— Mon Dieu, Abby… C'est génial ! Oh, je sens que je vais me mettre à pleurer. Comment Dylan a-t-il accueilli la nouvelle ?

— Je crois qu'il est encore sous le choc, répondit sa sœur en riant.

Elles s'assirent sur le lit et Abby prit les mains de Maddy dans les siennes.

— Nous avons l'intention de l'annoncer au cours du dîner de ce soir.

— Excellent ! En tout cas, il va falloir que tu commences à prendre soin de toi. Plus question de monter à cheval. Je dirai à Dylan d'y veiller.

— Ce ne sera pas nécessaire. Il me traite déjà comme si j'étais en porcelaine. Tu imagines comme cela peut me taper sur les nerfs, avec l'éducation que nous avons reçue !

— Tâche plutôt d'en profiter.

Maddy passa un bras autour des épaules de sa sœur et la serra contre elle.

— Oh, je suis si heureuse pour toi…

— Je sais. Mais ce n'est pas seulement de cela que je suis venue te parler. Parle-moi un peu de toi. Chantel m'a appelée et m'a dit que tu étais tombée raide amoureuse de quelqu'un.

— Cela ne m'étonne pas d'elle. Mais elle a un peu exagéré. Tu sais bien que ce n'est pas mon genre.

— Justement ! Qui est-ce ?

— Il s'appelle Reed Valentine.

— De Valentine Records ?

— Exact. Comment le sais-tu ?

— Je suis toujours en contact avec certaines personnes du monde des médias. De plus, Dylan a travaillé avec lui sur un livre qu'il a écrit, il y a quelque temps.

— C'est vrai. Reed m'en a parlé.

— Et alors ?

— Et alors rien… Je l'ai rencontré, je suis tombée amoureuse et je me suis rendue complètement ridicule.

Maddy avait essayé d'adopter un ton léger et détaché mais elle savait que sa sœur ne se laisserait pas duper aussi facilement.

— Quand tu as frappé à la porte, soupira-t-elle, j'étais assise devant le téléphone, en train de me demander s'il allait me rappeler ou non, comme une véritable adolescente…

— Il n'est jamais trop tard, répondit sa sœur. Après tout, tu n'as jamais vraiment eu d'adolescence.

— Crois-moi, je m'en passerais bien. C'est un type bien, Abby. Il est bon, prévenant et généreux. Mais il n'est même pas capable de s'en apercevoir lui-même.

— Raconte-moi comment vous vous êtes rencontrés.

Maddy s'exécuta, lui narrant ensuite en détail tout ce qui lui était arrivé depuis lors. Pas un instant, elle n'eut le sentiment de trahir la confiance de Reed. A ses yeux, parler à Chantel ou à Abby revenait à se parler à soi-même.

Sa sœur écouta calmement tandis que Maddy lui narrait son amour, les compromis qu'elle avait dû faire et le traumatisme qui avait marqué l'enfance de Reed et continuait à influencer sa vie aujourd'hui.

— C'est pour cela, conclut-elle, que quelle que soit l'intensité de mes sentiments pour lui, je ne peux changer sa façon de penser.

— Je suis désolée, soupira Abby en prenant sa sœur dans ses bras. Je sais combien ce doit être difficile pour toi. Mais je peux te dire une chose : si tu aimes quelqu'un suffisamment fort, de véritables miracles peuvent se produire. Dylan ne voulait pas tomber amoureux de moi, tu sais. Pas plus que je ne voulais tomber amoureuse de lui, d'ailleurs ! Etant donné nos histoires respectives, nous avions tous deux décidé que ce genre d'engagement n'était pas fait pour nous. C'était un choix logique et parfaitement légitime. Mais l'amour a une drôle de façon de balayer tout ce qui nous semble si important...

— C'est ce dont j'ai essayé de me convaincre, acquiesça Maddy. Le pire, c'est que je ne peux même pas en vouloir à Reed. Il a été honnête depuis le début : il m'a toujours dit qu'il ne voulait pas d'attaches, qu'il était incapable d'aimer, qu'il ne pouvait m'offrir ni mariage, ni promesses... En fait, c'est moi qui ai faussé la donne en refusant de jouer le jeu et en lui demandant plus.

— C'est toujours comme cela que les choses se passent, ma chérie. Les hommes traînent des pieds et les femmes les poussent à s'engager. Sans cela, une relation amoureuse n'aurait aucun sel! Allons, Maddy, où est passé ton proverbial optimisme?

— Je crois bien que je l'ai perdu.

— Alors il est temps de le retrouver, ma chérie. Cela ne te ressemble pas du tout de déprimer de cette façon et de ressasser des idées noires. Jusqu'à présent, tu t'es toujours battue pour obtenir ce que tu voulais jusqu'à ce que le vent tourne à ton avantage.

— Cette fois, c'est différent.

— Pas du tout! Tu sais que je n'ai jamais possédé cette forme de confiance en soi. J'avais toujours peur d'échouer ou de perdre ce que j'avais.

— Ne dis pas ça…

— C'est pourtant vrai. Mais, chaque fois que je me laissais aller, il me suffisait de penser à toi pour trouver le courage de m'accrocher. Alors ne me laisse pas tomber! Si tu l'aimes vraiment, tiens bon jusqu'à ce qu'il réalise qu'il t'aime, lui aussi.

— Encore faudrait-il que ce soit le cas.

— D'après ce que tu m'as dit, je crois que ça l'est, déclara Abby avec conviction. Tu prétends que Reed est un homme qui place sa liberté et son autonomie avant tout. Alors pourquoi te dirait-il qu'il a besoin de toi? Et, si c'est vrai, pourquoi n'a-t-il pas pris ses jambes à son cou? A mon avis, il est fou de toi. Mais il refuse de l'admettre.

Maddy sentit monter en elle un brusque regain d'espoir.

— D'accord, dit-elle, je m'accrocherai à cette idée tant qu'il me restera la moindre chance de le convaincre.

— Très bien ! Crois-moi, en matière de relations amoureuses, j'ai connu ce qu'il y avait de meilleur et de pire. Et je suis aujourd'hui persuadée que l'essentiel, c'est de ne jamais baisser les bras. En attendant, habille-toi et allons fêter dignement la création de cette pièce !

Reed laissa le téléphone sonner une bonne douzaine de fois avant de raccrocher. Jetant un coup d'œil à sa montre, il réalisa qu'il était minuit passé. Où était-elle donc passée ? Pourquoi n'était-elle pas couchée à cette heure ? Elle aurait dû dormir, se reposer en attendant le grand jour.

Maddy était une vraie professionnelle. Elle s'entraî-nait sans relâche et se soumettait à un régime physique et alimentaire draconien. Alors pourquoi n'était-elle pas au lit ?

Reed se mit à faire les cent pas dans son appartement, sentant monter en lui un mélange de suspicion et de jalousie qui ne lui était pas familier. Maddy était à Philadelphie, songeait-il, à des kilomètres de là, au milieu de danseurs à la moralité parfois très élastique.

Elle avait très bien pu s'accorder une petite faiblesse avec l'un d'entre eux. D'autant que Reed lui avait répété à l'envi qu'ils n'avaient aucun droit l'un sur l'autre, qu'ils étaient libres. Peut-être avait-elle décidé d'en tirer les conséquences…

Cette simple idée lui donnait la nausée. N'était-ce pas elle qui ne cessait de lui parler d'amour, d'engagement et de confiance ? Alors pourquoi ne répondait-elle pas au téléphone ?

Il se rappela brusquement la déception qu'il avait lue dans ses yeux lorsqu'il lui avait annoncé qu'il ne serait peut-être pas présent, le jour de la première. La réunion s'était déroulée exactement comme il l'avait espéré. Mais il devait rester à New York pour en gérer les conséquences.

Car maintenant que l'enquête était ouverte, le scandale ne tarderait pas à être médiatisé et retomberait sur toutes les maisons de production et tous les labels, qu'ils soient ou non mis en cause.

Dès le lendemain, des dizaines de journalistes, de responsables de radios, d'avocats et d'employés chercheraient à entrer en contact avec lui. Il ne pouvait pas se permettre de tout plaquer juste pour assister à la première d'une comédie musicale.

Décrochant le téléphone, il enfonça la touche de rappel d'un geste rageur. Tandis que la sonnerie retentissait dans son oreille, il songea qu'il ne s'agissait pas de n'importe quelle comédie musicale. C'était la sienne, celle que son entreprise avait produite et financée.

Bien sûr, son père serait sur place. Mais il n'occupait qu'une fonction symbolique au sein de l'entreprise. Reed était le président-directeur général de Valentine Records... N'aurait-il pas dû se trouver là-bas pour soutenir ce projet dans lequel il avait investi plusieurs dizaines de millions de dollars ?

Au fond, cela n'avait aucune importance. La seule chose qui comptait vraiment à ses yeux, en cet instant, c'était le fait que Maddy ne décrochait pas ce maudit téléphone et que cela le rendait fou.

Passant une main dans ses cheveux, Reed réalisa qu'il était en train de se comporter comme un imbécile. Tentant de recouvrer un semblant de calme, il se dirigea vers le bar et se servit un whisky. C'est alors qu'il aperçut le philodendron que lui avait confié la jeune femme.

Les feuilles jaunes étaient tombées depuis long-temps mais de petites pousses vertes avaient fait leur apparition au bout de ses branches. S'approchant de la plante, il la caressa du bout des doigts, admirant sa résistance et son entêtement à survivre. Il avait suffi de quelques soins et d'un peu d'attention pour qu'elle échappe au dépérissement.

Si seulement les choses avaient été aussi simples entre Maddy et lui...

Maddy dormait profondément lorsqu'elle fut réveillée par quelqu'un qui frappait à sa porte. Elle se retourna dans son lit en bougonnant, bien décidée à ignorer l'importun. Mais il continua à frapper sans se laisser démonter.

La jeune femme finit par émerger complètement du sommeil et jeta un coup d'œil au réveil qui trônait sur sa table de nuit. Etouffant un bâillement, elle réalisa qu'il était un peu plus de 3 heures du matin. Il lui restait encore beaucoup de temps avant que l'ultime répétition ne débute.

— J'arrive ! cria-t-elle avec humeur.

Il s'agissait probablement d'un danseur victime d'une crise d'angoisse, songea-t-elle. Mais si tel était le cas, elle se contenterait de le renvoyer dans sa chambre en lui conseillant de prendre un bon somnifère. Elle était bien trop fatiguée pour jouer les mères poules à une heure si avancée de la nuit.

Allumant sa lampe de chevet, Maddy se redressa et enfila sa robe de chambre avant d'aller ouvrir. Sur le seuil, elle eut la stupeur de découvrir Reed, vêtu d'un de ses éternels costumes.

— Reed! s'exclama-t-elle en se jetant dans ses bras, à présent complètement réveillée. Je ne pensais pas que tu viendrais!

Elle l'embrassa avec passion, sentant une joie immense la submerger.

— Mais pourquoi arrives-tu au beau milieu de la nuit? lui demanda-t-elle, étonnée.

— Je peux entrer?

— Bien sûr, répondit-elle en s'écartant pour le laisser passer.

Il pénétra dans la pièce qu'il parcourut du regard avant de déposer le sac qu'il portait sur l'une des chaises.

— Quelque chose ne va pas? s'enquit Maddy en avisant l'air sombre qu'il arborait. Mon Dieu, ne me dis pas qu'il est arrivé quelque chose à ton père...

— Non, il va bien. Il devrait arriver demain matin.

— Alors qu'est-ce qui ne va pas?

— Tout va bien.

Reed s'avança dans la chambre, remarquant la façon dont Maddy se l'était déjà appropriée. Il reconnut certains de ses vêtements jetés sur le canapé ou à même le sol et une paire de chaussons de danse qui avaient roulé au pied du lit.

Sur la commode était disposé un grand nombre de ces articles de maquillage qu'elle affectionnait tant. L'un d'eux s'était apparemment renversé, déposant une fine traînée de poudre blanche qu'elle n'avait pas pris la peine d'essuyer. Il y traça un sillon du bout des doigts.

— Je n'ai pas réussi à te joindre, ce soir, dit-il enfin.

— C'est parce que je dînais avec...

— Tu ne me dois aucune explication, coupa-t-il un peu sèchement.

Maddy fronça les sourcils et écarta une mèche de cheveux, prise de court par cette marque de froideur. Puis elle se rasséréna. La seule chose qui comptait, c'était que Reed avait dû faire près de deux heures de route pour lui rendre une visite surprise en pleine nuit.

— Tu es venu me voir à cette heure juste parce que je n'avais pas répondu au téléphone ? s'exclama-t-elle. Jamais je n'aurais cru cela de toi... C'est la chose la plus gentille que l'on ait jamais faite pour moi, tu sais.

L'éclair de culpabilité qui passa dans les yeux de Reed n'échappa pas à la jeune femme et elle réalisa ce qui s'était réellement passé.

— Tu pensais que j'étais avec quelqu'un d'autre, murmura-t-elle, sentant son plaisir refluer brusquement pour laisser place au désespoir. Tu pensais que je passais la nuit avec un autre homme et tu es venu t'en assurer, n'est-ce pas ?

Une sensation nauséeuse la submergea.

— Je suis désolée de te décevoir, ajouta-t-elle en désignant son lit vide.

Ses yeux commençaient déjà à se remplir de larmes et Reed fit un pas vers elle.

— Je t'en prie, Maddy, plaida-t-il. Ce n'est pas ce que tu crois... Enfin, peut-être en partie. Mais, de toute façon, c'était ton droit le plus strict...

— Mon droit ? répéta-t-elle, comme sonnée.

Elle s'assit au bord du lit, incapable de dominer les sanglots qui la secouaient à présent.

— Va-t'en, Reed ! lui dit-elle. Maintenant que tu as satisfait ta curiosité, fiche le camp. J'ai besoin de dormir.

— Je sais, acquiesça-t-il en s'asseyant auprès d'elle. C'est pour cela que je me suis posé des questions en voyant que tu ne rentrais pas... Et je reconnais que je me suis fait des idées. C'était idiot de ma part, Maddy. Je n'ai aucun droit sur toi.

— Tu n'es qu'un imbécile.

— Je sais cela aussi. Mais laisse-moi au moins t'expliquer ce que j'ai ressenti. J'ai commencé par te soupçonner et c'est sans doute impardonnable. Mais, ensuite, je me suis demandé s'il ne t'était pas arrivé quelque chose de plus grave. Et c'est seulement à ce moment-là que j'ai décidé de venir.

— C'est ridicule, protesta la jeune femme. Qu'aurait-il bien pu m'arriver ?

— N'importe quoi... En tout cas, je voulais être certain que tu allais bien.

La colère de la jeune femme refluait lentement, remplacée par une profonde incertitude.

— Et que comptes-tu faire, maintenant que tu t'en es assuré ? lui demanda-t-elle.

— Cela dépend de toi, je suppose.

— Non. Cette fois, c'est à toi de me dire ce que tu attends de moi. Regarde-moi dans les yeux et dis-moi ce que tu veux.

— C'est toi que je veux, Maddy. Je veux rester avec toi. Pas pour faire l'amour, juste pour être là...

La jeune femme hésita. Elle aurait pu se draper dans sa dignité, l'accuser d'être un véritable paranoïaque et le repousser. Mais elle leur aurait fait du mal à tous les deux et, au fond, ce n'était pas ce qu'elle voulait.

— Tu veux dire que tu n'as pas envie de faire l'amour avec moi ? demanda-t-elle en souriant.

— Oh, si ! s'exclama-t-il avec passion. J'en ai envie

jour et nuit. Je ne cesse de penser à toi, Maddy. C'est devenu une véritable obsession. Mais je sais que la première de ta pièce a lieu demain et que tu as besoin de sommeil.

— Je vois. Monsieur a peur pour son investissement, répondit-elle en riant.

Lentement, elle commença à détacher les boutons de sa chemise, révélant son torse qu'elle couvrit de petits baisers.

— Oui, lui dit alors Reed. J'ai peur pour toi, Maddy…

— Tu n'as pas à avoir peur. Fais-moi confiance. Au moins pour cette nuit…

11

Le lendemain matin, Maddy s'accorda une grasse matinée. Lorsqu'elle se leva enfin, vers 11 heures, elle se sentait pleine d'énergie, capable d'affronter toutes les difficultés de l'existence. Dans quelques heures, songea-t-elle, le moment tant attendu arriverait enfin.

Reed et elle commandèrent un petit déjeuner qu'ils prirent dans leur chambre. Puis, lorsqu'ils se furent douchés et habillés, la jeune femme insista pour qu'il l'accompagne jusqu'au théâtre. Ils prirent donc la BMW de Reed qui était infiniment plus confortable que la petite Jeep louée par Maddy.

— Je croyais que tu ne devais y être que tard dans l'après-midi, remarqua Reed tandis qu'ils progressaient lentement au sein de la circulation très dense du centre-ville.

— C'est aujourd'hui que tout se joue, répondit-elle.

— Ce soir, tu veux dire ?

— Pendant toute la journée. Les techniciens vont installer les lumières, le décor et les accessoires. Ils vont vérifier le système de sonorisation et effectuer la balance. S'ils commettent la moindre erreur, le spectacle en pâtira. Tourne à droite...

Reed s'exécuta et ils se retrouvèrent dans la grande avenue qui menait au théâtre.

— Je ne savais pas que les acteurs étaient concernés par l'aspect technique de la production, remarqua Reed, surpris.

— J'aime bien assister à la préparation, répondit Maddy tandis qu'ils pénétraient dans le parking du théâtre. C'est comme prendre la température de l'eau avant de plonger. Cela m'aide à trouver mes marques, à mieux me représenter la scène et la salle… Il y a une place juste là, ajouta-t-elle en désignant un étroit espace libre. Tu crois que la voiture tiendra ?

— Sans problème, affirma Reed avant de manœuvrer habilement.

— Génial ! s'exclama la jeune femme avec fougue. Tu sais, je suis vraiment heureuse que tu sois venu, Reed !

— Tu me l'as déjà dit une bonne dizaine de fois depuis que j'ai ouvert les yeux, remarqua-t-il en riant. Je crois que j'aurais mieux fait de te convaincre de rester au lit et de te reposer. Tu es survoltée.

— C'est toujours le cas, les jours de première. Si j'étais détendue, ce serait mauvais signe… En tout cas, je suis contente que tu aies l'occasion de voir par toi-même ce dans quoi tu as investi tant d'argent. Je sais que tu t'intéresses plus à la production qu'au résultat final, et c'est l'occasion inespérée de voir comment fonctionne une comédie musicale.

Amusé par l'enthousiasme de la jeune femme, Reed la suivit à l'intérieur du bâtiment. Elle adressa un petit signe de la main à l'agent de sécurité avant de s'engouffrer dans l'un des couloirs réservés au personnel. Reed perçut le son étouffé d'une scie électrique et de plusieurs voix.

Puis Maddy poussa une double porte et ils découvrirent la grande salle du théâtre. De nombreuses personnes s'activaient un peu partout, certaines donnant des ordres et d'autres les exécutant dans ce qui semblait être à Reed une confusion totale.

A les voir, il n'aurait jamais pu imaginer que le lever de rideau n'aurait lieu que quelques heures plus tard. Il avisa même un groupe de machinistes qui buvaient tranquillement le café en échangeant des plaisanteries.

Sur la scène, un homme équipé d'un talkie-walkie faisait de grands gestes en direction d'une des cabines de la régie. Un rond de lumière apparut et il traversa la scène, suivi par le projecteur.

— C'est le chef éclairagiste, précisa Maddy en suivant le regard de Reed. Tu as déjà dû le rencontrer.

— Brièvement, en effet.

— Il doit régler un par un les projecteurs et les poursuites, expliqua la jeune femme. Bien sûr, il ne s'occupe que des lumières de l'avant-scène. C'est son assistant qui se chargera des autres.

— Combien de projecteurs y a-t-il ?

— Des dizaines.

— Et la pièce commence à 20 heures ! N'auraient-ils pas mieux fait de s'en occuper avant ?

— Ils ne pouvaient pas. Jusqu'à hier soir, la scène était utilisée par une autre troupe. Mais ne t'en fais pas ! Il a l'habitude. Quoi qu'il arrive, le spectacle commencera à 20 heures.

Reed hocha la tête et se détourna. Partout, il apercevait des caisses métalliques dans lesquelles étaient enroulées des centaines de mètres de câbles. Que quelqu'un puisse les distinguer les uns des autres lui paraissait relever du miracle.

— Viens, lui dit Maddy en le tirant par la manche.
Je vais te montrer l'étage supérieur. C'est là que c'est
le plus intéressant.

Maddy traversa la salle et le conduisit sur la scène
par une petite volée de marches. De là, ils passèrent en
coulisses. Reed la suivit, évitant précautionneusement
les rouleaux de câbles, les échelles et les boîtes contenant
divers accessoires. Des dizaines de fils électriques et
de cordes pendaient du plafond.

— Mademoiselle O'Hurley ! s'exclama un des techniciens qui était occupé à fixer un boîtier électrique.
Vous avez une mine superbe !

— C'est gentil, Paul. Tâchez de me faire une belle
lumière pour que les spectateurs s'en rendent compte.

— Ne vous en faites pas. Tout sera parfait !

Ils poursuivirent leur chemin jusqu'à un escalier qui
s'enfonçait dans les profondeurs du théâtre.

— C'est le seul moyen de passer d'un bord à l'autre
de la scène, expliqua Maddy.

— Est-ce que ce sera mieux rangé pendant les
représentations ? demanda Reed, curieux.

— Ce sera encore pire. Bienvenue dans le petit
monde du théâtre ! C'est par-là…

Après avoir suivi un étroit couloir qui courait
sous la scène, ils montèrent l'escalier qui permettait
d'accéder de l'autre côté. Là, d'autres cordes pendaient
de toute part, certaines supportant de lourds sacs de
sable. Reed avait l'impression de se trouver sur un
bateau et il commençait à se demander s'il y avait à
bord un capitaine capable de les sortir de la tempête
qui faisait rage.

Dans un coin était dressée une petite table couverte
de papiers maintenus en place par un cendrier qui

débordait de mégots. Une odeur de cigarette et de sueur flottait dans l'atmosphère confinée.

— C'est d'ici qu'on manipule tous les éléments de décor, lui indiqua Maddy. Chacune de ces cordes permet de déplacer un rideau ou une partie du décor. Tout fonctionne par un système de contrepoids.

— D'où les sacs de sable ?

— Exactement. Imagine que le rideau à lui seul pèse plus de deux cent cinquante kilos !

— Incroyable… Mais comment font-ils pour savoir quelle corde correspond à ce qu'il faut déplacer ?

— Il y a des étiquettes sur chacune d'entre elles mais le plus rapide, c'est de tout apprendre par cœur. De cette façon, ils ne perdent pas de temps. Entre les actes, cela devient vital.

— Comment se fait-il que tu saches tout cela ?

— J'ai passé presque toute ma vie dans des théâtres, lui rappela-t-elle. Suis-moi !

Elle s'enfonça dans la forêt de cordages et Reed lui emboîta le pas, de plus en plus sidéré par ce qu'il découvrait. Maddy emprunta un nouvel escalier, les menant à une passerelle située au-dessus de la scène. Là étaient installées des rangées de projecteurs. Un technicien se trouvait près de l'un d'eux et en réglait l'intensité au moyen de gélatines de couleur.

— Il prépare l'éclairage de l'endroit où je me tiendrai dans la scène trois de l'acte un.

— Si je ne te connaissais pas, je dirais que tu es nerveuse, remarqua Reed.

— Pas seulement nerveuse, corrigea-t-elle. Je suis terrifiée…

— Je ne comprends pas. Tu sais très bien ce dont tu es capable, pourtant.

— Je sais ce que j'ai déjà fait, acquiesça-t-elle. Mais je n'ai encore jamais joué cette pièce-ci et, en ce moment, c'est la seule qui compte. Ce soir, lorsque le rideau se lèvera, ce sera exactement comme si je dansais pour la première fois. Oh, regarde ! ajouta-t-elle en désignant les tribunes. C'est ton père. Il discute avec le directeur du théâtre. Tu devrais peut-être les rejoindre.

— Je préfère rester avec toi, répondit Reed.

Réalisant ce qu'il venait de dire, il frissonna malgré lui. Depuis qu'il avait rejoint Maddy à Philadelphie, il avait effectivement l'impression que sa place était à ses côtés. De jour en jour, la jeune femme prenait une place plus importante dans sa vie. Et cette idée l'effrayait.

— Tiens, voilà ma famille, remarqua alors Maddy qui était toujours accoudée à la passerelle.

Elle passa un bras autour de la taille de Reed, et il se raidit. Le naturel avec lequel elle avait accompli ce geste lui confirmait encore à quel point tous deux étaient devenus proches.

Et chaque minute passée en sa compagnie contribuait à renforcer ce lien. Combien de temps s'écoulerait-il encore avant que leurs vies soient si intimement intriquées que toute séparation soit impossible ?

— Tu vois l'homme très mince qui discute avec l'un des charpentiers ? lui demanda alors Maddy, le tirant de ses sombres réflexions. C'est mon père ! Il serait parfaitement capable de superviser tous les aspects techniques du spectacle : les lumières, les accessoires, les décors… En fait, il pourrait probablement diriger ou régler la chorégraphie mais cela ne l'a jamais tenté. Il n'a jamais pu vivre loin des feux de la rampe.

Dans la voix de Maddy, Reed percevait le même

mélange d'amour et d'admiration que lui inspirait son propre père.

— Tel père, telle fille, on dirait…

— J'espère que c'est vrai. Les gens disent souvent que je lui ressemble. Tiens, regarde la femme qui se tient à sa gauche. C'est ma mère. Et à côté d'elle, le petit garçon est mon neveu, Chris. Hier, il a décidé qu'il voulait devenir éclairagiste parce qu'ils ont le droit d'utiliser l'ascenseur qui mène à la passerelle. Derrière, c'est ma sœur, Abby.

Reed plissa les yeux, détaillant la jeune femme aux cheveux blonds que Maddy venait de lui indiquer. Il se dégageait d'elle une étonnante impression de calme et de sérénité, au milieu du chaos qui régnait dans le théâtre.

Elle posa alors la main sur l'épaule d'un autre garçon et désigna la partie des gradins la plus proche de la scène.

— Je suppose qu'elle lui montre où ils seront assis, ce soir. Mais je crois qu'il est beaucoup plus excité à l'idée de visiter New York. Dylan doit y rencontrer son éditeur et il compte les emmener là-bas.

Reed reconnut l'écrivain avec lequel il avait travaillé. Il discutait avec Chris et finit par le hisser sur ses épaules. L'enfant poussa un petit cri de joie qui résonna à travers la salle.

— Ce sont des enfants adorables, murmura Maddy.

Elle s'interrompit aussitôt, avisant le regard de Reed. Mieux valait ne pas aborder le sujet devant un homme que toute forme d'engagement paraissait rebuter, songea-t-elle avec une pointe de résignation.

— Allons leur dire bonjour, reprit-elle pour faire diversion.

Comme ils regagnaient la scène, les techniciens firent lentement descendre un rideau constitué de milliers de perles multicolores qui renvoyaient la lumière des projecteurs en faisceaux chatoyants, presque hypnotiques.

— Ça en jette, n'est-ce pas ? dit-elle en riant.

— C'est le moins qu'on puisse dire.

— Il sert pendant la scène du rêve, expliqua-t-elle. Lorsque j'imagine que je suis ballerine et non strip-teaseuse et que je me jette dans les bras de Jonathan... Je suppose que c'est toute la beauté du théâtre : on peut même y réaliser ses rêves.

Comme ils approchaient du petit groupe, Maddy entendit la voix de son père.

— Valentine ! s'exclamait-il en serrant avec effusion la main d'Edwin. Si j'avais su que nous nous retrouverions en un jour comme celui-là ! Ma fille m'a dit que c'était vous la fée qui s'était penchée sur le berceau de cette pièce.

Avec un sourire ravi, Frank assena une claque sur l'épaule du père de Reed.

— Ça fait un bail, pas vrai ?

— Trop longtemps ! s'exclama Edwin en riant. Beaucoup trop longtemps ! Mais vous n'avez pas pris une ride.

— Ce doit être l'âge qui fait baisser votre vue.

— Molly ! fit Edwin en embrassant la mère de Maddy. Vous êtes toujours aussi radieuse.

— Tu vois que ses yeux vont parfaitement bien, Frank, déclara Molly en lui rendant son étreinte. Je suis vraiment heureuse de vous revoir.

— Vous savez que je n'ai jamais pu oublier ces nuits que j'ai passées dans votre chambre d'hôtel, Frank...

Je repense souvent à vous et à votre femme et j'avoue qu'il m'est arrivé de vous envier.

— Allons, Edwin. J'ai cru comprendre que la vie ne vous avait pas si mal traité. Mais, dites-moi, est-ce que vous vous souvenez d'Abby ?

— Vous êtes donc l'une des sœurs de Maddy, s'exclama Edwin en l'embrassant à son tour. Mon Dieu, quand je pense que vous étiez si petite…

En riant, Abby s'effaça pour présenter Dylan.

— Dylan, voici M. Valentine, un vieil ami de mes parents. Edwin, voici Dylan Crosby, mon époux.

— Crosby ? J'ai lu plusieurs de vos ouvrages. Je crois que vous avez travaillé avec mon fils.

— Effectivement. Mais je pense que vous n'étiez pas à New York, à cette époque, et nous ne nous sommes jamais croisés.

— Je suppose que ce sont vos enfants, remarqua Edwin avant de se pencher vers les deux garçons. Comment allez-vous ? ajouta-t-il en leur serrant la main chacun à leur tour. Vous voyez, Frank ? Ceci prouve une nouvelle fois que vous êtes l'homme le plus heureux du monde.

— Et ce n'est pas fini ! Abby sera de nouveau maman, l'hiver prochain.

— Félicitations ! En tout cas, vous serez tous les bienvenus à ma table si vous n'avez rien de prévu après le spectacle.

— Nous sommes des O'Hurley, affirma joyeusement Frank. Aucun de nos plans ne saurait être immuable. Mais puisque vous avez fait connaissance avec toute la famille, dites-moi comment se porte votre fils, Edwin.

— Il va bien… Tenez, le voilà justement, avec votre fille.

Frank se retourna et avisa effectivement Maddy qui tenait par la main un homme de haute stature et à l'élégante prestance. Dans les yeux de sa fille, il perçut un mélange de douceur, de joie et d'inquiétude. Il avait trop d'expérience pour ne pas deviner instantanément ce que cela signifiait.

Molly dut le sentir également et glissa sa main dans la sienne, comme pour atténuer la mélancolie qui l'envahissait. Pendant qu'Edwin faisait les présentations, Frank ne quitta pas Reed des yeux. S'il était l'homme que Maddy avait choisi, il devait s'assurer qu'elle n'était pas en train de commettre une erreur.

— Vous êtes donc le nouveau gérant de Valentine Records, lui dit-il lorsqu'ils se furent serré la main. J'ai entendu dire que vous vous en sortiez plutôt bien.

— J'aime à le penser.

Reed observa l'homme qui se tenait devant lui. De petite taille, il était mince et nerveux. Rien ne paraissait échapper à son regard bleu et perçant. Il ne ressemblait guère à Maddy mais Reed crut percevoir en lui quelque chose de familier. Il avait presque l'impression de le connaître déjà.

— Diriger une compagnie de cette envergure requiert beaucoup d'habileté, reprit Frank. Et un investissement de tous les instants, je suppose. Vous n'êtes pas marié, n'est-ce pas ?

Reed ne put s'empêcher de sourire. Visiblement, Frank avait deviné qu'il existait quelque chose entre Maddy et lui et entendait le sonder.

— Non, répondit-il.

— Vous ne l'avez jamais été ?

— Papa, est-ce que je t'ai dit qu'ils avaient changé l'une des transitions du spectacle ? intervint Maddy.

Elle l'entraîna à part, hors de portée de voix.

— Mais qu'est-ce que tu fabriques ? s'exclama-t-elle alors.

— Je ne vois pas de quoi tu parles, ma chérie, répondit Frank avec un sourire faussement innocent. Tu sais que tu es splendide !

— Ce genre de flatterie ne suffira pas à faire diversion ! protesta-t-elle. Arrête de le passer au gril de cette façon, papa. Ce n'est pas très discret.

— Je te rappelle que tu es ma fille, Maddy. Et, qu'à ce titre, j'ai parfaitement le droit de veiller sur toi lorsque je suis dans les parages.

— Papa…, soupira Maddy. Dis-moi, penses-tu m'avoir bien élevée ?

— Comment peux-tu me poser la question ?

— Dirais-tu que je suis une femme raisonnable et responsable ?

— Evidemment ! Et je suis prêt à corriger le premier qui prétendra le contraire.

— Bien, acquiesça-t-elle. Alors fiche-moi la paix et laisse-moi m'occuper de mes affaires.

Sur ce, elle déposa un petit baiser sur la joue de son père et rejoignit les autres.

— Je sais que vous avez tous des choses à faire, cet après-midi, déclara-t-elle. Alors je vais vous laisser et aller répéter quelques enchaînements.

Maddy commença par s'échauffer soigneusement. Elle ne pouvait se permettre une blessure le jour même de la première. Procédant avec méthode, elle étira donc chacun de ses muscles. Elle était seule dans la salle de répétition et les bruits qui lui parvenaient de l'extérieur étaient étouffés.

Elle reconnut le ronronnement de la machine à laver dans la salle de la costumière, le bruit de la porte du Frigidaire de la petite cuisine réservée aux techniciens et les voix de deux éclairagistes qui discutaient dans le couloir. Faisant abstraction de ces sons, elle se concentra sur les miroirs qui lui faisaient face.

C'était Macke qui avait eu l'idée d'introduire la séquence du rêve dans la pièce et de la chorégraphier comme un ballet classique. Lorsque Maddy l'avait appris, elle était allée le trouver et lui avait avoué qu'elle n'avait pas pratiqué ce style depuis plus de six mois.

Il s'était contenté de lui répondre que ce n'était pas son problème et qu'elle n'avait qu'à s'entraîner. Elle avait donc pris le chorégraphe au mot et s'était inscrite à un cours de danse classique pour travailler ses pointes.

Cela avait singulièrement alourdi son emploi du temps déjà surchargé mais elle espérait qu'aujourd'hui, elle en tirerait profit. Bien sûr, elle avait répété des centaines de fois ce passage mais c'était toujours celui qui la faisait douter et qu'elle n'était pas certaine de maîtriser à la perfection.

Pourtant, elle n'aurait pas droit à l'erreur. Pendant quatre interminables minutes, elle serait seule sur scène, éclairée par le rideau de perles multicolores, exposée à tous les regards…

Maddy glissa le disque dans la platine et enclencha la touche de lecture. Elle se plaça devant les miroirs et attendit que la musique commence, les mains posées sur ses épaules.

Lorsque les premières notes se firent entendre, elle se dressa lentement en pointes et s'élança.

Pirouette.

Elle était Mary, à présent, plongée dans son rêve.

Jeté, bras étendus.

Il fallait que chacun de ses gestes paraisse détendu, comme si elle flottait. Ni la tension de ses muscles ni la fatigue ne devraient être perceptibles. Elle était à présent une illusion. Fluide comme de l'eau…

Tour fouetté.

Tour fouetté.

Grand battement.

Arabesque.

A ce moment, Jonathan était censé la rejoindre pour entamer un pas de deux.

La jeune femme se détendit, laissant ses bras retomber lentement le long de son corps et ses muscles se détendre. Elle ne pouvait aller plus loin sans partenaire. Se dirigeant vers la chaîne, elle coupa la musique et se prépara à recommencer.

— Je ne t'avais jamais vue danser comme ça, fit une voix derrière elle.

La jeune femme se retourna brusquement, découvrant Reed qui se tenait sur le seuil.

— Ce n'est pas trop mon style, acquiesça-t-elle. Je ne savais pas que tu étais toujours là.

— Franchement, tu ne cesses de me surprendre, déclara Reed. Si je ne te connaissais pas, je jurerais que je suis tombée sur une ballerine en train de répéter un ballet.

— Tu exagères ! protesta-t-elle en riant. Entre quelques mouvements de danse classique et le *Lac des Cygnes*, il y a un monde.

— Mais je suis sûr que tu serais capable de l'interpréter si tu le voulais vraiment.

Reed prit la serviette que la jeune femme avait posée sur la barre et lui épongea doucement le visage.

— Je n'en suis pas certaine. Je n'ai pas la discipline nécessaire. Je crois que je serais bien capable de me lancer dans un solo de claquettes au beau milieu de *La Belle au bois dormant*.

— Tant pis ! Le malheur de la danse classique fait le bonheur de Broadway.

— Continue à me remonter le moral. J'en ai vraiment besoin.

— Maddy, le spectacle commence dans deux heures. Si tu continues, tu seras épuisée avant même le lever de rideau.

— Aujourd'hui, je crois que j'ai assez d'énergie pour enchaîner trois spectacles de suite.

— Est-ce que tu comptes manger quelque chose ?

— J'ai entendu dire que les techniciens avaient préparé un goulasch. J'en prendrai un peu vers 16 ou 17 heures.

— Je voulais te proposer un bon dîner au restaurant…

— Je suis vraiment désolée, Reed, mais ce n'est pas possible. Pas avant une première. Par contre, si tu veux, nous pourrions aller souper après la pièce.

— C'est d'accord, acquiesça-t-il en lui prenant les mains.

Elles étaient glacées, et il fronça les sourcils.

— Maddy, es-tu vraiment toujours aussi tendue avant une première ?

— Toujours.

— Même si tu sais que le spectacle fera un tabac ?

— Seulement si je suis à la hauteur. Et, pour cela, il faut que je travaille dur et que je reste concentrée.

Rien de ce qui vaut vraiment la peine ne peut s'obtenir facilement.

— Sans doute pas, concéda Reed.

Il savait pertinemment qu'elle ne parlait plus simplement de théâtre.

— Tu crois vraiment qu'en travaillant suffisamment dur et en croyant suffisamment fort à quelque chose, on obtient toujours ce que l'on veut ?

— Oui.

— Et c'est valable pour nous deux ?

— Oui.

— Même si toutes les chances sont contre nous ?

— Ce n'est pas une question de chance, Reed. Mais de personnes…

Reed resta silencieux, partagé entre l'espoir qu'elle lui faisait miroiter et la peur qui l'habitait toujours.

— J'aimerais être aussi optimiste que toi, soupira-t-il. J'aimerais pouvoir croire aux miracles.

— Moi aussi, murmura la jeune femme, sentant une profonde tristesse l'envahir.

Durant quelques instants, elle avait presque cru qu'il avait compris…

— Le mariage est une chose importante pour toi, n'est-ce pas ?

— Oui. Parce qu'il symbolise l'engagement de deux êtres qui veulent vivre ensemble. J'ai été élevée dans cette conviction et je la partage. Mais le mariage n'est pas une fin en soi : c'est le commencement d'une aventure.

— Ce n'est qu'un contrat, articula Reed plus pour lui-même que pour elle. Un simple morceau de papier qui ne lie pas vraiment ceux qui le signent. Si c'est important pour toi, je suis prêt à le faire…

Sidérée, Maddy le contempla sans comprendre. Etait-il en train de la demander en mariage ?

— Qu'est-ce que tu dis ? demanda-t-elle.

— Que je suis prêt à me marier avec toi. Nous obtiendrons une licence, signerons les papiers et remplirons les formalités nécessaires…

— Les formalités ? répéta-t-elle à mi-voix. Une licence ? C'est donc tout ce que cela représente, pour toi ?

— C'est juste un contrat, répéta-t-il comme pour s'en convaincre. Je ne sais pas exactement ce que dit la loi à ce sujet mais je suppose que nous pourrions rentrer à New York lundi pour nous en occuper. Tu seras de retour pour la représentation de mardi…

— Et, de cette façon, nous éviterons de chambouler nos emplois du temps, ajouta-t-elle avec une pointe de cynisme. Ecoute, Reed, j'apprécie vraiment ton offre mais je crois que je vais la décliner.

Sur ce, elle appuya sur le bouton de lecture et la musique reprit au commencement.

— Qu'est-ce que tu racontes ? protesta Reed en la prenant par le bras avant qu'elle n'ait pu se mettre en position.

— Que je ne suis pas intéressée par ta proposition. Maintenant, excuse-moi mais je dois travailler.

Elle avait parlé d'une voix glaciale et Reed sentit son angoisse monter d'un cran.

— Mais tu voulais te marier et je suis d'accord, s'exclama-t-il. Que te faut-il de plus ?

Maddy lui fit face, les yeux brillant de colère.

— Il me faut beaucoup plus que cela, articula-t-elle. Bien plus que ce que tu n'es prêt à me donner, apparemment. Je ne veux pas d'un bout de papier. Je ne veux pas d'un mariage accordé du bout des lèvres comme on jette un os à un chien trop gourmand ! Je n'ai pas besoin de tes faveurs, Reed. Alors va te faire voir une bonne fois pour toutes !

— Mais je ne voulais pas…

— Je sais très bien ce que tu veux, l'interrompit-elle violemment. Je ne le sais que trop. Tu te dis que le mariage n'est qu'un contrat et qu'en cas de besoin, tu pourras toujours te dédire. Qui sait ? Tu voudras peut-être même rajouter une clause de sauvegarde pour être certain que, si les choses commencent à sentir le vinaigre, nous pourrons nous séparer sans attendre. Ce n'est pas un mariage, c'est une farce ! Et je n'en veux pas !

— Maddy, plaida-t-il, je t'assure que je n'avais pas réfléchi à la question avant de venir te voir. Cela m'est venu comme ça… Dis-moi ce que tu veux. Si je dois mettre un genou à terre ou t'offrir une bague pour que tu acceptes, je le ferai.

— Je suis fatiguée de t'expliquer sans cesse ce que je veux, Reed, soupira-t-elle d'un air distant. Tâche plutôt de te demander ce que toi, tu veux. Ce que tu attends de la vie… Mais maintenant, laisse-moi tranquille. Je dois monter sur scène dans quelques heures et tu m'as déjà rendu les choses déjà bien assez difficiles comme cela.

Sur ce, Maddy revint au début du morceau et commença à danser. Lorsque Reed finit par quitter la pièce, elle ne s'arrêta pas, malgré les larmes qui coulaient le long de ses joues et brouillaient sa vision.

12

Lorsque Reed redescendit, il croisa son père.

— Je viens de parler avec le régisseur, annonça Edwin. Il m'a dit que toutes les places étaient vendues. La salle sera comble, ce soir. Et, apparemment, il ne reste plus beaucoup de tickets pour le reste de la semaine. Je voulais le dire à Maddy pour lui donner le moral. Elle est toujours là-haut ?

— Oui, répondit Reed en s'efforçant de dissimuler le mélange de frustration et de détresse qui l'habitait en cet instant. Mais laisse-lui un peu de temps. Elle travaille un enchaînement.

— Je vois. Suis-moi.

Edwin gagna le bureau désert du régisseur et Reed le suivit. Lorsqu'ils furent à l'intérieur, son père referma la porte derrière eux.

— Autrefois, lorsque tu avais des ennuis, tu venais toujours m'en parler, dit-il gravement.

— J'ai atteint un âge où il vaut mieux savoir résoudre seul ses propres problèmes, répondit Reed d'un air sombre.

— C'est vrai. Mais cela ne veut pas dire pour autant que tu doives les garder pour toi...

Edwin alluma un cigare et attendit patiemment que son fils se décide.

— J'ai demandé Maddy en mariage.

Un large sourire éclaira le visage de son père.

— Attends, l'arrêta Reed. Les choses ne se sont pas passées exactement comme tu as l'air de le croire. Elle a refusé tout net.

— Maddy a refusé ? s'exclama Edwin, incrédule. Je ne comprends pas…

— Je lui ai demandé quand elle voulait signer les papiers et régler toutes les formalités mais elle a décliné ma proposition.

— Les papiers ? Les formalités ? C'est vraiment comme cela que tu as formulé les choses ?

— C'est elle qui veut ce mariage ! s'emporta Reed. Je pensais que cela lui ferait plaisir…

— Oh, Reed ! On ne se marie pas pour faire plaisir à quelqu'un. Et si tu ne considères cette cérémonie que comme un vulgaire contrat, il n'est pas étonnant que Maddy t'ait envoyé paître…

— Tu as raison, soupira son fils. D'ailleurs, c'est peut-être mieux ainsi. Je ne sais vraiment pas pourquoi j'ai soulevé la question…

— C'est peut-être parce que tu l'aimes, suggéra Edwin.

— L'amour est un mot. Un mot qui fait vendre des cartes postales, des livres et des comédies romantiques…

— Si je pensais vraiment que tu crois à ce que tu viens de dire, je considérerais l'éducation que je t'ai donnée comme un complet désastre…

— Ce n'est pas vrai ! protesta Reed. Tu n'as rien à te reprocher.

— Au contraire. Je suis partiellement responsable

de l'échec de mon mariage et c'est justement cela qui t'a donné une si mauvaise image de cette institution.

— Qu'est-ce que tu racontes ?

— La vérité… Je sais que tu es convaincu que ta mère a tous les torts mais tu te trompes. Pour de nombreuses raisons, nous n'en avons jamais vraiment discuté. Tu ne voulais pas entendre ce que j'avais à te dire. J'avais honte d'assumer ma part de responsabilité dans cette triste histoire. Et je ne voulais pas raviver d'anciennes blessures… Mais il est grand temps que je te dise comment les choses se sont vraiment passées.

Edwin écrasa son cigare dans le cendrier et prit une profonde inspiration.

— J'ai épousé ta mère en sachant pertinemment qu'elle ne m'aimait pas, reprit-il enfin. Je pensais pouvoir la garder parce que je détenais ce qu'elle désirait le plus : le moyen d'asseoir sa carrière, de devenir une star… Mais plus le temps passait et plus elle se sentait piégée dans un mariage dont elle n'avait jamais vraiment voulu. Lorsque nous nous sommes enfin séparés, c'était autant ma faute que la sienne.

— C'est faux !

— Non, c'est vrai, hélas… Un mariage se réussit ou se rate à deux, Reed. Il ne s'agit pas d'un simple contrat, d'un vulgaire arrangement. Aucune des deux parties ne doit se sentir lésée.

— Pourquoi est-ce que tu me dis tout cela précisément aujourd'hui ?

— Je crois que tu le sais très bien. Parce que Maddy et toi, vous êtes faits l'un pour l'autre.

Reed se figea et, pendant ce qui sembla une éternité, resta silencieux, réfléchissant à ce que venait de lui dire son père. Se pouvait-il qu'il ait raison ? Que Maddy et

lui soient, d'une certaine façon, destinés l'un à l'autre ?
Cela expliquerait au moins pourquoi, malgré les efforts
qu'il avait faits, Reed n'avait jamais réussi à chasser la
jeune femme de son esprit…

— Ta mère ne m'aimait pas, reprit Edwin. Et elle ne
t'aimait pas non plus. Je le regrette profondément mais
c'est ainsi. L'amour n'est pas quelque chose que l'on
trouve simplement en donnant naissance à un enfant.
Ni parce qu'on le considère comme un devoir. C'est
quelque chose qui vient du cœur.

— Mais elle t'a trahi, articula Reed.

— Oui. Mais c'est grâce à elle que tu es là. Je lui
dois mon fils et je ne pourrai jamais me résoudre à la
haïr. Il est temps que toi aussi, tu cesses de laisser ce
qu'elle a fait régenter ta vie.

— Mais je pourrais très bien être comme elle,
remarqua Reed.

— C'est donc cela qui te fait peur ?

— Oui. Je pourrais lui ressembler. A elle ou à ce père
génétique que je ne connais même pas…

— Est-ce que tu voudrais savoir qui il était ?

— Non. Ils ne représentent rien pour moi. Sauf que
leur sang coule dans mes veines et que j'ignore ce qu'ils
ont pu me transmettre…

— Personne ne peut connaître ce dont il a hérité
de ses parents, répondit gravement Edwin. Mais la
question n'est pas de savoir d'où nous venons mais ce
que nous faisons de nos vies et des chances qui nous
sont offertes. Si je ne croyais pas en cela, tu ne serais
jamais devenu mon fils. Mais je suis convaincu que les
trente-cinq ans que nous avons passés ensemble sont
plus importants que l'identité génétique de ta mère ou
de ton père biologique…

— Je sais, mais…

— Il n'y a pas de « mais ».

— Si… Je veux bien admettre que je suis amoureux de Maddy, reconnut-il enfin. Mais comment puis-je savoir si ce sera encore le cas le mois prochain, l'année prochaine ou dans dix ans ? Comment puis-je m'engager pour le reste de ma vie ? Cela n'a pas de sens…

— J'ai bien peur qu'il ne s'agisse d'une autre chose dont tu ne seras jamais certain, Reed. Aimer, c'est toujours prendre un risque. Il est toujours possible que tes sentiments ou ceux de l'autre se fanent et dépérissent. C'est pour cette raison qu'il faut toujours en prendre soin, qu'il faut sans cesse faire des efforts et ne jamais les considérer comme acquis. Mais si tu aimes vraiment quelqu'un, ton amour te donne la force d'entretenir la flamme.

— Et si je n'y parviens pas ? Si je la fais souffrir ? Elle est ce qui m'est arrivé de mieux dans la vie et, si je lui faisais du mal, je ne me le pardonnerais jamais.

— Je suppose que tu ne lui as pas dit tout cela lorsque tu lui as proposé le mariage, remarqua Edwin.

— Non, soupira son fils en baissant la tête. Je m'y suis pris n'importe comment…

— Ne t'en fais pas. Il vaut mieux être un peu trop têtu que s'engager à la légère.

— Dans ce cas, tu peux dormir tranquille, ironisa Reed. J'ai fait preuve de tellement d'entêtement que j'ai repoussé la femme que j'aimais plutôt que de m'avouer mes propres sentiments.

Edwin sourit et lui adressa un clin d'œil.

— Je vais te dire une chose, mon garçon. Jamais mon fils ne laisserait une femme comme Maddy O'Hurley lui échapper simplement parce qu'il pense ne pas être assez bien pour elle.

— On dirait un défi, remarqua Reed en souriant malgré lui.

— Et c'en est un! Peut-être le plus important que tu aies jamais relevé de toute ton existence. En attendant, pourquoi ne m'offrirais-tu pas un verre au bar du théâtre. Toutes ces discussions m'ont asséché le gosier!

Vêtue d'une robe de chambre qui avait connu des jours meilleurs, les cheveux tirés en arrière par un large bandeau, Maddy était assise dans sa loge, devant son miroir. Elle ajusta ses faux cils et s'observa attentivement. Satisfaite, elle jugea qu'elle avait plutôt réussi son maquillage. Il soulignait habilement les atouts de son visage tout en le transformant. Ses lèvres paraissaient plus pulpeuses, ses yeux plus fendus et ses joues plus creusées.

Elle avait pris soin de se farder un peu plus que nécessaire, jugeant que Mary n'aurait pas hésité à en faire trop. Après tout, elle incarnait une stripteaseuse, pas une femme du monde.

Lorsqu'elle eut parachevé son œuvre de quelques coups de pinceaux et de brosse, la jeune femme ôta son bandeau et attacha ses cheveux à l'aide d'épingles. Elle ne mettrait sa perruque qu'au tout dernier moment.

En attendant, elle allait devoir affronter la période la plus stressante de la vie d'une danseuse : les ultimes minutes qui la séparaient encore du lever de rideau. Respirant profondément, la jeune femme s'efforça de chasser la boule qui commençait à se former dans son ventre.

Pour faire diversion, elle se força à penser à Reed. Le fait qu'il l'ait demandée en mariage l'avait prise complètement au dépourvu. Hélas, la façon dont il l'avait fait avait anéanti les derniers espoirs qu'elle entretenait encore à son sujet.

Jusqu'alors, elle avait secrètement espéré qu'il finirait par réaliser qu'ils étaient faits l'un pour l'autre. Elle avait été convaincue qu'avec le temps, il parviendrait à dépasser ses angoisses, à dompter cette méfiance instinctive que lui inspiraient ses propres sentiments.

Mais elle comprenait aujourd'hui que ce mal était ancré bien trop profondément en lui. La trahison de sa mère était devenue partie intégrante de sa personnalité. Espérer le voir changer revenait à espérer le voir devenir quelqu'un d'autre…

Bien sûr, elle aurait pu se contenter du simulacre de mariage qu'il lui proposait. Elle aurait au moins remporté le droit de vivre avec l'homme qu'elle aimait. Mais au prix de quels mensonges, de quelles compromissions ? Mieux valait en finir une bonne fois pour toutes avec cette relation biaisée qui la minait chaque fois un peu plus…

Se levant brusquement, la jeune femme alla jeter un coup d'œil dans le couloir. Des gens couraient dans tous les sens, veillant aux derniers préparatifs. Sur les visages, elle lisait la même tension que celle qui la rongeait. L'air paraissait vibrer d'électricité statique.

Réintégrant sa loge, Maddy contempla les fleurs qui encombraient chaque centimètre carré de la pièce et se reflétaient dans les miroirs. Il y avait les roses blanches que lui avait fait porter Chantel, les marguerites que lui avaient offertes ses parents et des gardénias de la part de Trace. Il y avait joint une carte sur laquelle était juste inscrit :

« Bonne chance ! »

La jeune femme ignorait comment il avait découvert l'adresse du théâtre et comment il s'était arrangé pour faire livrer les fleurs. Mais cette attention l'avait beaucoup touchée.

Bien d'autres bouquets étaient disposés çà et là : ceux de divers admirateurs dont le portier de Reed, celui du directeur du théâtre et celui d'Edwin. Mais Reed n'avait apparemment pas pris la peine d'imiter son père.

— Plus que trente minutes, mademoiselle O'Hurley, vint lui annoncer un technicien.

Maddy posa la main sur son estomac noué. Brusquement, elle avait envie de s'éclipser discrètement, de rentrer chez elle et de s'y terrer comme une bête traquée. L'idée de danser devant tous ces inconnus la terrifiait.

Quelqu'un frappa de nouveau à sa porte. Avant même qu'elle ait pu répondre, ses parents entrèrent dans la loge.

— Tu veux un peu de compagnie ? lui demanda sa mère.

— Oh, oui ! s'exclama-t-elle, reconnaissante. J'ai besoin de tout le soutien que vous pourrez me donner…

— La salle est en train de se remplir, lui dit Frank. Elle sera comble, ce soir ! C'est idéal pour une ovation debout…

— Tu me parais bien optimiste, remarqua-t-elle en riant nerveusement.

— Pas du tout. Je viens de croiser le directeur et il est persuadé que vous allez casser la baraque.

— Il devrait peut-être attendre le dernier acte avant de s'enflammer. Bon sang, ce que j'ai mal au ventre. Je devrais peut-être prendre quelque chose si je veux être capable de danser…

— C'est juste un peu de stress, la rassura Molly. Ça passera dès que tu entreras en scène. A moins qu'il n'y ait autre chose, ajouta-t-elle en regardant sa fille droit dans les yeux.

Maddy hésita un instant puis se rappela qu'elle n'avait encore jamais rien caché à ses parents. Ce n'était pas ce soir qu'elle allait commencer à le faire.

— Je crois que je suis amoureuse d'un imbécile, soupira-t-elle.

— Moi aussi, répondit Molly. Mais je ne suis pas malheureuse pour autant…

— Je vois, fit Frank avec un soupir théâtral. C'est encore une de ces conversations entre femmes… Je vais vous laisser, dans ce cas.

S'approchant de sa fille, il déposa un petit baiser sur son front.

— Fais-en leur voir de toutes les couleurs ! lui dit-il.

Sur ce, il sortit.

— Il est extraordinaire, soupira Maddy. Si seulement tous les hommes étaient comme lui…

— Il a ses bons moments, acquiesça Molly en souriant tendrement. Bon, tu ferais bien de t'habiller, à présent. Je vais te donner un coup de main.

— Je commence par le costume avec les plumes et les petits sequins.

Molly le décrocha tandis que sa fille se débarrassait de son peignoir.

— Cet imbécile dont tu parles, c'est bien Reed Valentine, n'est-ce pas ?

— Oui, répondit Maddy en enfilant son Bikini.

— Nous avons dîné avec son père et lui, hier soir. Il m'a l'air d'être un garçon très bien…

— Il l'est, acquiesça Maddy en passant un soutien-gorge couvert de petites étoiles dorées. Et je ne veux plus jamais le revoir.

— Mademoiselle O'Hurley, dans quinze minutes ! entendit-elle appeler à travers la porte de la loge.

— Je crois que je vais vomir…

— Mais non, répondit Molly en attachant la jupe de sa fille. En tout cas, ton Reed m'a paru très distrait, au cours du dîner…

— Il devait être préoccupé par son travail, supposa Maddy en vérifiant les attaches de son costume. Sans doute une question de contrat, ajouta-t-elle avec une pointe d'amère ironie. Mais cela ne m'intéresse plus du tout.

— Ils ne nous rendent pas la vie facile, c'est certain.

— Qui ça ?

— Mais les hommes, bien sûr ! D'un autre côté, on ne peut pas leur en vouloir. Ils doivent en avoir autant à notre service.

— Peut-être que la société idéale serait celle des Amazones, remarqua Maddy en souriant malgré elle.

— Tuer les hommes après avoir fait l'amour avec eux ? Non, je ne pense pas que ce soit une solution. D'autant qu'il y a de bons côtés à partager sa vie avec l'un d'eux. Où sont tes chaussures ?

Maddy les enfila sans quitter sa mère des yeux.

— Tu es toujours amoureuse de papa, n'est-ce pas ? Ce que vous ressentez l'un pour l'autre n'a pas changé ?

— Bien sûr que si, répondit Molly en riant. Tout change. A commencer par nous… La façon dont j'aime Frank aujourd'hui n'a rien à voir avec celle dont je l'aimais, il y a trente ans. Nous avons eu quatre enfants et une longue vie de rires et de disputes… Je n'aurais jamais pu l'aimer autant lorsque j'avais vingt ans et je ne l'aime sans doute pas autant que lorsque j'en aurai quatre-vingts.

— Si seulement…, murmura Maddy sans terminer sa phrase.

— Dis-moi à quoi tu penses, ma chérie. Les mères sont là pour écouter les vœux de leurs enfants. Et leur donner des conseils pour les aider à les réaliser lorsqu'elles le peuvent…

— J'aimerais que Reed puisse comprendre ce que tu m'as dit au sujet de papa et toi. J'aimerais qu'il sache que, parfois, les choses vont dans le bon sens et que les relations durent. Oh, maman… Si tu savais comme je l'aime…

— Alors je vais te donner mon avis : ne renonce pas.

— Je crois malheureusement que c'est déjà fait, soupira Maddy.

— Ce serait bien la première fois qu'une O'Hurley baisserait les bras de cette façon ! Laisse-moi te mettre ta perruque.

Molly l'ajusta avant de la fixer au moyen d'épingles à cheveux.

— Plus que cinq minutes, mademoiselle O'Hurley !

Molly suivit sa fille des yeux tandis qu'elle se dirigeait vers la porte.

— Tu sais ce que je te dis…

— Je vais casser la baraque ! s'exclama Maddy en serrant le poing.

— J'y compte bien.

Maddy se dirigea vers les coulisses. De là, elle pouvait voir l'avant-scène sur laquelle le chœur avait entamé la chanson de l'ouverture. Fermant les yeux, la jeune femme se dépouilla progressivement de sa propre personnalité et se coula dans celle de Mary.

Elle entendit alors quelqu'un inspirer profondément à côté d'elle.

— C'est le grand jour, murmura Wanda d'une voix mal assurée. Le moment de vérité…

— Quel est ton record de rappels ? lui demanda Maddy en souriant.

— Sept, répondit son amie. C'était à Rochester…

— Eh bien, je te promets que nous ferons encore mieux ce soir !

— En place ! leur souffla le metteur en scène.

Suivies par les autres danseurs, Maddy et Wanda s'avancèrent sur l'arrière-scène qui était encore séparée du public par un rideau. Elle représentait l'intérieur de la boîte de strip-tease dans laquelle travaillait Mary mais était encore plongée dans le noir. Cela n'avait d'ailleurs aucune importance : chacun d'entre eux connaissait parfaitement ses marques.

Macke se tenait de l'autre côté des coulisses et il décocha un clin d'œil à Maddy. Celle-ci y répondit par un petit signe de tête avant de prendre une profonde inspiration. Les lumières qui éclairaient l'avant-scène décrurent progressivement.

Puis, brusquement, les projecteurs situés juste au-dessus d'eux s'allumèrent tandis que le rideau s'ouvrait et que la musique commençait. Avant même de s'en rendre compte, Maddy se mit à danser.

Lorsque Maddy revint en coulisse pendant le changement de décor de la première transition, elle se sentait grisée. Jusqu'alors, la salle avait parfaitement réagi. La costumière se précipita vers elle pour l'aider à se changer tandis que Macke la rejoignait.

— Si tu parviens à maintenir cette énergie jusqu'à la fin, lui dit-il, je t'invite à dîner dans le meilleur restaurant de Philadelphie.

— Ça marche, répondit-elle du tac au tac.

Maddy regarda Macke s'éloigner en souriant. Ce n'était pas tous les jours qu'il se laissait aller à faire de tels compliments et elle se sentait à la fois flattée et encouragée par sa réaction.

Elle n'eut pourtant pas le temps de s'y attarder. En moins de deux minutes, elle se changea, fit rafraîchir son maquillage et fila vers l'escalier qui passait sous la scène. Parvenue de l'autre côté, elle observa Jonathan et son meilleur ami qui discutaient, provoquant de grands éclats de rire dans l'assistance.

Dans les coulisses, quelques techniciens étaient assis sur un vieux canapé et regardaient un match de baseball sur un petit poste portatif dont le son était coupé. Maddy s'approcha, sachant qu'elle disposait d'encore un peu de temps avant de faire son entrée.

— Qui joue ? demanda-t-elle à mi-voix.

— Les Pirates contre les Mets. Le score est encore nul.

— Je parie que les Mets vont l'emporter.

— Vous perdriez, répondit l'un des hommes en riant.

— Disons cinq dollars ? demanda-t-elle comme Jonathan terminait sa chanson.

— C'est d'accord, acquiesça le technicien.

Ils se serrèrent la main puis elle se détourna et entra sur scène pour sa première rencontre avec Jonathan Wiggings III.

L'alchimie entre eux fut parfaite et le public n'eut

aucun mal à accepter l'idylle entre la belle stripteaseuse et l'enfant des beaux quartiers à l'âme de poète. Maddy enchaîna les scènes avec une facilité qui la déconcerta presque.

A tout instant, elle s'apprêtait à trébucher sur un mot, à rater un enchaînement ou à lâcher une fausse note. Mais rien de tout cela ne se produisit et elle parvint à la conclusion de l'acte I, la scène du strip-tease.

Son dialogue avec Wanda fut plus acerbe que jamais, sa dispute avec Terry confondante de réalisme et de violence rentrée. Puis les lumières changèrent, plongeant la scène dans une pénombre rose et sensuelle tandis que la musique commençait à pulser sur un rythme obsédant.

S'approchant du bord de la scène d'une démarche féline, elle se défit de son boa qu'elle lança dans la foule, prenant soin de bien viser. Il atterrit sur les genoux de son père auquel elle adressa un clin d'œil complice.

C'était sa façon à elle de rendre hommage à tout ce qu'il lui avait appris. Car sans les patientes leçons qu'il lui avait dispensées depuis l'enfance, elle n'aurait jamais eu la chance de se trouver sur cette scène.

Puis elle entreprit donc de faire ce qu'elle lui avait promis : elle cassa la baraque.

Pendant l'entracte, Maddy n'eut pas le temps de souffler. Une fois de plus, elle changea de costume et de maquillage. Pourtant, elle eut le temps de passer voir les techniciens qui lui apprirent que le match continuait mais que les Pirates menaient de deux points sur les Mets.

Elle accepta la nouvelle avec philosophie, songeant qu'elle avait perdu bien plus qu'un simple pari ce soir-là. Gagnant le bord des coulisses, elle observa le public que l'on distinguait nettement à présent que les lumières s'étaient rallumées.

Elle reconnut sans mal l'atmosphère caractéristique des bons soirs : un bourdonnement étouffé mais intense de conversations entrecoupées de rires et de cris, une tension dans l'air presque palpable, une attente…

Puis elle aperçut Reed qui était assis près de Frank. Ce dernier éclata de rire et passa un bras autour de ses épaules. Curieusement, ce geste lui fit chaud au cœur. Il lui paraissait important que son père apprécie l'homme qu'elle aimait, même si elle devait perdre ce dernier pour toujours.

— Si tu continues à faire cette tête-là, déclara alors Wanda, tu vas déprimer les spectateurs !

Maddy se tourna vers son amie. Toutes deux avaient revêtu des chemises de nuit pour la scène qui devait se dérouler dans l'appartement qu'elles étaient censées partager. Puis le rideau de perle descendrait et ce serait le moment de vérité : celui de la séquence du rêve…

— Je ne peux pas me le permettre, répondit-elle à Wanda. Nous devons toujours battre ces sept levers de rideau !

— Il est là, n'est-ce pas ?

— Oui, il est là.

Les lumières de la salle se mirent à clignoter, signalant la fin de l'entracte.

— Dans ce cas, tu as quelque chose à prouver…

Maddy hocha la tête. Elle avait en effet quelque chose à prouver : qu'elle pouvait survivre, qu'elle pouvait donner un sens à sa vie, qu'elle pouvait surmonter la solitude.

— A moi-même, murmura-t-elle. Pas à lui…

Wanda hocha la tête et, quelques instants plus tard, elles entrèrent en scène.

Lorsque le rideau se referma sur Mary et Jonathan qui s'embrassaient après avoir triomphé des mensonges, des différences et des épreuves, un silence de mort plana durant quelques instants dans la salle. On n'entendait pas un mot, pas même un souffle.

Puis les applaudissements commencèrent. Ils enflèrent tandis que le rideau se rouvrait sur les choristes qui saluaient. Puis les acteurs entrèrent un par un, accueillis par un véritable tonnerre qui grondait et s'amplifiait sans cesse.

Les poings serrés, la gorge nouée par l'émotion, Maddy attendait son tour. Lorsqu'elle apparut, un sourire un peu crispé aux lèvres, ce fut un véritable délire. Les trois quarts de l'assistance étaient debout, frappant des mains, tapant du pied et criant.

Presque sonnée par l'intensité de cette réaction, Maddy salua comme dans un rêve et des vivats fusèrent de partout. Elle se redressa, émue jusqu'aux larmes, comprenant que, ce soir, sa vie venait de basculer.

— Salue encore une fois, lui souffla Wanda. Tu l'as bien mérité.

La jeune femme s'exécuta avant de prendre les mains de son amie et de Terry dans les siennes. Tous les acteurs s'inclinèrent en un même geste tandis que le rideau se refermait.

Lorsqu'il fut clos, Maddy se jeta dans les bras de Wanda et la serra contre elle. Mais les applaudissements continuaient, et tous se remirent en ligne avant que le rideau ne se rouvre.

Ils avaient travaillé très dur, avaient répété pendant des heures les mêmes gestes, les mêmes mots jusqu'à ce que leurs muscles les fassent souffrir, jusqu'à ce que leurs voix se brisent. Mais, à présent, tous ces mois de labeur s'effaçaient pour laisser place à une joie immense.

Ils saluèrent de nouveau et le rideau se referma. Puis se rouvrit…

Il tomba sur eux dix-sept fois.

Il fallut beaucoup de temps à Maddy pour regagner sa loge. Tous les acteurs la serrèrent dans leurs bras. Certains d'entre eux avaient les larmes aux yeux. D'autres dansaient, criaient ou débouchaient des bouteilles de champagne. Tous savaient en tout cas que la pièce ferait un triomphe.

Bien sûr, il y aurait des modifications à apporter, des corrections mineures, de nouvelles répétitions… Mais le spectacle continuerait. Il reviendrait à Broadway où il entrerait dans la légende.

Pour tous les danseurs, cela signifiait qu'une nouvelle vie commençait. Ils n'auraient plus à s'inquiéter du lendemain, désormais, et pourraient vivre pleinement de leur art. Plusieurs musiciens se lancèrent dans une improvisation débridée, et une joyeuse sarabande s'organisa dans les coulisses.

C'est alors que Macke rejoignit Maddy. Sans un mot, il la serra dans ses bras avant de l'embrasser sur les deux joues.

— Tu as intérêt à être aussi bonne demain, conclut-il comme pour compenser cette inhabituelle manifestation d'enthousiasme.

Se frayant un chemin jusqu'à sa loge, Maddy s'y enferma et s'effondra sur sa chaise. S'apercevant dans la glace de la coiffeuse, elle réalisa qu'elle arborait un sourire qui, en d'autres circonstances, aurait certainement suffi à la faire interner.

Elle avait réussi !

La porte de la petite pièce s'ouvrit alors et son père la rejoignit, le boa qu'elle lui avait lancé reposant sur ses épaules. Retrouvant un peu de son énergie, la jeune femme se leva pour se jeter dans ses bras.

— C'était génial, papa ! s'exclama-t-elle.

— Génial ? répéta-t-il d'un air réprobateur. Lorsque le rideau se rouvre dix-sept fois, on appelle ça un triomphe, ma chérie !

— Tu as compté !

— On ne se refait pas, répondit-il, la voix étranglée par l'émotion. Je suis si fier de toi, Maddy. Tu brûlais les planches. Je n'avais jamais rien vu de pareil…

— Oh, papa, je t'en prie, ne pleure pas, s'exclama Maddy, la gorge serrée, en voyant les larmes qui perlaient au coin de ses yeux. De toute façon, tu serais fier de moi, même si la pièce avait fait un flop ! C'est pour cela que je t'aime tant…

Molly entra à son tour et enlaça sa fille, la serrant très fort contre elle.

— Tu sais, lui dit-elle en luttant contre sa propre émotion. La seule chose à laquelle je pensais en te voyant danser, c'était aux premiers chaussons que nous t'avions offerts. Je n'arrive pas à croire tout le chemin que tu as parcouru depuis cette époque. Tu avais tellement d'énergie… On aurait dit qu'elle se répandait à travers toute la salle !

Dylan, Chris et les deux garçons les rejoignirent alors.

— C'est un véritable parcours du combattant pour arriver jusqu'ici, commenta Dylan.

— Et ça ne va pas s'arranger, renchérit Maddy en riant. Alors ? Ça vous a plu ?

— C'était extraordinaire ! s'exclama sa sœur. Chaque fois que tu entrais en scène, je serrais si fort la main de Dylan que j'ai bien dû lui casser quelques doigts. Je regrette juste que Chantel n'ait pas été là pour voir ça.

— Moi aussi, acquiesça Maddy.

— Je ne me suis même pas endormi ! déclara alors Chris. J'ai tout vu et j'ai trouvé que c'était vraiment très joli.

— Merci. Et toi, Dylan, penses-tu que nous sommes prêts pour Broadway ?

— Je crois que vous allez faire un malheur, là-bas. J'espère juste que tu ne t'en lasseras pas quand vous attaquerez la deux centième représentation… Et je tenais aussi à te dire que j'avais beaucoup aimé tes costumes.

Maddy éclata de rire.

— Je crois que je ferais mieux de le ramener avant qu'il ne décide qu'il s'est trompé de sœur, déclara Abby en souriant. Les enfants tombent de sommeil… Appelle-nous demain quand tu te réveilleras, ajouta-t-elle. Nous irons boire un verre ensemble avant de partir pour New York.

— Nous allons te laisser, nous aussi, déclara Frank en lançant à Molly un regard entendu. Le reste de l'équipe tiendra absolument à ce que tu ailles faire la fête avec eux.

— Mais vous pouvez rester si vous voulez, protesta Maddy.

— Non. Il est temps d'aller nous reposer. D'autant que nous avons un spectacle à Buffalo dans deux jours. À demain Maddy.

Toute la famille quitta la loge après avoir embrassé

la jeune femme une dernière fois. Avant de refermer la porte derrière eux, Frank s'arrêta sur le seuil et se tourna vers elle.

— Tu es la meilleure, ma chérie.

— Et c'est grâce à toi, papa, répondit-elle avec conviction. C'est entièrement grâce à toi…

Lorsqu'ils eurent disparu, Maddy se rassit sur son siège, sentant la tension nerveuse refluer rapidement pour céder la place à cette sensation de déprime que connaissaient les artistes après chaque représentation.

Dans le cas de la jeune femme, cette impression était encore accentuée par le souvenir de sa dispute avec Reed. Si seulement elle avait pu partager ce moment avec lui, songea-t-elle tristement.

A cet instant, quelqu'un frappa à la porte.

— Entre! cria-t-elle, persuadée qu'il devait s'agir de Wanda.

Mais, dans le miroir qui lui faisait face, ce fut la silhouette de Reed qui se découpa.

— Puis-je entrer? demanda-t-il presque timidement, comme s'il s'attendait vraiment à ce qu'elle le jette dehors.

— Bien sûr, soupira-t-elle, résignée, en commençant à se démaquiller.

— Je crois que je n'ai pas besoin de te dire à quel point tu étais formidable, lui dit-il en refermant la porte derrière lui, étouffant le joyeux chahut qui se faisait entendre à l'extérieur.

— Je ne me lasse pas de l'entendre, répondit-elle avec un pâle sourire. Ainsi tu es resté pour voir le spectacle?

— Bien sûr! s'exclama-t-il, choqué qu'elle ait pu envisager le contraire.

Jamais encore il n'avait cherché à conquérir une femme de cette façon et il souffrait terriblement de ce manque d'expérience. Lui qui avait l'habitude de maîtriser n'importe quelle situation se retrouvait brusquement aussi démuni qu'un enfant.

Et le pire, songea-t-il, c'est qu'il n'avait plus le droit à l'erreur. C'était déjà un miracle qu'elle tolère sa présence. S'approchant d'un pas hésitant, il s'immobilisa à quelques pas de la jeune femme, la regardant se démaquiller.

— Je suppose que tu vas faire de jolis bénéfices, remarqua-t-elle.

— Certainement...

S'avançant encore, il posa délicatement une grosse boîte bleue sur la coiffeuse de Maddy. Mais elle se força à l'ignorer.

— Mon père va ouvrir une filiale qui produira de nouvelles comédies musicales, expliqua-t-il. Il m'a chargé de te dire qu'il t'avait trouvée fantastique, ce soir.

— Je pensais qu'il viendrait me voir, remarqua Maddy, un peu déçue.

— Il savait que nous avions besoin de discuter seule à seul, toi et moi.

La jeune femme passa un dernier linge démaquillant sur son visage. Mary avait de nouveau disparu, laissant place à Maddy. Se levant, elle s'empara de son peignoir.

— Je dois me changer, dit-elle à Reed. Cela ne te dérange pas ?

— Non, bien sûr...

Désireuse de marquer la distance qu'elle entendait prendre vis-à-vis de lui, elle contourna le paravent et commença à se déshabiller à l'abri de ses regards.

— Je suppose que tu comptes rentrer à New York dès demain, lui dit-elle.

— Non.

— Si c'est ton père qui s'occupe des comédies musicales, tu n'as aucune raison de rester, objecta-t-elle, bien décidée à ne pas lui faciliter les choses.

— Je n'irai nulle part, Maddy. Et si tu veux me faire ramper à tes pieds, dis-le-moi. Je le ferai. Je l'ai amplement mérité…

— Je ne veux pas te voir ramper, Reed. Ce serait aussi ridicule que malséant.

— Je me suis conduit comme un imbécile, Maddy. Je suis prêt à le reconnaître. Et si tu n'es pas prête à accepter mes excuses, j'attendrai.

S'étant débarrassée de son costume de scène, Maddy passa sa robe de chambre et contourna le paravent.

— Ce n'est pas juste, lui dit-elle d'une voix accusatrice. Tu n'as jamais été juste avec moi.

— C'est vrai. Et cela m'a coûté très cher, crois-moi.

Il fit un pas en avant mais se figea aussitôt, avisant le regard menaçant de la jeune femme.

— Si tu veux que je recommence tout de zéro, je suis prêt à le faire, lui dit-il. Je te veux, Maddy. Plus que je n'ai jamais voulu quoi ou qui que ce soit de toute mon existence.

— Pourquoi est-ce que tu fais ça ? s'exclama Maddy en passant nerveusement une main dans ses cheveux. Chaque fois que j'arrive à me convaincre que tout est fini entre nous, tu réapparais. Mais je suis fatiguée d'entretenir sans cesse de faux espoirs, Reed. J'en ai assez d'être celle qui se fait rejeter et qui souffre à tous les coups. Je veux retrouver l'équilibre que j'avais avant de te connaître.

Cette fois, rien n'aurait pu arrêter Reed. En quelques enjambées, il la rejoignit.

— Je sais que tu peux parfaitement vivre sans moi, Maddy. Je sais que tu es assez forte pour atteindre les sommets et t'y maintenir. Et je pourrais peut-être survivre à notre histoire, moi aussi. Mais je ne suis pas sûr d'avoir envie de vivre sans toi. Alors je ferai tout ce que je pourrai pour que tu reviennes.

— Tu ne comprends donc pas que l'on ne peut pas bâtir une maison sans de solides fondations ? s'exclama-t-elle. Que sans compréhension, sans amour et sans confiance, il n'y a pas de vie à deux possible ?

— Tu sais, j'ai beaucoup réfléchi depuis que nous nous sommes rencontrés. J'ai beaucoup changé, aussi. Avant de te connaître, je voyais les choses en noir et blanc. Mais tu as ajouté de la couleur à mon existence et je ne veux pas perdre cela. Alors, avant de me répondre, ouvre la boîte.

— Reed…

— Je t'en prie, Maddy, ouvre-la.

Il la connaissait suffisamment à présent pour savoir que ce qu'elle contenait aurait plus de poids que de simples mots aux yeux de la jeune femme. Celle-ci hésita puis se rappela brusquement ce que lui avait dit sa mère : elle était forte, assez forte pour survivre à cette nouvelle scène.

Elle ouvrit donc la boîte et, en découvrant son contenu, elle se figea brusquement.

— Je ne t'ai pas envoyé de fleurs, reprit Reed. J'ai pensé que tu en aurais déjà trop. Mais j'ai pensé que ceci serait plus important à tes yeux et j'ai demandé à Hannah de l'apporter.

Muette de stupeur, Maddy souleva le philodendron qu'elle lui avait donné, quelques semaines auparavant. Les feuilles racornies avaient disparu pour laisser place à de nouvelles pousses. Sa couleur brunâtre s'était muée en un joli vert.

Les mains tremblantes, elle reposa le pot sur la coiffeuse, craignant de le lâcher.

— C'est un petit miracle, murmura Reed. Il aurait dû mourir. Mais il s'est battu et il a survécu. Je crois maintenant que les miracles, petits ou grands, peuvent se produire si on est prêt à se battre pour eux. Tu me l'as dit un jour et je n'ai pas voulu te croire. A présent, je le crois.

Il caressa doucement les cheveux de la jeune femme, attendant qu'elle se tourne vers lui.

— Je t'aime, Maddy, lui dit-il. Et j'aimerais que tu me laisses toute la durée de notre vie pour te le prouver.

— Alors commence dès maintenant, répondit-elle, les yeux embués de larmes.

La gorge serrée, Reed la prit dans ses bras et la serra très fort, comme s'il avait peur qu'elle ne change d'avis et ne lui échappe une fois encore.

— Je n'ai jamais eu aucune chance, avoua-t-il avec un sourire. Depuis l'instant où je t'ai vue, tout a changé… Mais les choses que je t'ai dites cet après-midi…

— Tu ne les penses pas ? Tu ne veux pas m'épouser ?

— Si. Je le veux plus que tout au monde… Mais je ne peux te le demander tant que tu ne sauras pas toute la vérité à mon sujet.

Il prit une profonde inspiration, rassemblant son courage. C'était encore plus difficile qu'il ne l'avait imaginé.

— Maddy, mon père…

— Est un homme exceptionnel, lui dit-elle. Et il m'a tout raconté, il y a quelques semaines de cela.

— Vraiment ?

— Oui. Pensais-tu vraiment que cela ferait la moindre différence, pour moi ?

— Je ne pouvais en être sûr…

Maddy secoua la tête et, se hissant sur la pointe des pieds, déposa un léger baiser sur les lèvres de Reed.

— Sois-en certain, lui assura-t-elle. Maintenant, tu n'as pas besoin de te mettre à genoux mais j'aimerais vraiment que tu me demandes officiellement en mariage.

Il prit ses mains dans les siennes et les porta à ses lèvres sans la quitter des yeux.

— Je t'aime, Maddy, déclara-t-il avec une assurance nouvelle. Je veux passer ma vie à tes côtés. Je veux que nous ayons des enfants ensemble et que nous fondions un vrai foyer. Je veux aussi être là chaque fois que tu monteras sur scène pour une nouvelle première et savoir que je suis celui qui aura la chance de te ramener à la maison après le spectacle. Maddy, est-ce que tu veux m'épouser ?

Un large sourire s'épanouit lentement sur les lèvres de la jeune femme et elle ouvrit la bouche…

À cet instant, quelqu'un frappa à la porte.

— Je vais me débarrasser d'eux, dit-elle à Reed. Surtout, ne bouge pas d'un millimètre.

Elle alla ouvrir la porte et se retrouva face au technicien avec lequel elle avait parié pendant le spectacle.

— Voilà vos cinq dollars, mademoiselle. Les Mets ont gagné quatre à trois. On dirait que rien ne vous résiste, ce soir…

Maddy prit le billet et le glissa dans la poche de sa robe de chambre.

— Vous ne pouvez pas imaginer à quel point vous avez raison, s'exclama-t-elle en éclatant de rire.

LES FAVORIS

Découvrez vos romans favoris
et vos thématiques préférées
issues de toutes
les collections Harlequin.

À découvrir tous les mois.

VOTRE COLLECTION PRÉFÉRÉE DIRECTEMENT CHEZ VOUS

Vous souhaitez découvrir nos collections ? Une fois votre colis de bienvenue reçu si vous souhaitez continuer à recevoir nos livres, cela se fera automatiquement. Vous n'avez aucune obligation d'achat et cette offre est sans engagement de durée

Dans votre 1er colis, 2 livres au prix d'un + 1 cadeau

☛ **COCHEZ la collection choisie et renvoyez cette page au**
Service Lectrices Harlequin – CS 20008 – 59718 Lille Cedex 9 – France

Collections	Prix 1er colis	Réf.	Prix abonnement (frais de port compris)
❑ **AZUR**	4,75€	AZ1406	6 livres par mois 31,49€
❑ **BLANCHE**	7,30€	BL1603	3 livres par mois 24,85€
❑ **HISTORIQUES**	7,30€	LH1202	2 livres par mois 17,49€
❑ **PASSIONS**	7,80€	PS0903	3 livres par mois 26,49€
❑ **BLACK ROSE**	7,90€	BR0013	3 livres par mois 26,79€
❑ **HARMONY***	5,99€	HA0513	3 livres par mois 20,76€
❑ **NORA ROBERTS***	8,90€	NR2403	3 livres tous les 2 mois, prix variable**
❑ **SAGAS***	7,99€	SG2303	3 livres tous les 2 mois 29,46€
❑ **VICTORIA**	7,80€	VI2115	5 livres tous les 2 mois 42,09€
❑ **GENTLEMEN***	7,50€	GT2022	2 livres tous les 2 mois 17,95€
❑ **HORS-SÉRIE***	7,70€	HS2812	2 livres tous les 2 mois 18,45€

*livres réédités / **entre 28,79€ et 31,39€ suivant le prix des livres

F22PDFM

N° d'abonnée Harlequin (si vous en avez un) ⎵⎵⎵⎵⎵⎵⎵⎵⎵⎵

Mme ❑ Mlle ❑   Nom : _____

Prénom : _____   Adresse : _____

Code Postal : ⎵⎵⎵⎵⎵   Ville : _____

Pays : _____   Tél. : ⎵⎵⎵⎵⎵⎵⎵⎵⎵⎵

E-mail : _____

Date de naissance : _____

Date limite : 31 décembre 2022. Vous recevrez votre colis environ 20 jours après réception de ce bon. Offre soumise à acceptation et réservée aux personnes majeures, résidant en France métropolitaine, dans la limite des stocks disponibles. Prix susceptibles de modification en cours d'année. Vous pouvez demander à accéder à vos données personnelles, à les rectifier ou à les effacer. Il vous suffit de nous écrire en nous indiquant vos nom, prénom et adresse à : Service Lectrices Harlequin CS 20008 59718 LILLE Cedex 9. Service Lectrices disponible du lundi au vendredi de 9h à 17h : 01 45 82 47 47.

Harlequin® est une marque déposée du groupe HarperCollins France – 83/85, Bd Vincent Auriol – 75646 Paris cedex 13. SA au capital de 1 149 680€ – R.C. Paris. Siret 3186715910000069/APE5811Z